a father's journey
through his son's addiction

Beautiful Boy

漂亮男孩

〔美〕大卫·谢夫 著

陈俊群 译

北京联合出版公司
Beijing United Publishing Co.,Ltd.

雅众文化 出品

谨将此书献给那些在康复之家、医院、研究中心、清醒生活之家与中途康复站里为了解和对抗毒瘾奉献一生的朋友们；献给世界各地每一个角落里致力于帮助大家了解毒品滥用的教育组织的朋友们；献给那些理解我们家故事的人们，因为他们经历过我们正在经历的一切；献给瘾君子的家人们——瘾君子的子女、兄弟姐妹、朋友、伴侣、配偶以及与我们处境相同的父母们。"正是因为你帮不了他们，一切才是那么令人沮丧。"菲茨杰拉德写道。但事实是，你确实在帮助他们，你们在互相帮助，你们也帮助了我。除上述所有人之外，此书也献给我的妻子凯伦·巴伯，以及我的孩子尼克、加斯帕和黛西。

穿过街道时，握住我的手。

——约翰·列侬（摘自《漂亮男孩》）

目 录

引 言

　　我无法拯救他、保护他，使他免遭伤害、免受痛苦，
这是多么令人痛心的事啊！如果不能做到这些，要父亲又
有何用？

　　　　　　　　　　　——托马斯·林奇（摘自《我们就这样》）

　　"你好，老爸。上帝啊，我好想你们！我恨不得马上就见到你们！
只有一天了！呜——呼——"

　　回家过暑假的前一天晚上，尼克从大学发来电子邮件，八岁的
加斯帕和五岁的黛西坐在餐桌旁，为迎接他回家而裁剪、粘贴和着
色各种纸质的欢迎旗子——他们已经六个月没见过大哥了。

　　第二天早上，要出发去机场了，我去室外找他们。浑身是汗、
一身泥巴的黛西正高高坐在一棵枫树枝上，加斯帕站在她的下面。
"把那个还给我，不然走着瞧！"他警告道。

　　"不给，"她回答，"这是我的。"她眼里充满了勇气，但是，当
他开始往树上爬时，她立刻就把他的玩偶扔了下来。

　　"我们要去接尼克了。"听到我的话，他们飞快地绕过我身边跑
进屋里，嘴里一遍遍地唱道："尼克、尼克、尼克！"

　　我们开了一个半小时的车来到机场。一到机场,加斯帕就大喊道：
"尼克在那儿。"他用手一指。"那儿！"

果然是他！尼克肩上背着一个军绿色的帆布包，正靠着联合航空行李领取处外、人行道边的一块写着"禁止停车"的牌子。又高又瘦的他穿着一件褪色的红 T 恤和一件女友的羊毛开衫，一条松垮垮的牛仔裤垂到骨瘦如柴的胯下，脚上是一双红色的匡威全明星帆布鞋。他一看到我们，眼神一亮，并向我们招手示意。

两个孩子都争着要坐在他旁边，于是他把行李扔进后备厢，爬过加斯帕，在他们俩中间坐了下来。他轮流用双手捧着他们的脑袋，亲吻他们的脸颊。"见到你们真开心啊！"他说，"我好想念你们两个小家伙，快想疯了！"对坐在前面的我们，他补充道："还有你们，爸，妈！"

我们驶离机场时，尼克开始描述他的飞行旅程。"这次太惨了。"他说，"坐我旁边的女士嘴巴一直说个不停。她一头白金色头发，梳着尖顶式发型，戴一副库伊拉[1]牛角框眼镜，两片深紫红色的嘴唇，脸上还扑着厚厚的粉红色腮红。"

"库伊拉？"加斯帕问道，眼睛瞪得老大。

尼克点了点头。"跟她一模一样。她的眼睫毛又长又假，还是紫色的，身上还撒了那种臭臭的香水。"他捂住了鼻子，"哈哈——"，两个小家伙听得乐不可支。

车驶过金门大桥，河上的浓雾把海岬团团围住。加斯帕问道："尼克，你会来参加升级仪式吗？"他指的是他和黛西即将到来的升级典礼，孩子们正分别将从二年级升到三年级、幼儿园升到一年级。

"绝对不会错过。"尼克回答。

过了一会儿，尼克告诉他们："我有点儿东西要送给你们两个小家伙，在我的箱子里。"

"礼物！"

1　迪士尼经典影片《101 斑点狗》里的虚构人物，一个嗜皮草时装如命的富婆。

2

"等到家以后再看。"他说。

小家伙们求他告诉他们是什么东西，但他摇了摇头。"不行，加斯帕，那是一个惊喜。"

我从后视镜里可以看到他们三个。加斯帕和黛西有着光滑的橄榄色皮肤，尼克的皮肤原本也是橄榄色的，但现在看上去有些憔悴，泛着黄褐色；两个小家伙的眼睛是棕褐色的，清澈明亮，而他的眼睛则是两个灰暗的圆球；他俩的头发是深褐色的，而尼克小时候的那一头金色长发像夏末的田野一样褪了色，里面还夹杂着一块块细碎的赭色，跟黏结成一团团的黄色——这是他试图用高乐氏漂白水漂头发的不幸结果。

"尼克，给我们讲一个 PJ 的故事好吗？"加斯帕恳求道。几年来，尼克讲述的 PJ·笨蛋结巴的历险故事给孩子们带来无限的欢乐——PJ·笨蛋结巴是尼克虚构的一个英国侦探。

"晚一点讲，先生，我保证。"

沿着高速公路朝北行驶一段后，我们转向西行，蜿蜒穿过几个小镇，经过一座绿树成荫的国家公园，然后来到绵延起伏的牧场。我们在镇上停下来取信件。在镇上难免不遇上一帮朋友，他们见到尼克都很高兴，连珠炮似的问了他一大堆关于学校和暑假计划的问题。我们终于驶离镇上，顺着造纸作坊旁的小溪来到我们该左转的地方，在那里我驶上山坡，驶进了我们家的车道。

"尼克，我们也有惊喜给你。"黛西说。

加斯帕严厉地看着她。"别告诉他！"

"是标语，我们做的。"

"黛西……"

尼克拖着他的行李，跟着孩子们进了屋。狗儿们又嚎又叫地向他扑过来。在楼梯顶端，迎接尼克的是孩子们做的旗子和图画，其中包括加斯帕画的一只豪猪，图上的解说词是："我也想尼克，哼哼。"

尼克夸奖了他们的艺术才能,然后疲惫地迈进他的房间去整理行李。自从他离家去上大学之后,位于屋子尽头的他那间庞贝风格的红色卧室就成了第二间游戏室,里面摆放着加斯帕的乐高积木作品。为了迎接尼克的回家,凯伦清理了黛西的绒毛动物玩偶,并在床上铺好了干净的被子和枕头。

尼克出来时,怀里抱满了礼物。给黛西的是两个洋娃娃,一个穿着绣花的乡村风格衬衫和彩色羊毛披肩,另一个穿着绿色的天鹅绒连衣裙,漂亮极了。加斯帕得到的则是一对超大尺寸的水枪。

"吃完饭后,"尼克警告加斯帕,"你会湿到只能游回屋里。"

"你会湿到需要一艘船。"

"你会比汤面还湿。"

"你会湿到一年不用洗澡。"

尼克哈哈大笑。"那对我来说是好事啊!"他说,"可以节省我一大把时间。"

吃完饭后,男孩子们装满水枪,飞奔进屋外的黑夜中,各自往相反的方向跑开。我和凯伦坐在客厅里看着他们。为了蹑足追踪对方,男孩子们出没于意大利柏树和橡树之间,藏身于花园的长凳下,匍匐在围栏后面。一旦逮着机会,他们就互射对方几注细水。黛西躲在绣球花盆栽后面,在靠近屋子的地方观战。当两个男孩子从她身边跑过时,她就把一只手里抓着的水龙头飞快一转,用另一只手握着的花园浇水软管对准目标,把他们淋得全身湿透。

男孩子们眼看就要抓住她时,我拦住了他们。"你不值得救,"我告诉她,"但睡觉的时间到了。"

加斯帕和黛西洗了澡,穿上睡衣,然后央求尼克给他们念书。

他坐在他们两张单人床中间的迷你沙发里,两条长腿伸在地板上。他念的是罗尔德·达尔[1]的《女巫》。我们在隔壁的房间里听到他的声音——应该说是他的各种声音：描述生动、极度认真的男孩叙述人；讽刺幽默、声音沙哑的祖母；还有尖声尖气、心肠恶毒的女巫。

"小孩子又坏又脏！……小孩子又脏又臭！……小孩子闻起来有狗粪的味道！……他们比狗粪还难闻！跟小孩子的味道比起来，狗粪闻起来像紫罗兰和报春花！"

尼克的表演令人无法抗拒，孩子们向来被他迷得神魂颠倒。

午夜时分，逾聚逾强的暴风雨终于来袭。大雨滂沱，一阵阵断断续续的冰雹像机关枪一样敲击着屋顶的铜瓦。罕见的雷暴雨令夜空看上去像鼓鼓的闪光灯泡。

在雷鸣的间歇，我听到了树枝咔嚓折断的声音，还听到尼克走过走廊，去厨房泡茶，拨弄吉他，跟着汤姆·威茨，唱着："死的时候千万不要开车"。我担心尼克的失眠症，但仍决定放下我的疑虑。我提醒自己，从他上个学年辍学离开伯克利[2]以来，他已经有了很大的进步。这一次，他前往东部去上大学，并修完了第一学年。考虑到我们所经历的一切，这简直就是奇迹。据我计算，他没吸食冰毒就要满一百五十天了。

早上，暴风雨已经过去了，阳光在湿漉漉的枫树叶上闪闪发亮。我穿好衣服，加入到厨房里的凯伦和孩子们中间。尼克穿着一条法兰绒睡裤，一件磨损的毛衣，戴着一副大眼镜，慢吞吞地走了进来。他俯身在厨房的灶台上，摆弄速溶咖啡机，把它装上水和咖啡，然后坐下来跟加斯帕和黛西一起吃麦片粥。

1　罗尔德·达尔（Roald Dahl，1916—1990），挪威籍的美国杰出儿童文学作家、剧作家和短篇小说家。

2　伯克利（Berkeley），加利福尼亚大学分校。

"黛西，"他说道："你那浇水软管攻击太漂亮了，但我一定会报仇的。注意你后背。"

黛西扭过脖子。"我看不到哦。"

尼克说："我爱你，你这个鬼精灵。"

黛西和加斯帕去上学后不久，六七个朋友来帮凯伦为一个受人爱戴的老师制作临别礼物。她们用贝壳、抛光的石头和手工瓷片装饰一个给小鸟洗澡的水泥浴缸。干完活，大家喝着茶聊起天来。

我躲在自己的办公室里。

午餐时，女士们在敞开式的厨房里吃午饭，其中一位母亲带来了鸡肉沙拉。早餐后又去睡回笼觉的尼克从他的卧室里走出来，精神抖擞地与大家打了招呼，彬彬有礼地回答了她们提出的问题——又是关于大学和暑假计划的问题——然后，他说要去面试一份工作，并向她们告辞。

他走了以后，我听见这些母亲们在谈论他。

"多么可爱的孩子!"

"他真讨人喜欢。"

其中有一个人称赞他很有礼貌。"你真幸运，"她告诉凯伦，"我们家那个十几岁的儿子只会稍微哼哼两声，要不就不搭理我们。"

两三个小时后，尼克回到了家，那些来帮忙的朋友们也已经回家了。他兴奋地告诉我们他得到了那份工作，明天起他就要受训做一家意大利餐厅的服务员。虽然要求服务员穿的制服把他吓呆了——包括一双硬邦邦的黑皮鞋和暗红色背心，但他被告知会赚到成堆的小费。

第二天下午，培训课程结束后，尼克在家里开始了练习，他借鉴了记忆中《小姐与流氓》里的服务生的角色。我们正坐下来用晚餐，

---

1 《小姐与流氓》(Lady and the Tramp)，迪士尼公司 1955 年推出的经典动画片。

他一只手高高举起，端着他想象中的托盘走了进来，用欢快的意大利口音唱道："噢，就是今晚，这个美丽的夜晚，我们称它为美丽之夜[1]。"

晚饭后，尼克问是否能借车子去参加一个匿名戒酒会。在错过宵禁和其他各种背信行为——包括把我们家的两辆车都撞坏（在同一场车祸中高效完成，开着一辆车去撞另一辆车）。他去年夏天开始就失去了驾驶权，但这个请求似乎很合理——匿名戒酒会是他康复治疗过程中的一个重要组成部分——所以我们同意了。他开着那辆还留有上次车祸凹痕的面包车出门了，会议结束后就老老实实地回了家，并告诉我们，他请了他新认识的一个人当他在镇上期间的担保人。

第二天，他又要求用车，这次是为了跟那个担保人共进午餐。当然，我又同意了。他对待康复治疗的态度，并严格遵守我们定下的规矩，都使我深感欣慰。这一次，他也只出去了短短的两三个小时。

接下来那天的傍晚，客厅的壁炉里生着火，凯伦、尼克和我都坐在沙发里看书。加斯帕和黛西在旁边褪色的地毯上玩着乐高。过了一会儿，我吃惊地听到尼克轻轻的鼾声，但是七点差一刻时，他突然惊醒过来。他看了一下手表，跳起来说："我差点儿要错过会议了。"他又一次问是否能借车一用。

尽管他累得睡着了，但他对康复的决心已经足以唤醒自己。尼克在浴室的洗脸盆里洗了把脸，用手将眼前的头发拨开，套上一件干净的 T 恤，跑出了家门，以便按时参加会议。看到这一切，我很开心。

已过了十一点，尼克还没回家。我很累，躺在床上却毫无睡意，

1　原文为意大利语 bella notte。

反而越发不安起来。能解释他晚归的理由或许有一百万个，匿名戒酒会的人经常会议结束后一起出去喝咖啡；或许他可能在和新担保人谈话。我的内心正在激烈地交锋，一边是要我放宽心，不要过分猜疑；另一边则是肯定我的猜疑——一定是发生了可怕的事情。我知道担心其实毫无用处，然而它却依旧时刻侵扰着我。我不愿设想最坏的结果，但有时尼克无视宵禁，那就预示着灾难的发生。

我凝视着黑暗，焦虑逐渐升级——这是个熟悉而可悲的状态。好几年了，我一直在等尼克。晚上，过了他的宵禁时间以后，我只能默默等待车子驶进车道时引擎发出的摩擦声，随后一切归于宁静。终于——尼克回来了，车门的关闭声、脚步声和前门的开启声。尽管尼克试图偷偷溜进屋，但我们的宠物狗布鲁图通常都会心不在焉地吠叫一声。或者我会等待电话铃响，永远不能确定电话那头是他（"嗨，老爸，你好吗?"）还是警察（"谢夫先生，您的儿子在我们这里"）。每当他晚归或没打电话回来时，我就不由自主地想到可怕的事，想到他死了。

事实上，尼克总会回来，一只手滑过栏杆，悄悄爬上过道的楼梯；或者电话会响起，"对不起,爸,我在理查德家。我睡着了。这么晚了,我想与其开车回家,不如在这儿住上一晚算了。明天早上见,我爱你。"我可能如释重负，也可能怒气冲天，抑或两者都有。

今天深夜，仍然没有他的影子，我终于再次陷入半梦半醒中。一点刚过，凯伦把我叫醒，她听见他溜进了院子。花园里一盏装了视频监控的灯闪烁起来，将它的白色光柱投射到后院上下。我披上睡衣，匆忙穿上鞋子，走出后门去逮他。

夜晚的空气满是寒意。我听到嘎吱嘎吱的碾压声。

我转过拐角，迎面碰上一只巨大的公鹿。它受到惊吓，迅速大步跑进花园，不费吹灰之力地跳过了阻挡野鹿的围栏。

我回到床上，和凯伦两个人都睡意全无。

刚才是凌晨一点半，现在两点了，我再次检查了他的房间。

两点半。

终于，传来了车声。

我在厨房里拦住了尼克，他嘟嘟囔囔地找了个借口。我告诉他不能再借用我们的车了。

"随便。"

"你吸了吗？告诉我。"

"上帝啊，没有。"

"尼克，我们有约定的。你去哪儿了？"

"我们一帮人到一个女孩家里聊天，然后一起看录像。"他低头看着地上。

"那里没有电话吗？"

"对不起，"他说着，火气冒了起来。"我说了对不起。"

我反驳道："这件事我们早上再谈。"话音未落，他已逃进房间，砰的关上房门并且上了锁。

吃早饭的时候，我瞪着尼克。出卖他的是他的身体，他像一辆空转的汽车一样全身颤抖，下巴歪斜，眼神飘忽。他跟加斯帕和黛西制订放学后的计划，轻轻地和他们拥抱，但声音却尖锐刺耳。

凯伦和孩子们走后，我说道："尼克，我们得谈一谈。"

他警惕地看着我。"谈什么？"

"我知道你又在吸了，我看得出来。"

他怒视着我。"你在说什么？我没有。"

"那你不介意做一下毒品检测吧。"

"随便。"

"那好，我想现在就做。"

"好啊！"

"去换衣服吧。"

"我知道我应该打电话的。我没有吸！"他几乎是在怒吼。

"走吧。"

他飞快地走进他的房间，关上门，出来时穿了一件浅色 T 恤和一条黑色牛仔裤，一只手插在口袋里，低着头，背包斜背在一边的肩上，另一只手握着电吉他的琴把。"你说得对，"他走过我身边，说道，"我回家以来一直在吸，整个这个学期都在吸。"他走出屋子，用力关上门。

我跑到屋外，大声喊他，但他已经不见了。我怔怔地在原地站了一会儿后回到屋里，进了他的房间，坐在他的床上。我从他的书桌底下捡起一张揉成一团的纸，尼克写道：

我是如此瘦弱

可我不在乎，只想再吸一口

那天傍晚，加斯帕和黛西冲进家门，从一个房间跑到另一个房间，最后停了下来，抬头看着我，问道："尼克去哪儿了？"

我尝试了各种办法来阻止我儿子陷入冰毒瘾。但是，正如每一个冰毒瘾君子的父母都会了解到的一样，这种毒品有着一种可怕的特质——它会让你感觉兴奋、产生幻觉，具有破坏性和自我毁灭性。尼克一直是一个聪明、理智、容易快乐的孩子，但是一吸冰毒，他就仿佛完全变成了另一个人。

尼克总是走在流行浪潮的尖端——他是苯丙胺[1]类毒品的开路先

1　苯丙胺（Amphetamin），又名安非他明，1887 年由德国科学家首先合成，1920 年开始被当作兴奋剂。苯丙胺类毒品包括冰毒、摇头丸等，是新型毒品，对人体损害极大，精神依赖性强，并可诱发精神分裂症等多种疾病，且易引发暴力行为——是极其危险的毒品，不能沾染。

锋，早在政治家们谴责它为"危害美国最严重的毒品"的几年前他就已经上了瘾。从全球范围内看，苯丙胺类毒品也无疑是使用得最多的烈性毒品，超过海洛因和可卡因两者相加之和。

我们家的故事有我们家的独特性，但和其他被毒品困扰着的家庭也有着共通性。我第一次去参加嗜酒者家庭互助会时就了解到，我们竟是如此的相似。有很长一段时间，我都很抵触参加这类聚会，因为在这些聚会上我常常会落泪。但是，渐渐地，我发现自己变得坚强了，孤独感也减轻了，不再感到那么烦恼了。另外，其他人的故事使我有了准备，来面对毒品可能会对我们家造成的突然袭击。这些聚会虽然不是什么万能药，然而，我对哪怕是最微不足道的任何理解和指点都感激不尽。

我疯狂地想帮助尼克，阻止他继续沉沦。这种疯狂与我的愧疚感和焦虑感混合在一起，吞噬了我。为了弄明白发生在我和尼克身上的一切，也为了找到一个解决办法，一个我没有想到的治疗方法，身为作家的我把它写了下来。我投入地研究起毒品、毒瘾和治疗方法。这是一个令人痛苦的过程，在这个过程中，大脑将组织和理清充满其中的经历和情感。最终，我的努力或许挽救不了尼克，写出来也治愈不了我——尽管我必须承认，它或多或少对我有所帮助。

其他作家的作品对我也很有帮助，每当我把托马斯·林奇的书《动与静中的身体：论隐喻和死亡》从书架上拿下来时，它就会自动翻到第九十五页那篇杂文"我们就这样"。这篇文章我读过十几遍，每一次都会潸然泪下。身为企业家、诗人和杂文家的林奇看着心爱的儿子毒瘾发作，心痛无比。他写道："我想记住他以前的样子，照片中那个有着蓝眼睛和雀斑的笑容满面的阳光男孩，抱着条大鱼站在他祖父的码头上；或是身穿他的第一套西装出席姐姐的小学毕业典礼；或是在厨房的灶台上一边画画一边吮吸大拇指；或是第一次弹吉他；或是上学第一天跟他的朋友们在照相机前摆弄姿势。"

为什么读别人的故事会有帮助？因为别人的经历会让我感觉自己没那么疯狂。而且，别人的经验，就像我在嗜酒者家庭互助会上听到的故事一样，可以当作未来可能会发生的事情的指引。托马斯·林奇让我看到，是会有人去爱一个迷失的孩子，而且可能是一个永远迷失的孩子。

　　我把我写的一篇关于我们家经历的文章，投给了《纽约时报》杂志。把人们邀请进我们的噩梦使我惶恐，但却不得不如此。我觉得如果我可以像林奇以及其他曾经帮助过我的人一样帮助到任何人，那么讲述我们的故事就是有价值的。我与尼克和家里其他人讨论过这件事，尽管得到了他们的支持，但我还是为自己将家里的事暴露出来、让公众审视和评价而紧张。然而，这篇文章获得的反响的确令我感到鼓舞，据尼克说，这也让他获得了许多勇气。一位图书编辑联系了他，问他是否有兴趣写一本有关他经历的回忆录，一本可能激发其他年轻人与毒瘾作斗争的书。尼克渴望讲述他的故事，他走进匿名戒酒会，当朋友们——甚至陌生人——把他与文章中的男孩联系起来时，大家纷纷给予他热情的拥抱，告诉他，他们是多么为他自豪。尼克说，这是对他康复过程中所付出的辛勤努力的有力肯定。

　　我也收到了许多来信，它们来自瘾君子及其家人——他们的父母、配偶、兄弟姐妹、子女以及其他亲人——成百上千人。有些反应是批判性的，譬如：有人指责我利用尼克以达到自己的目的，还有人对我描述的尼克曾有一段时期反穿衣服的事怒不可遏，攻击道："你容许他反穿衣服？难怪他成了瘾君子。"但是绝大多数信件倾诉着同情、安慰、鼓励，并倾述着共同的悲痛。许多人似乎感觉到终于有人理解了他们正在经历的一切——这就是悲痛的确喜欢伙伴的方式：人们释怀地了解到他们并不是独自在遭受苦难，他们是某个更大的东西中的一部分，或许可以这样理解，这是一个社会性的灾难——一种企图摧毁孩子们和家庭的流行病毒。不管什么原因，一个陌生人的故事似乎给了他们讲述自己故事的动力，他们认为我会理解——我的确理解。

"我坐在这里哭泣，双手颤抖。"一个男人写道，"昨天，在我每周一次的失子父亲早餐会上，有人把你的文章递给了我。三年前，毒品夺走了我十六岁的儿子。"

"我们的故事就是你们的故事，"另一个父亲写道，"不同的毒品、不同的城市、不同的康复之家，但却是同样的故事。"

另一个人写道："最初，我完全惊呆了，以为有人没经过我的允许就写了关于我孩子的故事。读到一半，我才意识到那些相似的重大事件的日期是不一样的，因此我不得不相信：其他父母也在经历着我所经历过的同样无法想象的悲剧和损失。"

"四分之一世纪里获得的感悟迫使我重写了最后一段：自从逃离最后一家毒品康复之家后，我儿子吸食过量，差点儿死掉。在被送往另一个城市参加一个非常特别的康复治疗后，他清醒了几乎两年，然后又开始失踪，有时好几个月，有时好几年。虽然曾经是国内排名第一的高中里最有才华的学生之一，但他却花了二十年才从一所劣等学院毕业。我也花了同样长的时间才放弃最后一线希望，承认我儿子永远不能或不会停止吸食毒品。现在他四十岁了，靠着社会福利津贴，住在一个成人瘾君子之家。"

还有更多的来信，里面写着令人难以接受的悲惨结局。"但是，我故事的结尾与你的不同。我儿子去年死于吸食过量，他才十七岁。"另一个写道："我美丽的女儿死了，她吸食过量，而她只有十五岁。"类似这样的信件和电子邮件不停地打断我的日常生活，不时地提醒我染上毒瘾的可怕结果。每一次提醒，我的心就被重新撕裂一次。

我不停地写，通过煞费苦心的写作，成功地用一种在我看来有意义的方式重新审视了我们的经历。当我把散漫而生涩的文字转化成句子、句子转化为段落、段落转化为章节时，在原本只有繁杂和疯狂的地方，出现了类似秩序和理智的东西。就像《纽约时报》那篇文章一样，发表我们的故事使我惶恐，但是随着大家的不断鼓励，我勇往直前。关于瘾君子的吸引人的回忆录并不少，其中最好的作品为爱着某个瘾君子的任何人提供了启示。任何经历过或者正在经历这种事的人都知道，关心一个瘾君子就像毒瘾本身一样，是复杂的、危险的、使人虚弱的。在我最糟糕的时候，我甚至厌恶尼克，因为一个瘾君子吸毒的时候，能够暂时摆脱自己的痛苦，但对于他的父母、子女、配偶，或是其他爱着他们的人来说，却无法拥有同样的解脱。

尼克断断续续地吸了十年毒，在此期间，我认为自己几乎已经做了一个瘾君子的父亲所能想到或做到的一切。即使现在，我知道对于瘾君子的家庭来说，依然没有一个正确答案，也没有一个清晰的蓝图。然而，我希望我们的故事能给那些需要陪伴和安慰的人带来一些慰藉和引导。我也希望人们看见某些东西，这些东西在所爱之人的毒瘾的许多阶段中，似乎是不可能看到的。尼采曾说："杀不死我们的，会让我们变得更强。"这句话对于瘾君子的家庭成员来说绝对是正确的。我非但没有倒下去，反而能做到的、感受到的比以前更多。

在讲述我们的故事时，我始终抵制作出预言的诱惑，因为那会是不真诚的——对于经历这一切的任何人都将是一种伤害——我从来不知道第二天会发生什么。

我一直竭尽全力地把所有影响尼克和我们家庭的重大事件如实地囊括进来——美好的和可怕的事。其中很多事让我惊愕，我惊讶自己做了很多事，也惊讶自己没做很多事。即使如同所有专家好心告诫瘾君子父母的那样，"不是你引起的。"我还是无法摆脱自己的负罪感。我常常感觉是自己耽误了尼克，承认这一点，不是在寻求同情或赦免，而是在陈述一个事实，一个会被经历过此事的大多数父母认可的事实。

听了我的故事后，有人表达了对尼克染上毒瘾的困惑。他说："你的家庭好像并没有机能障碍啊！"我们的确是有机能障碍的——和我知道的每一个家庭一样有机能障碍。有时过之，有时不及。我不能确定自己是否认识任何一个"机能健全"的家庭——如果机能健全的家庭意味着一个没有困难时期，也没有一大堆问题成员的家庭的话。像瘾君子本人一样，瘾君子的家庭是你想象得到或想象不到的一切。瘾君子有来自破裂的家庭，也有来自完整的家庭；有一事无成的人，也有成绩斐然的人。我们经常在讲座、嗜酒者家庭互助会或匿名戒酒会上听说，某些聪慧而可爱的人竟会落魄到让人惊讶和不解的地步。"你人这么好，不应该对自己做这样的事情。"菲茨杰拉德的故事里，一位医生曾这样告诫一个酒鬼。很多了解尼克的人表达了同样的感受。有人曾说："在我的印象中，最不可能发生这种事情的人就是他，不会是尼克，他太坚强、太聪明了。"

我也知道父母们有着可以自由选择的回忆，阻隔掉与我们精心编辑的回忆相冲突的一切——出于一种可以理解的逃避谴责的企图。相反地，孩子们常常盯着那些抹不去的痛苦记忆，因为它们留下的印象更深。尽管我与尼克母亲离婚，尽管我们做了不得已的远距离监护的安排，也尽管我有那么多缺点和不足，然而尼克的童年大多是快乐的。希望我在说这些的时候，没有沉浸在父母的修正主义中。尼克也肯定了这一点，但也许他只是出于好心罢了。

从找不出意义的事情中找出一点意义，在瘾君子家庭里是相当普遍的，但是，我们所做的还远远不止这些。我们否认所爱之人问题的严重性，并不是因为我们天真，而是因为我们无从知晓。即使对那些与我不一样的、从没吸过毒的人来说，也无法否认很多孩子——超过半数的孩子——会选择尝试毒品，这是一个无可争议的事实。对其中的一些孩子来说，毒品将不会对他们的生活产生严重的负面影响；但对另一些孩子来说，后果却是灾难性的。作为父母的我们尽其所能，咨询每一个专家，有时还远不止这些。但事实上，只有在不幸发生之后，我们才知道自己所做的一切还远远不够，有时甚至做错了。瘾君子否认问题，他们的家庭也与他们一道否认，因为真相常常令人难以接受，太痛苦或太可怕了。但是，必须承认问题，否认是危险的。我希望有人曾经用力摇晃我，告诉我，"趁你还有机会的时候予以干涉，不然就太晚了！"可是，没有人摇晃我说这些，即使有人这样说了，我或许也会听不进去——也许我不得不用艰难的方式来了解这一切。

跟很多处在我这种特殊情形下的人一样，我也迷上了我儿子的毒瘾。当我深陷其中时，甚至在以牺牲我对妻子和其他孩子的责任为代价的情况下，我仍认为自己是有道理的。我以为，父母必须全力以赴地投入孩子的生死之战。但我终于了解到，自己对尼克的全身心关注并没有帮助他，也许还伤害了他。或许这对他没有影响，但这种执迷肯定伤害了我家里的其他人和我自己。除此之外，我还吸取到另一个教训，一个震撼心灵的教训——无论怎样，我们的孩子都会活着或死去。不论我们做什么，父母都不能为孩子选择生或者死。这是一个毁灭性的认识，但也带着解脱性。我终于选择过自己的人生，我选择了那条危险但却必要的道路，它让我接受了尼克会自己决定怎样——或者是否——活下去。

正如我所说，我并没有宽恕自己，同时，我仍然在为自己能宽恕尼克多少而挣扎着。不吸毒的时候，他聪明、善良、有爱心、充满了领袖人物的魅力；但如同我听说过的每一个瘾君子一样，他一吸毒就完全变成了一个陌生人，冷漠、愚蠢、危险、自我毁灭。我很难将这两个人联系在一起。无论是什么原因——遗传基因、我和妻子的离异、我自己的吸毒史、我对他的过度保护、我对他的保护失败、我的宽容、我的严厉、我的不成熟……然而，尼克的毒瘾仿佛有着它自己的生命。我曾经试图揭示毒瘾是怎样阴险地潜入并占领一个家庭。在过去的十年里，我曾经无数次因为无知、希望或恐惧而犯下错误。我试着按照事情原有的样子一五一十如实地讲述出来，希望读者在选择道路之前可以辨认出错误的道路。不过，如果他们没有辨认出，我也希望他们至少不要责怪自己选择踏上这条路。

当我的孩子出生时，我根本无法想象他会遭受尼克曾遭受的这些痛苦。父母们都希望孩子们只遇到美好的事情。我是一个典型的父亲，认为一切糟糕的事情不可能发生在我们身上——不可能发生在我儿子身上。然而，尽管尼克是独一无二的，但他依然只是一个普通的孩子，他也有可能是你的儿子。

读者应该了解在这本书中，我修改了几个名字和细节来掩饰一些人物的真实身份。我从尼克出生的时候开始写起。一个孩子的出生，对于每一个家庭来说，都是一件欢乐并且带有转变性意义的重大事件——对于我们来说，也的确是如此。

第一部分　深夜无眠

我的女儿总是让我想起我曾经的样子。她快乐且充满爱心，亲吻她遇到的每一个人，因为她认为每个人都是好人，都不会伤害她——这使我害怕到无以复加的地步。

——柯特·科本[1]（写于其《自杀笔记》）

1　柯特·科本（Kurt Cobain，1967—1994），美国著名涅槃乐队（Nirvana）主唱，二十世纪九十年代摇滚乐坛巨星。1994 年自杀身亡。

1

我和妻子维基住在伯克利一幢灰色的平房里，房子大约建于二十世纪二十年代，隐藏在街道边的一排竹墙后面。那是1982年，一个等待的夏天。其他的一切事情——工作、社交活动——都被搁在一旁。我们宝宝的预产期是七月。

超声波确认了他是一个男宝宝，我们为他的到来做着准备。我们粉刷和装饰了一间育婴室，在里面摆上了白色的婴儿床、淡蓝色的柜子、装满苏斯博士[1]书籍的书架，在门口两边站岗的是一位朋友提早送给宝宝的礼物——一对巨大的毛绒熊猫。另一个朋友则借给我们一个家里的祖传宝物——一个新月形的奶黄色摇篮。它悬挂在客厅的一角，好像漂浮在远处星光闪烁的旧金山上空。

维基的宫缩开始于7月20日凌晨。我们按照在生产呼吸法课上学过的那样，记下每次宫缩的间隔。时间到了，我们就开车去医院。

黎明时分，尼克出生了——我们的漂亮男孩。

孩子的到来使我们欣喜若狂，我们心甘情愿地放弃睡眠，安抚他的哭泣，为他唱摇篮曲。我们陷入一种充满柔情的状态中，被一种梦幻的满足感包围着。这种状态如果发生在我们任何一位朋友身

1　苏斯博士（Dr. Seuss, 1904—1991），美国二十世纪最卓越的儿童文学作家之一，一生获奖无数。代表作《戴高帽子的猫》。

上，那都会使我们惊骇不已（事实上，我们的很多朋友看到我们这样都惊骇不已）。有时，我们只是目不转睛地盯着宝宝握成拳头的小手，还有他那明亮清澈、充满活力的眼睛。

我们属于第一代有自我意识的父母。我们为孩子找寻最好的东西——《消费者导报》推荐的最好的婴儿车和最好的婴儿汽车安全座椅——并为购买他们的玩具、尿布、衣服、食物、药物、接种的疫苗，以及其他所有东西的每一个决定而焦虑烦恼。没多久，婴儿床被一张铺着斑马床单的单人床所取代。我们推着婴儿车散步，在伯克利公园和儿童乐园里玩耍，参观旧金山动物园。尼克的书架塞满了书，《晚安月亮》《轻拍兔宝宝》《野兽国》和《胡萝卜种子》等等。这些书我念得太多，多到全背得下来。

"牛奶、牛奶，早晨蛋糕的牛奶。"

"从这儿到那儿，从那儿到这儿，好玩的事情到处有。"

"狗是用来亲的，雪是用来滚的，扣子是用来保暖的。"

三岁的时候，尼克每周会花几个上午待在离家几步之遥的一家幼儿园。他在幼儿园的生活十分丰富，捉迷藏、画画、唱歌和玩黏土，还有在爬行架和秋千上的户外时光。那时，我们常在公园的水泥滑梯那儿遇到其他家庭，滑梯顺着下坡滑到一棵橡树的树荫底下，尼克快乐得大声尖叫。

尼克是一个天生的设计师和建筑家，他喜欢用乐高玩具搭建四通八达的街区和小人国。他也喜欢骑着一辆大轮子的三轮车在屋子周围巡逻，或在铺着红砖的前院里，推着我父母送的天蓝色塑料敞篷车上，像模像样地要给它加足马力。

我们参观索诺玛[1]的火车城，在那里，尼克驾驶着一辆蒸汽机车在仓库和风车间绕行。我们到优胜美地国家公园旅行——在鲜花盛

1　索诺玛（Sonoma），位于美国旧金山金门大桥以北，是著名的葡萄酒产地。

开的春天，我们喜欢徒步走到各个瀑布。冬天，我们在山谷里玩雪。还有蒙特利海洋水族馆，在那里，荧光闪闪的水母和来回游动的鲨鱼把尼克迷住了。

尼克还会穿上和服跟法兰绒睡裤，抱着一把塑料吉他，扯着嗓子唱道：

叮叮当当，我的小毛驴快跑，

叮叮当当，我的小毛驴会说话，

我的小毛驴啊，吃饭会用刀和叉。

然后，他脱去和服，穿上小丑睡衣，上面有薄荷绿、宝石蓝和樱桃红的大圆点。他脚上还穿着一双闪着蓝绿荧光的长筒雨鞋。

我们沿着人行道往前走，他的雨鞋因为太大显得拖沓。我的大手握住他的小手，他的塑料吉他斜背在肩上，每见到一个水坑他都要在里面重重地踩一踩脚。

他的眼神若有所思，那古铜色有时会融化成绿色，充满了生命力。

他一边走一边跳着一种滑稽的小舞步，并将一把黄色的伞高举在头上。

"哎呀，好像要下雨了哦。"

这种看似甜美的生活使我们忽视了一个隐隐逼近的灾难。我和维基作为新手父母，在疲惫但幸福的状态下度过了尼克出生后的头三年。我们经常睡眠不足，但当我们终于清醒过来时，却发现我们的婚姻正摇摇欲坠——我爱上了我们家的一个朋友，她的儿子是尼克的玩伴。

我和维基都深爱着尼克，但我完全没办法处理我们之间不断升级的问题。当我们去见婚姻治疗师的时候，我宣布一切已经太迟了，

23

我们的婚姻结束了。维基完全没有准备，而且，我们还有尼克。

尼克！

在家里，当我和他妈妈吵架时，尼克会躲到那两只熊猫的怀里寻求安慰。

不会有任何一个孩子会从像我们这种苦涩和野蛮的离婚过程中受益。就像核弹炸裂开来一样，那种附带的伤害是广泛而长久的——尼克受到了重创。

我们平分了瓷器、艺术品和我们年幼的儿子。显然共同监护似乎是最好的办法——我和维基都想要跟他在一起，而且没有理由怀疑这种做法的英明之处——对他来说，最好的办法是继续由父母双方共同抚养。很快，尼克有了两个家。送他到他妈妈家的时候，我们在白色栅栏前拥抱，我跟他说再见，然后看着他走进屋里。

维基因为要再婚，搬去了洛杉矶。我们仍然都想要跟尼克在一起，但相隔五百英里，之前那种非正式的共同监护安排已经继续不下去了。我们俩都真诚并强烈地相信，对尼克最有利的做法是让他跟自己在一起，而不是他双亲中的另外那一个，于是我们聘请了离婚律师。

有的律师能够成功地从中调解并达成协议，但是监护战终究还是要闹上法庭，通常情况下会非常伤人，并且代价昂贵。我们的律师每小时收费两百美元，并且还要收取五千到一万美元的预付费。当得知法官常常采纳法庭指定的儿童心理学家进行彻底评估后提出的建议时，我们逐渐见底的银行账户开始让我们变得理智起来。我们分居后不久，尼克就一直在看一位心理医生，我们决定聘请她来做评估，并同意听从她的建议。

这位医生展开了为期三个月的类似宗教审查的调查。她与我们、我们的朋友以及家人都进行了面谈，还拜访了我们各自在旧金山和洛杉矶的家。她在办公室里跟尼克进行长时间的疗程，与他下棋、玩扑克、搭积木。有一天，尼克在她办公室玩娃娃屋时，他告诉她，妈妈的房间在一边，爸爸的房间在另一边。当她问起小男孩的房间时，他回答说："他不知道自己将睡在哪里。"

我们在她的办公室里见面，听她的判决。我和维基坐在一对皮革扶手椅里，面向着她——一位令人印象深刻的女人，黑褐色的鬈发，如瓶底厚的眼镜后面是一双具有穿透力的眼睛。她双手交叠放在膝上，开始说话了。

"你们两位都是很有爱心的父母，都希望儿子得到最好的安排。在这次评估过程中，我了解了关于尼克的一些情况，他是一个很特别的孩子，机智敏感、表达力强、极为聪明。我想你们也知道，这场离婚和未来的不确定性使他非常痛苦，为此，我努力权衡了所有因素，希望能做出一个最有利于尼克的安排——一个在没有理想选择下的最佳安排。我们想尽最大努力减小尼克生活中的压力，使一切尽可能维持原状。"

她轮流看了我们两人一眼，重重地呼了一口气，说由我负责陪伴尼克在旧金山读书，度过学年，而节日和假期，他将与维基在南加利福尼亚度过。

我试图准确理解她所说的话，我赢了——不，我输了，维基也输了。每一个学年他都会在我身边，但是如果没有他，圣诞节会是什么样子？还有感恩节？暑假呢？医生把详列她决定的文件副本递给我们，我们在她的办公桌上签署了文件。难以置信的是，在钢笔的嚓嚓声落在纸上的那一刹那，我将儿子的一半童年签了出去。

这个安排对我和维基都是如此不利，对尼克则是更为糟糕。为交接作准备，他把玩具和衣服打包在一只凯蒂猫行李箱里。我开车送他去机场，他说他很难受，并不是因为他不想见他妈妈和继父——他想见他们——而是因为他不想离开。

开始的时候，我们两人中总有一个人陪着他飞，但是五岁时，他就开始独自旅行了。他那只小行李箱渐渐换成了一只帆布背包，里面塞满了各种随年龄增长所需的重要物品（书籍杂志、《星际迷航》的迷你模型、塑料的吸血鬼牙齿、CD随身听和CD、一只乌龟玩偶）。一位乘务员把他领上飞机，我们互道一声："保重。"这是我们表达我爱你的方式——我会多么想你啊、对不起以及他来来去去时所有杂乱的感情都包含在这简单的两个字里。

往返于旧金山和洛杉矶之间的飞行旅程是没有父亲或母亲管着他的唯一时间，所以他会点在家里被禁止的可口可乐，我们也无可奈何。

五岁时，尼克开始上幼儿园。幼儿园坐落在旧金山一幢百年红木的建筑里。在这里，当你在吃点心的时间里进去，可能会看到父母和孩子在一起烤玉米饼。学校有石头阶梯和类似老式仓库门的大门，门外是用回收的碎轮胎铺成的、有弹性的橡胶地面的游乐园，里面有绳球、红木爬行架和篮球。学校的老师致力于培养"全面儿童"，所以"读、写、算"与使人印象深刻的音乐教育项目融为一体。这些对尼克似乎很理想，因为他在幼儿园里展示了他在黏土、手指画和服饰方面无可比拟的创造性。他典型的服饰包括一顶变了形的硕大牛仔帽，一件涂鸦T恤，外面套着一件带流苏边的皮背心，下面是一条蓝色紧身裤和一双有大象耳朵状搭扣的运动鞋。当别的孩子取笑他"只有女孩子才穿紧身裤"时，尼克回答："超人也穿紧身裤啊。"

我为他的自信满满和独特个性感到无比自豪。

尼克有一群风格迥异的朋友，他经常和一个想当特工的男孩在金门公园玩。他和尼克匍匐潜行，偷偷爬到在公园长凳上聊天的家长们面前吓他们一跳。尼克的另一个密友是一个留着鸡冠头，有着炯炯有神的玛瑙色眼睛的男孩，他们一起搭乐高城市和积木铁轨，在上面比赛玩具小汽车。

尼克酷爱电影，他对电影的品位使我的一位朋友印象深刻且饶有兴趣。他是一本地方性杂志的编辑，他邀请尼克写一篇题为"尼克挑片"的文章。尼克口述："有时候小孩子在选录像带的时候拿不定主意，但是他们必须迅速作出决定，因为大人们十分钟后就得去理发店。"他还评论了《小飞象》，"很好看！歌很好听"。

有一天下午，尼克宣布他想为学校的圣诞玩具捐献活动捐点儿东西。于是，他搜遍了卧室，除草一样地拔出了他的大部分绒毛玩具、纸板游戏和战士人偶。书架上的图画书也被扫去很多，以便腾出地方来放《纳尼亚传奇》和E.B. 怀特[1]的书。尼克留下了绒毛熊猫，他在努力试图长大，尽管是有选择性的。

尼克和他的朋友发现了任天堂游戏机，然后开始谈论（成年人）听不懂的东西，迷你老板游戏、特异时空、神秘阶级等等。有一次万圣节，尼克扮成了少年忍者神龟。

尼克偶尔也会惹些小麻烦。有一次，他在一个朋友家过夜时，两个人打恶作剧电话被人逮着了。那是他们在看《辛普森一家》时学来的，他们打黄页中列出的酒吧电话。

"喂，请找酒鬼先生接电话。"

"好的，孩子。"接电话的人对着人群喊道："这里有酒鬼吗？"

人群爆发出大笑声。

---

1 E.B. 怀特（1899—1985），美国当代著名散文家、评论家，文风冷峻清丽、辛辣幽默、自成一格。他的代表作品有：《精灵鼠小弟》《夏洛的网》和《吹小号的天鹅》。

不过，总的来说，尼克的表现还是不错的。有一次，在他报告卡的评语栏里，一位老师写道："尼克有时好像有点儿情绪低落。"她继续写道，"但是，他会自己从低落的情绪里走出来，然后又变得精力充沛、热情投入、幽默风趣——他是班上的领袖人物。"其他老师的评语则都是赞扬他的创造力、幽默感、同情心、参与性和在学业上的一流表现。

我有一个盒子，里面收藏着关于尼克过去的点点滴滴，比如他在被问及是否应该总是竭尽全力时的回答。"我觉得一个人不应该时时刻刻都竭尽全力，"他写道，"因为，如果一个吸毒的人问你要毒品的话，你就不应该竭尽全力为他找到毒品。"

收藏进盒子的还有他写给我的一封非常有说服力的信。当时，学生被要求为他们作出的任何选择展开辩论。尼克的信的结尾是这样的："因此，我认为应该允许我多吃一些零食。"

尼克偶尔会做噩梦。在一个噩梦里，他来到学校后发现他和同学们不得不接受吸血鬼检查。检查类似在传染病蔓延时期进行的虱子检查。做虱子检查时，老师会戴上外科手术手套，手指伸进每个同学的头发里，审视着每一个毛囊。只要发现一个虱卵，被感染的孩子就会被送回家，用灭虱药和密齿梳仔细梳理来除虱。那样会很疼，孩子的尖叫声可能会引得善意的邻居拨打儿童保护组织的电话。

在梦里，尼克和朋友们排着队接受吸血鬼检查。戴着手套的老师把他们的嘴唇两边提起来，看看他们的上颌犬牙有没有被尖牙取代。变成吸血鬼的孩子立即被用木桩刺透心脏处死。有一天早上，尼克在车上复述了这个梦，说这对吸血鬼很不公平，因为他们也没办法控制自己。

我不知道是不是因为他们道听途说了恐怖故事，尼克和他的朋友们好像都过度害怕了。我们公寓后面有一个小院子，但他们不愿意到外面玩，除非我和他们一起去。我也听其他家长苦恼孩子怕黑、晚上哭闹、不愿意一个人独睡。尼克临睡觉前，都会叫我每隔十五分钟就去看他一下。

我唱歌给他听。

闭上眼睛，
不要害怕。
怪物走了，
他在逃跑，
爸爸在这儿。

2

醒来！
醒来！醒来！醒来！
快醒来！快醒来！快醒来！
这里是你亲爱的老爸！

干燥的秋日早晨在尼克的背诵中拉开了帷幕，他背诵的是他最喜爱的一部电影《为所应为》里的开场白。我们换好衣服，出发去金门公园散步。走过花园时，尼克说道："看那些橘子！绿色、红色和金色！好像昨天夜里世界被巨人用手指涂了颜色！"回到家里，尼克帮着做松饼。除了打鸡蛋以外他什么都做——他不想手上沾到"黏糊糊"的东西。

我们的公寓完全是儿童王国，不管我想尽多少办法将尼克的影响局限在他的房间里。整个公寓可能前一天才打扫干净，但第二天尼克大大小小的衣服就会到处散落着，还有棋盘和棋子、游戏机和五颜六色的乐高积木。事实上，乐高积木无处不在——银器抽屉里、沙发靠垫下、盆栽植物的根茎中间。有一次，我的打印机动不了，结果修理人员发现问题是一个乐高积木卡在轮子后面了。

尼克坐在餐桌旁等着吃松饼时，用一支肥肥的红铅笔在条纹纸上写东西。"昨天我们在学校做比萨，"他写道，"我们可以选择谢达尔奶酪或别的奶酪。嘿，你知道怎么拼写'喔'这个单词吗？他们说杰克吻了伊莲娜，所有的孩子都说'喔……'。你知道猫头鹰可以把脑袋完全转过来吗？"

我把一个松饼放到他面前，他倒上枫树糖浆，并搭配着音效——"咿……呀……！热岩浆！"——与此同时，我为他弄好了带去学校的午餐，有花生酱果冻三明治、胡萝卜条、一个苹果、一块曲奇饼和一盒果汁。

他换好上学的衣服，一边绑鞋带一边哼儿歌。我们快迟到了，于是我催他快点儿。他很快坐到了车后座上，往熊爸爸玩偶身上吐了一口唾沫。

"你在干吗？"

"它掉到石灰坑里去了。你给我挠挠膝盖好吗？"

我把手伸到后面，手指头轻轻挠着他的膝盖，惹得尼克一阵大笑。

"好了，好了，不要挠了。我只是想记起被人挠痒痒时的感觉。"

车停在学校前面的时候，离上课铃响起还有几分钟。我每天最大的成就是按时把他送到学校，但是今天有点儿不对劲。其他车在哪里？到校的孩子以及迎接他们的老师在哪里？我突然意识到，今天是星期六。

我不相信前世报应，但我渐渐相信了现世报，就像约翰·列侬的《现世报》里唱的，这辈子的因果报应。究其本质，无外乎今生我们种豆得豆——解释了女友的所作所为是我应得的惩罚（她做了我对维基做过的事——跟别人跑了）。我当然非常受伤，而尼克不仅要忍受我的绝望，还要忍受我在恢复期间所交的几个女朋友。这些女朋友在某些方面很有天赋，然而在母亲这个角色上却都没有才能。

"你是谁?"尼克走进厨房，看到一个顶着火山爆发式发型的女人。

女人介绍了自己，她是个艺术家。"我知道你是谁，你是尼克。我听说了很多关于你的事情。"

"我没听说过你。"尼克回答。

另一个晚上，我和尼克在一家意大利餐馆与另一个女人一起吃饭。这个女人有一头金色卷发和一双绿眼睛。晚饭后回到公寓，我们三个人一起看了《T博士的五千根手指》。然后，她在客厅里看杂志，而我则在尼克的房间里给他讲故事直到他睡着。

通常，我都会小心翼翼地锁上我卧室的门，但这次我忘了。早上，尼克爬到我的床上，发现了那个女人。女人醒了，与她四目相接。他问道："你为什么在这里?"

她机智地回答道："我在这里过了个夜啊。"

"哦。"尼克说。

"就像你在朋友家过夜一样。"

"哦。"尼克又说。

我把尼克送回房间，试图向他解释，但我知道自己已经犯了一个可怕的错误。

没过多久，我就意识到自己的单身生活方式可能对尼克来说不是很好，于是我暂停了约会。我决心不再重犯那些导致离婚和其他失败关系的令人尴尬和痛苦万分的错误，并从此进入到一个单身、自省和治疗的阶段。

我们的生活平静了一些。

周末，我们会绕着内河码头散步，或爬上电报山[1]来到科伊特塔[2]，坐电缆车到唐人街观看焰火；和邻居们——尼克的非正式教父们，一道去卡斯特罗剧院看电影。平时的晚上，尼克做完作业后，我们会一起玩游戏、做饭和读书。尼克很喜欢读书，《时间的皱纹》《小教父》《霍比特人》都是他爱读的书。

1989年的一个夏夜，我在朋友家的晚宴上，认识了一个来自曼哈顿的女人——凯伦。她有一头深棕色的头发，穿了一条简单的黑色连衣裙。她是一位画家，也写儿童故事，还为儿童书籍画插画。凯伦说她是来马林郡看父母的，明天就要飞回纽约。我提到下个星期我也要去那儿做一个访问。经过一阵尴尬的沉默，坐在我旁边的朋友递给我纸和笔，在我耳边低声说道："向她要电话号码。"

我要了。

我们第一次约会是在纽约的一个朋友的聚会上，美妙的音乐声中，招待们端着香槟酒和小点心的托盘穿梭于宾客之间。聚会结束后，尽管那是一个闷热的夜晚，我还是陪她走过整个曼哈顿，回到她在市中心的公寓。其间，我们一刻也没停地聊着。每次我们碰到一家通宵营业的杂货店，就买冰棒吃。最后，在她家门口道别时，已经是黎明时分。

我和凯伦通过电话和信件保持联络，我们在她来看父母或者我去纽约办事时见面。大约六个月后，在凯伦来旧金山的一次旅行中，

1　电报山（Telegraph Hill），位于旧金山。

2　科伊特塔（Coit Tower），位于电报山的山坡上，高约六十米。

我把她介绍给了尼克。她给他看她的美术书，他们在一起画漫画，一画就是几个小时。他们在长条纸上画画，创作了一个美丽的公园场景，里面有牢骚先生（一个胖乎乎的男人，坐在长凳上吃金枪鱼三明治）、皮包骨面条先生和他的面条宝宝、假发先生、无身体先生及太太（他们没有身体）。

在世贸中心旁的一幢公寓里住了六年以后，凯伦搬到旧金山与我们同住。也许尼克只是想讨好他生活中的这个新生力量，在一篇作文中，他写道："她住在一家叫做火腿天堂的餐厅顶上的一个大阁楼里，她的阁楼是一个凉爽的地方，你可以在屋顶上放烟花……她决定到旧金山，跟她的新家人在一起，那就是我爸爸、我和她。"

不久之后，我们在索萨利托¹租了一栋房子，这样我们就可以有一个院子了。我们的房子以镇上最古老的房子之一而著名，一幢摇摇欲坠、会漏雨的维多利亚时期的房子，屋内比屋外稍微暖和一点，但也暖和不了多少。为了弥补这个缺点，壁炉里的火总是烧得很旺。我们三个会坐轮渡横跨海湾，经过恶魔岛²，前往旧金山。我们和另一家人拼车去尼克在市区的学校——尼克那时已是小学四年级的学生，在当地的小联盟球队里打棒球，我和凯伦去为他加油。他穿着绿色勇士队棒球运动衫，戴着棒球帽，打二垒。其他男孩会嘻嘻哈哈闹来闹去，而尼克则一本正经。他的教练告诉我们，尼克是队长，其他孩子都听他的指挥。

父母们滔滔不绝地谈论着自己的孩子，但是倘若问起认识尼克

1　索萨利托（Sausalito），金门大桥北端一个依山傍水、风景如画的小镇，被当地华人称为"潇洒丽都"。

2　恶魔岛（Alcatraz Island），位于旧金山渔人码头以北的一座小岛，曾是美国历史上著名的关押重刑犯的监狱所在，二十世纪七十年代初，政府决定关闭该监狱并以观光地名义重新开放。

的人，他们都会称赞他幽默、富有创造力和感染力，会让身边的人都感受到生活的乐趣。尼克经常会在不知不觉中成为瞩目的焦点，不论是在学校活动中，还是在晚餐派对上。有一天，一位挑选演员的导演来到他们学校，观察孩子们在运动场上玩耍，然后面谈了其中的一些孩子。那天晚上，她打电话到我们家，问我是否会考虑让尼克出演一个电视广告。我跟尼克讨论，他说这事听起来很好玩，于是我同意了。对于他赚得的那一百美元报酬——十美元给了尼克，作为对他的奖励，剩下的部分，我们用他的名字开了个银行账户。

这个广告，是为一家汽车公司拍的。

广告播出后的两个月，有一次，我们三个一起去看电影，一个穿着皮衣皮裤、脚蹬黑色摩托靴的男人认出了尼克。他指着尼克尖声呼叫："噢，我的天！这是尼克！"

五月份，我和凯伦在她父母家房子前的草坪上结婚了。那时尼克九岁，尽管我们想办法让他放松，但他还是很紧张。不过第二天早上，他好像如释重负了。"一切都是老样子。"他说，看看我又看看凯伦，再看了看房子周围，然后又看向我，"虽然有点儿怪！"

"艾米小姐，她是一个邪恶的老巫婆，后妈都是这样。"杜鲁门·卡波特[1]归纳了大多数人对后妈的看法。这不是什么新观点，欧里庇得斯[2]曾写道："宁可做仆人，也不要当后妈。"然而，凯伦和尼克却越来越亲近，难道是我只看到自己想看到的一切吗？希望不是，我想不是这样的。他们仍然一起画画，一起看美术书，讨论艺术家。凯

---

[1] 杜鲁门·卡波特（Truman Capote，1924—1984），美国历史上著名的南方文学作家，代表作《蒂凡尼的早餐》《冷血》等。

[2] 欧里庇得斯（Euripides，公元前485或480—公元前406年），与埃斯库罗斯与索福克勒斯并称为希腊三大悲剧大师。

伦带他去美术馆，让他在那儿画画。他从众多名家画作中获得灵感，狂热地做了许多笔记，还画了很多素描。

她教他法语——开车的时候帮他练习词汇——他们开心地聊着共同感兴趣的书籍、班里的同学和电影。

尼克一直试图要我玩一种叫做《街头斗士》的电子游戏，但我很快就厌倦了那种痛击和撞头式的游戏场面。然而凯伦却不仅喜欢玩，而且很擅长，还会经常打败尼克。她还喜欢尼克的音乐，而且不像我，从来不会让他调低音量。

凯伦和尼克互相取笑，毫不留情。出去吃饭时，他们总是会点奶昔。他会慢慢品味，而凯伦则飞快地喝完自己的，然后想着法子偷喝尼克的。

他们会玩各种有趣的文字游戏，简直可以把牙都笑掉。

尼克管凯伦叫妈妈或者 KB（她名字的缩写）。但凯伦承认这对她来说不是一种自然的关系。有一次，她跟尼克坐她母亲南希的车，尼克突然哭了，也不是因为什么具体的事情，只是心烦。凯伦很吃惊，问南希："他怎么了？"她回答说："他是个小孩子，小孩子偶尔就是会哭鼻子的。"另一个晚上，他们一起在凯伦的父母家，凯伦发现大家围坐在电视机前时，南希把尼克拉到身边，轻轻地抚摩他的后背，他看上去一副心满意足的样子。这对凯伦来说，似乎是一个重大的启示。她说刚开始的时候，尼克对她来说好像是个陌生人，因为她长大后就再没跟小孩子在一起相处过。"我从来没预料到这一切。"她说，"我完全不知道该如何对待尼克。"

但她并不总是感觉如此。有时候，尼克脾气粗暴——对我也一样，每当这种时候，凯伦会说，她希望自己是尼克真正的妈妈。不过，她对自己不是尼克的亲身母亲这个事实是有充分认识的。凯伦经常被提醒：继母不是母亲。她有很多母亲的责任，但没有母亲的权威。有时，当她就尼克把手肘放在桌上的事情进行论辩时，我只是保持沉默，尽管我总是鼓励她说出心里的想法，却还经常给尼克解围。后来我才意识到自己的所作所为又削弱了她的威信。对于尼克来说，最难受的也许是他对与母亲以外的异性关系亲密而感到内疚，这是典型的心理特征。凯伦的床头柜上放着许多怎样做继父母的书籍，其中一本就是这样说的。

有时，我们都会强烈感觉到维基不在尼克身边对他有着怎样的影响。当尼克想念她时，他会打电话给她，尽管听到她的声音后，他可能会更难过。我们一直鼓励他，一有机会就去看她，想打电话给她就随时打——这是我们唯一能做的。

我感觉到尼克在经历一种断断续续的蜕变，仿佛一场搏斗正在他身体内展开。他还是抱着他的毛绒熊猫，但在卧室墙壁上贴了一张"涅槃王朝"的海报。尽管他仍然经常叛逆，却越来越屈服于同龄人的压力。他开始尝试青春期前的各种尴尬行为，常常穿着邋遢的毛衣和笨重的马丁鞋到处转悠。他的刘海长长地垂在眼睛上方，头发还染了颜色。我允许他这样做，但并不是没有考虑过自己是否做得对。同时，我也强迫他剪头发，即使他因此对我发脾气。在我做出选择时，我权衡着各种因素的相对轻重。尼克偶尔会情绪低落，但并不比我认识的其他孩子严重。他在学校也受到一些轻微的惩戒——比方说，因为在一个笔记本上写"索菲亚很烂"（索菲亚是他班上一个顽固的女孩），他不得不写道歉信。不过，在大多数情况下，尼克在学校里表现良好。在一张报告卡上，一位老师评价道："毫无疑问，他将给这个世界带来厚礼，我期待看到他的表现！"

3

凯伦在印威内斯[1]有一间带花园的小屋，离镇子不远。有段日子，我们会尽量在那里多待一些时间。我们待的时间越久，就越欣赏这个社区的不合时代感和壮观的自然美景。我们定期拖着旧独木舟漂下小溪去远足，遇到涨潮时，就划去海湾北面一个隐蔽的入海口。在那里，我们上岸野炊，在海滩上寻找米沃克人留下的箭头。我们徒步走在国家海岸公园纵横交错的小路上，在那里，无数的野花在春天里绽放。到了夏天，田野被烤干成金色，黑莓也熟了，蓝色的蝴蝶花怒放得让人惊叹。潮湿的冬天里，我们全副武装，徒步穿越国家公园或者走过南北海滩，观看正在迁徙的灰鲸。在那里，太平洋的海浪高达二十英尺以上。

在此之前，尼克很少愿意去海滩——他不喜欢弄得满身是沙——但是没过多久，他就几乎一有时间都在海边或海水里度过。我们会开车驶过连绵起伏的黄色芥菜花田，开往麦克鲁白沙湾，去赶一次不太大的潮。我们沿着海岸走在湿滑的岩石上，尽量保持平衡，观赏惊涛拍岸的盛景。我们在潮水坑里寻找蛤贝、海星、海胆和章鱼。在莱门都尔海滩[2]，尼克看到凯伦跳入十二月中旬的冰冷海水里，他也跳了进去。他们用一条条长长的海草相互打闹，出来的时候，他全身抖个不停。托马尔斯海湾相对温暖一些，在那里游泳时，凯伦和尼克玩一种把他从她背上摔到海里去的游戏。在德雷克、斯廷森和博利纳斯沙滩上，尼克尝试着俯卧冲浪。在冲浪板上，他看上去自然而优雅。他冲得越好，就越想冲浪。我们在海里度过了无数欢乐时光。我们研究航标和天气预报。只要起浪了，风在离海岸不远

1　印威内斯（Iverness），位于金门大桥以北，约一个小时车程可达。

2　莱门都尔海滩（Limantour Beach），位于加利福尼亚州。

处的时，我们就朝海滩进发。尼克在海滩上给冲浪板上蜡，他修长健壮，全身都被太阳晒成了古铜色。他脖子上戴着橙色的珠子，四肢细长柔软，棕的双手和同样棕色窄瘦的双脚。他的睫毛又黑又粗。拉上黑色的冲浪服时，他看上去就像有了海豹一样的皮肤。

在西马林郡的诱惑下，我们在印威内斯的山坡花园里建了一座房子和一个画室，并秋天前搬了进去。尼克将在一个新学校里开始读小学六年级——他非常的紧张和害怕。

新学年的第一天过后，我们围坐在一张紫色四方桌子旁的高背椅上。尼克告诉我们他认为自己一定会喜欢上这所学校，他说："我们老师问：'你们中有谁讨厌数学？'几乎每个人都举起了手，我也举了。她说：'我也讨厌数学。'然后她微笑着说道：'等我教完你们，你们就不会再讨厌它了。'"

接着，他说很多孩子似乎都不错。他告诉我们，他刚到学校，穿过走廊时就突然听到一个男孩冲他喊："尼克！"原来那个男孩在他参观学校的时候就记住了他。

第二天放学后，尼克说另一个男孩称他为朋友。"体育课上，那个红发男孩递给我一根曲棍球棒，另一个男孩说：'不，那是我的球棒，我先拿到的。'红发男孩说：'这是给我朋友尼克的。'"

那段日子，尼克看起来很酷，经常穿着低垂到胯上的裤子和运动型 T 恤衫，一副松散的少年姿态，一头染成红橙相间的短发。然而他基本上只有一个目标，就是每天放学回来我说："爸爸，今天我交了两个新朋友。"

一个星期五，一些孩子过来参加聚会。我们开车去了斯廷森海滩，在那里他们玩沙滩足球，尼克还教他们冲浪。他们无拘无束地哈哈大笑，在沙滩上打滚摔跤。天黑前，我们开车回家。在家里，他们玩"真心话大冒险"的游戏，这个游戏会问各种问题，比如："你觉得丝凯可爱吗？"（尼克确实觉得她可爱——她是个大眼睛的棕发女孩，提起她的名字会让他脸红。他经常晚上和她通电话，有时一讲就是一个多小时。）这个游戏还会做包括嚼辣椒和吻芭比娃娃等冒险的事情。孩子们吃比萨和爆米花当晚餐，直到晚上十点，他们的父母把他们接走。

我和凯伦去观看学校的艺术展览和戏剧演出。尼克在《第十二夜》中扮演怀奥拉，还在《我们的小镇》里扮演乔治·吉布斯。家长们被邀请去听学生们关于其他国家的口头报告。尼克要讲的国家是玻利维亚。他在自制的地图板上展示了那个国家，描述了它的历史、地形、农业和国民生产总值，还演唱了一首他写的歌："玻利维亚，噢，玻利维亚……"边唱边用吉他给自己伴奏。

尼克画了一个漫画专栏，主角的名字叫做"复仇者超级母牛"，内容是传授关于营养学的知识。为了完成一门自然科学的作业，他把水桶和尺子搬进了浴缸和淋浴间，测量泡澡和淋浴的用水量（显然淋浴用水节省得多）。为了另一个科学实验项目，尼克在浸透油的羽毛上测试家庭清洁剂和溶剂，看漏油事故发生后什么东西清洁最有效——最后，鸽子牌洗碗剂获胜。他还用烤箱烤苹果，透过烤箱的玻璃窗记录它分解的过程，然后以苹果的视角写一篇论文报告结果。"我在脱水，我叹息道：'喂？外面有人吗？有谁能听到我的声音吗？这里面越来越热了……'"

在人道救援协会找小狗时，凯伦爱上了一只臭气熏天、眼神忧伤、几乎快饿死的猎狗。她给它取名月亮狗并领回了家，同时还带回一只巧克力色的小拉布拉多犬，我们管它叫布鲁图。以前从没在人的屋子里待过的月亮狗，在地板上抬腿撒尿、咬木头家具、在房子里横冲直撞，只要有汽车经过或有人来到前门口就大声吠叫，或对着吸尘器嚎叫。布鲁图则像小兔子一样在草丛里跳跃。

每个星期三，我们都会带上狗前往凯伦的父母家吃饭。南希和唐住在一幢仓库般的木房子里，位于离印威内斯半小时车程的一个林木葱茏的峡谷边上。主房非常空旷通风，有一扇可以滑开的二十四英尺高的单板玻璃门。从地板到天花板的架子足足排了两面墙，上面摆满了关于贝壳、岩石、树木和鸟类的书籍，还有他们三个孩子的画像、银盘子和一幅画着土拨鼠的油画。

唐是一个退休医生，他的大部分时间都在二楼的办公室里度过，他现在的工作是研究和评估新药的药效。唐在阶梯状的花园里种了番茄和南瓜，跟他相濡以沫五十多年的妻子南希每天都在花园里忙碌。她有一双灰色的眼睛，一头及肩的银发。她看上去精力充沛、温柔贤惠、端庄大方，令人印象深刻。

南希和唐的孩子没有一个住得远过旧金山，在任何一个下午都不难看到其中的一个或几个孩子坐在厨房的餐桌旁喝着加热的咖啡，吃着曲奇饼干，跟他们的母亲聊天。

每周一次的周三晚餐总是热热闹闹、令人难以忘怀的夜晚。在场的除了南希、唐和他们的三个孩子及其家人，偶尔还会有其他客人和我们那些转个不停、品种各异、缺乏教养的狗，它们贪婪地抢占了最舒服的沙发，从餐桌上不时偷吃没人看管的食物。

在这些晚餐上，南希经常复述她在报纸或电视新闻上看到的可怕新闻，什么有毒床垫、猥亵儿童、青少年自杀、感染细菌的超市购物车把手、鲨鱼攻击人、电击致死等——大多是各种关于儿童不幸死亡的故事。她还告诉我们有关儿童抑郁比率直线上升、饮食失调和吸毒上瘾的新闻。她说，"我只是想让你们知道，这样你们就会小心。"

这些警告是想让我们提高警惕性，但不可能预防每一个可能发生的灾难。要安全是一回事，然而恐慌是没有用的，太过小心翼翼可能让人窒息。不管怎么说，坏消息还是和桌上的迷迭香汁一样倾倒出来。

1993 年 10 月的一个周三晚餐上，已经怀孕七个月的凯伦和我与她的父母和兄妹围坐在餐桌旁，尼克则在外面和布鲁图一起玩耍。这时南希复述了最新的可怕新闻。事情发生在印威内斯以东，半小时车程的佩塔露玛。一个十二岁的女孩被人从卧室里掳走，她正在举行睡衣派对，当时她妈妈就在家里。

一天之内，波莉·克拉斯的照片就贴在了镇上每一家店铺的橱窗里和电线杆上，照片上的波莉一头棕色长发，眼神温和。不久，一个精神变态者被捕，他把警察领到了波莉的尸体旁。我认识的每个父母都哀悼波莉的死，我们把孩子们搂得更紧了。

加斯帕出生在十二月上旬。

宝宝刚出生几个小时的时候，南希和唐就带着尼克到医院看他。尼克坐在凯伦床边一张粉红色的高靠背椅里，抱着像墨西哥卷饼一样包在毯子里的宝宝，他瞪大眼睛盯着宝宝看了很久。

回到印威内斯的家里，当加斯帕睡觉的时候，我们总会去察看以确保他在呼吸，仿佛他的存在只是暂时的，我们担心他会溜走。

我们尽力让尼克容易接受这个变化。他似乎很喜欢跟加斯帕玩，好像被他迷住了。我是在给这件事裹糖衣吗？也许吧。我知道这事对尼克来说确实复杂。我们让尼克尽量放宽心，但他一定在想，这个新宝宝在我们的生活中会处于什么样的位置。

我和凯伦更累了，因为加斯帕夜里不肯睡觉，但一到车上就睡着了，所以我们经常开车载着他绕来绕去，让他睡着。除此之外，没有什么别的变化。尼克和我经常与他的朋友们一起去冲浪，我们也会一起弹吉他、听音乐。1993 年的新年前夕，当我成功弄到"涅槃王朝"在奥克兰体育馆的演唱会门票时，我安排尼克从洛杉矶飞过来，我们一起度过了一个难忘的夜晚，柯特·科本的表演精彩绝伦，使人心醉。

三个月之后的一天，尼克像往常一样去上学。可是回到家时，从他脸上我能看出他情绪低落。他把背包扔到地板上，抬起头，告诉我柯特·科本朝自己头上开枪自杀了。我听到从尼克的房间里传来科本的歌声。

我觉得很难，很难找到它。

哦，算了，不管怎样，无所谓。

过了夏天，尼克开始读七年级。安妮·拉莫特[1]在她的《操作指令》一书中写道："对于我，还有我所认识的每一个善良、有趣的人来说，七年级和八年级是《圣经》的作者用'地狱'和'深渊'时所表达的意思。"这个阶段里，父母们要担心的事情比以往更多。我认识的一位初中校长告诉我，她不明白是怎么回事，但她的学生们的状况确实比以前任何时候都更糟。"我简直无法相信他们对自己和对别人所做的事情，"她说。在一项1940年的对公立学校教师的调查中，名列前茅的纪律问题包括在课堂上讲话、嚼口香糖、在走廊里跑动、穿奇装异服和乱扔垃圾；但五十多年后的现在，问题变成了吸毒、酗酒、怀孕、自杀、强奸、抢劫和斗殴。

尼克到了七年级，似乎仍然很喜欢跟加斯帕玩。加斯帕说的头一个单词是"鸭子"，接下来的是"上面、香蕉、狗狗和尼克"。同时，尼克发现了家有宝宝的意想不到的好处。跟他同年级的女孩子们涌向加斯帕，她们来家里逗他玩——抱着他到处转悠，给他穿衣打扮。尼克对此很是满意。

然而，尼克开始对一起拼车上下学的孩子们越来越不感兴趣，反而喜欢与一帮留平头的男孩子们打发空闲时间。他们一起溜旱冰、谈论女孩子（但并无实际行动）、听音乐——枪炮与玫瑰、金属乐队、

1　安妮·拉莫特（Anne Lamotte，1954— ），美国知名女作家。

吉米·亨德里克斯……但是，大多时候尼克听"涅槃王朝"，音乐像火山岩浆一样从他的房间里喷薄而出。

五月初的一天，我在尼克放学后接他去南希和唐家吃晚餐。他爬进车里时，我闻到了香烟的味道。起先他否认自己抽了烟，说是和几个在抽烟的孩子一起玩。在我的追问下，尼克才承认自己和一群躲在体操馆后面抽烟的男孩子们一起抽了几口。我教训了他一顿，他答应再也不抽了。

接下来的一个星期五，放学后，尼克和一个打算一起过夜的朋友在花园里踢球。我为他整理过夜的东西，想在他的背包里找一件厚运动衫。我没找到厚运动衫，却发现了一小包大麻。[1]

4

小时候，我家住在马萨诸塞州莱克星顿的瓦尔登湖附近，旁边是一个农场，那儿有苹果树、玉米、番茄和一排叠起的蜂箱。我父亲是一名化学工程师，他看到一个电视广告说，亚利桑那州可以让你的鼻腔通畅。他有花粉症，于是我们就真的搬去了那儿。他在凤凰城找到了一份新工作。

我们在斯科茨代尔[2]安顿下来。我父亲的新工作是在摩托罗拉公司为半导体和微处理器成型、切割和蚀刻硅晶片。我母亲则为当地

1　大麻（Marijuana），桑科一年生草本植物，分为无毒大麻和有毒大麻。无毒大麻的茎、秆可制成纤维，籽可榨油；有毒大麻主要指矮小、多分枝的印度大麻。大麻对中枢神经系统有抑制、麻醉作用，吸食后产生欣快感，有时会出现幻觉和妄想，长期吸食会引起精神障碍、思维迟钝，破坏人体的免疫系统。

2　斯科茨代尔（Scottsdale），位于美国亚利桑那州中南部。

报社撰写一个关于当地学校和社区活动的专栏。

我和朋友们经常怀念我们的童年,那是一个比现在单纯和安全得多的世界。我经常和姐姐、弟弟跟街区里的其他孩子们在街上一直玩到黄昏时分,直到母亲叫我们回家吃饭为止。我们玩按完别人家的门铃就跑、捉迷藏和男孩追女孩等游戏。我们一边吃着晚餐——炸鸡、黄油土豆泥和苹果馅饼,一边看《奇妙的迪士尼世界》和《秘密特工》。我们是幼年童子军;我们吃烧烤、用火柴盒做小车、用姐姐的简易烤箱做饼干。

但是我无法确定对那个时代令人怀念的回忆是不是属实。街坊的新闻都是由母亲们压低声音传递的,在社区的街道上、牌桌上和母亲们常去的美容院里,最热门的话题是查尔斯·曼森[1]、五折大促销和最新流行的食谱。她们交头接耳传递消息——住在我们街区的一个十岁男孩上吊自杀。不久,一个住我家附近的女孩在车祸中丧命,那个司机——一个比她更大一点的男孩,当时吸了毒。

靠近墨西哥,就意味着这里的毒品既丰富又便宜,然而地理位置可能也没太大影响。自二十世纪六十年代以来,过去从未听过也买不到的毒品淹没了美国,同样也在我们的学校和社区内泛滥。

大麻可能是最普遍的。放学后,孩子们在车棚周围闲荡时,会有人在那里出售大麻叶制成的烟卷,单支的五十美分,一包的十美元。在高中的浴室里或者去学校的路上,那些贩卖大麻叶烟卷的人会主动让人试吸两口。我的一个朋友曾买了一支,吸了以后,跟我们一群人分享经验。他说他在家的后院吸了那支大麻叶烟卷,结果咳嗽了半天,没什么感觉,接着进屋吃了一整盒巧克力曲奇饼。从此以后,

1 查尔斯·曼森(Charles Manson, 1934—2017),美国历史上最疯狂的杀人王,他所控制的邪教组织丧心病狂、杀人如麻。1969 年,曼森因杀人被捕入狱,被判终身监禁。

他几乎每天都要吸。

大概一年以后，我们街区的一个男孩问我想不想抽一根大麻烟，那是 1968 年，我还是一个高一新生。我抽了，但那对我没什么作用，既没使我产生幻觉，也没使我想要从屋顶上飞下来。后来，我又不假思索地试了一次，那是我去另一个男孩家时，他哥哥递给我一根用钳子夹着的、点燃的大麻烟卷。

现如今，我的同龄人常常说那时候的毒品不一样——以前的大麻叶没那么烈性，致幻剂的成分也比较简单——这是真的。大麻的检验表明：如今的一支大麻叶烟卷或一烟斗的量里，主要成分四氢大麻醇[1]的含量比我们那个年代的大麻叶中多了一倍多，而它本身也比二十世纪六七十年代的效力更强了。现在也经常有报道说致幻剂和摇头丸被渗入冰毒或其他毒品，尽管我们曾听说有孩子吸食通乐[2]来取代可卡因，但有一件事情是与过去绝对不同了——研究机构明确揭示了毒品的广泛性及其危险性。我们曾一度以为大麻是安全的，其实并不安全。我知道有些人回顾其认为的美好昔日时光中吸毒是"无害的"，因为他们完好无损地"幸存"了下来，然而却仍然有很多人没能做到。我曾看过二十世纪六十年代到七十年代因毒品引发的意外、自杀和吸食过量的惊人数字。吸毒者们流浪街头，无家可归，有些人更是大声怒骂说受到阴谋迫害——显然，这是瘾君子和酒鬼们的一个普遍特征。

因此，在尼克的整个童年，从他七八岁开始，我就和他谈论毒品问题。我们按照"无毒品美国联盟"提出的方法，"及早且经常"地谈论毒品，谈及受害者或致死的人们以及我所犯过的错误。我密

1　四氢大麻醇（简称 THC），一种温和的致幻剂，提取自大麻的叶和茎、雌性的花朵及种子等。

2　通乐（Drano），通厕剂品牌，内含通水管的药剂。

切注意青少年酗酒和吸毒的早期征兆（一个禁毒组织列出的注意事项的第十五条："鸡尾酒会后，你的孩子是否突然自告奋勇清理现场，但却忘了他的其他家务吗?"）。

我小时候，父母要求我远离毒品，我没理睬他们，因为他们并不知道自己谈论的是什么。他们过去是——现在仍然是——绝对的禁酒主义者。然而，因为我本人对毒品的了解有着第一手经验，所以自以为警告尼克时，可能比较有可信度。

很多毒品顾问曾告诉我，父母最好不要对子女如实讲述自己的吸毒经历，因为这就像著名运动员出现在学校集会或电视上，告诉孩子们："伙计们，别碰那个，我差点儿死掉。"然而，他却站在那儿，拥有钻石、黄金、数百万美元的年薪和无数名望。那些话——我好不容易活下来，传递的信息是——我活下来了，发达了，你也可以做到。孩子们看见他们的父母虽然吸过毒，但结果却没事儿。所以，也许我应该向尼克撒谎，把我吸毒的事隐瞒下来，但我没这样做。他知道真相，此外，我们的亲密关系使我觉得有把握，如果他接触到毒品的话，我会知道。我天真地相信，如果尼克受到尝试毒品的诱惑时，他会告诉我的——我错了。

在一个凉爽有雾的五月下午，太阳早早地落在山脊和白杨树后，所以虽然只有四点钟，但院子早已笼罩在阴影里。两个男孩子来回扔着橄榄球，雾气在他们的脚边萦绕。他们漫不经心地玩着，似乎对聊天更感兴趣。他们也许在聊女孩子、乐队或者是那个射死一条疯狗的牧场主。跟尼克在一起的男孩肌肉很发达，他是一个举重运动员，身上的紧身 T 恤衫正炫耀着他突出的胸肌和二头肌。尼克穿着一件过大的灰色开衫——我的。看着他邋遢的头发、厌世的神情和懒洋洋的样子，任何人都会猜想他可能在抽大麻。然而，不管他的服饰多么另类，情绪多么善变，新伙伴多么奇特——学校里粗野、冷淡的男孩，当我看着尼克的时候，我看到的是青春和活力、天真和单纯——他只不过是一个孩子。所以，握在手中的那缠得紧紧的大麻绿苞令我彻底惊呆了。

凯伦坐在客厅的沙发上，低头在她的本子上画画。加斯帕挨着她睡在沙发上，他仰面躺着，两只手紧握成小拳头。

我走近时，凯伦抬头望着我。

我给她看手里的大麻。

"这是什么？你从哪儿……？"

然后又问："什么？这是尼克的？"这其实已经不用问了，她知道的。

像往常一样，我通过解释安抚她的恐惧和我自己的恐慌。"没事的，这种事迟早会发生的，我们可以处理好。"

我站在台阶上朝男孩子们喊了一声。他们走了过来，尼克拍着球，喘着粗气。

"我得和你们谈谈。"

他们看着我握着大麻的手。

"噢，"尼克说。他身体不由得颤抖了一下，老实而温顺地等待着。月亮狗走到尼克身边，用鼻子蹭他的腿。尼克不是那种在铁证面前还反抗的人，他小心翼翼地抬头瞥了我一眼，惊恐的眼睛睁得大大的，试图估计他的麻烦到底有多大。

"进屋。"

我和凯伦站着面对着两个孩子。我指望她能指点迷津，但她和我一样不知所措。我震撼的原因不仅是发现尼克在吸大麻，更是因为我对此竟然束手无策。

"你吸这东西多久了？"

男孩子们对视了一眼。"这是我们第一次买，"尼克说。

我能相信他吗？这是一个彻底让人困惑的假设，一个从没在我

47

脑海中闪现过的问题。我当然相信他，他不会对我撒谎。他会吗？我认识在学校和家里长期惹麻烦的一些孩子的父母，最让他们不安的部分就是不诚实。

"告诉我，到底发生了什么事？"

我看着他一直一言未发的朋友，他盯着地板。尼克替他俩回答道："所有人都吸。"

"所有人？"

"几乎是所有人。"

尼克双手摊开在桌上，眼睛盯着自己的手指。过了一会儿，他握紧双手，将拳头塞进口袋里。

"你们从哪儿弄到这个的？"

"就是某个人，某个小孩。"

"谁？"

"那不重要。"

"不，那很重要！"

他们说出了那个孩子的名字。"我们只是想知道它是什么味道。"尼克说。

"然后呢？"

"没什么感觉……"

尼克的朋友问我是不是打算打电话给他父母，我说是，他立刻就求我别打。"对不起，但他们需要知道这件事。我会给他们打电话，然后送你回家。"

尼克问："那我还可以去过夜吗？"

我怒视着他，"我们先送他回家，然后我要跟你谈一谈。"

两个孩子绝望地垂下头。

我打电话给这个男孩的父亲时，他非常感激我让他知道了这件事。他说他很担心，但并不完全吃惊，"我们家大孩子已经历了这种

48

事,我猜想他们可能全都要经历类似的事情。我们会和他好好谈的。"他无奈地补充道:"我们实在太忙,没办法一直看着他。"

我打电话给卖给他们大麻的男孩的母亲时,她怒气冲冲,坚决否认她儿子参与了这件事。她指控尼克和另外那个男孩想陷她儿子于麻烦之中。

尼克单独面对我时,他表示很后悔。当我告诉他,我和凯伦决定罚他禁足时,他点了点头,"好的,我明白。"

我们的想法是,我们不想反应过度,但更为重要的是,我们不想反应得不够。我们通过实施惩罚来表明,在对待违反家庭规定及破坏彼此关系的行为时,我们的态度是多么认真。每个人都要为自己的行为负责,我们希望他能明白这个道理。另外,我们也担心他的那群新朋友,我明白自己不能为他挑选朋友,禁止他们来往可能只会让这些朋友更加有吸引力,但至少我能够将尼克与他们所待的时间减少到最低。另一方面,纯粹是我想看着他,我想弄清楚到底发生了什么事。

"我被禁止外出多久?"

"看接下去两周事情会怎么样再定。"

我们面对面在沙发上坐下来,尼克好像由衷地变乖了。我问道:"是什么让你想试大麻叶的?就在不久之前,一想到抽任何东西,包括香烟,更不用说大麻,就让你反感。你和托马斯——"我提到他在城里的一个朋友,"还曾经因为扔掉他妈妈的香烟而惹上麻烦。"

"我不知道。"

尼克用躺在咖啡桌上的红钢笔,开始在当天的报纸上胡乱画着横竖交叉的线条。

过了一会儿,他说道:"我想我是出于好奇吧。其实我并不喜欢它,我也不知道……感觉很奇怪!"接着他补充道:"你不必担心,我再也不会试了。"

"其他毒品呢？你试过吗？"

他难以置信的眼神让我相信他是在讲实话。"我知道这很蠢，"他说，"但我没那么蠢。"

"酒呢？你喝过酒吗？"

他等了一会儿才回答。"我们喝醉过，一次。我和菲利普，在那次滑雪旅行途中。"

"滑雪旅行？是去太浩湖[1]吗？"

他点了点头。

我记起了加斯帕出生前那个隆冬的周末假期，我们在阿尔卑斯山租了一间小木屋，我们允许尼克带上菲利普，我们很喜欢他这个朋友，一个随和好相处的男孩。他个头小，刘海垂在额头上。我们和他的父母也是朋友。

我们是夜里到达的，紧接着，一场暴风雪封闭就了道路。到了早上，松树裹上了银装，尼克以前划过雪，但这次他和菲利普决定试试滑雪板。作为冲浪手，尼克以为用滑雪板会很容易。他说："就是从切水变成切雪而已，两个都与平衡和引力有关。"也许是吧，然而整个假期的大部分时间他都在滚下山坡，直到最后才终于学会。

"你们怎么会有机会喝酒的？是从哪儿弄到的酒？"

他的身体在沙发上前后摇晃，说道："有一天夜里，你和凯伦早早睡了。我们待在火炉边看电视，看腻了就想玩牌，但却找不到牌。我到处找，结果发现了酒柜。我们拿来酒杯，每种酒都倒了一些——只倒了一点点，这样的话谁也看不出来。朗姆酒、杜松子酒、日本清

1　太浩湖（Lake Tahoe），位于美国优胜美地国家公园以北，是加利福尼亚州与内华达州之间的高山湖泊。

酒、龙舌兰、苦艾酒、苏格兰威士忌，还有一些奇怪的绿色的、奶油状的东西。"他停顿一会儿说，"我们把它喝光了，味道太恶心了，但我们想看看喝醉了是什么感觉。"

我记得那天晚上。我和凯伦被他们的呕吐声吵醒。我们下楼去查看，他们整个晚上都很难受，我们还以为他们得了流感。

第二天早上，我们给菲利普的妈妈打了电话。"是的，最近流感很严重。"她同意我们的看法。在从峰峦起伏的山岭开回来的漫长途中，两个孩子一直恶心想吐。有一次，我们停靠到路边的速度不够快，菲利普就直接吐到了车窗外。

"就那一次，从那以后，我再也没碰过那东西了，一想起它就犯恶心。"

他说得头头是道，让人失去戒备，但我感觉这一切就像是被人在肚子上重重打了一拳，这种欺骗和醉酒一样使我天旋地转。但同时，我也欣赏尼克的坦率，我想，至少他说出了一切。

然后他又说："也许你听了会安慰一些——我其实讨厌这一切！我不是在找借口，只是……"他停顿了一下说，"真的很难啊！"

"什么很难？"

"大家都在喝酒，大家都在抽烟……"尼克一脸的无奈。

星期一，我打电话给尼克的老师，告诉他发生的事情，他安排了放学后与我和凯伦见面。空荡荡的教室里，我们三个人坐在学生的座位上。老师从尼克的大量作业——数学、地理和作文——中抽出一本来交给我。有一页纸上满是尼克圆珠笔的涂鸦：一个丰满的大眼睛女孩、一个两眼空洞的男人，还有块状结构的字母。在风格和内容上，这些画截然不同于密密麻麻地覆盖着教室前面整个绿色黑板的那幅中世纪场景的粉笔壁画。学生们表现力极强的自画像钉在另一面墙上，我很容易就找到了尼克的自画像：画风粗放，更像一幅漫画——那是一个笑得野野的、眼睛睁得大大的男孩。

老师的体形微胖，一头过于蓬松的红褐色头发正在慢慢谢顶，鹰钩鼻。他翻阅着面前的尼克的档案夹，告诉我们："他在学业上表现不错，可以说相当好，我肯定你们是知道的。他在班上是领袖人物，可以调动其他的孩子——把他们调动起来参与讨论。"

"但是大麻是怎么回事?"凯伦问道。

对于老师坐的这张学生椅来说，他的个头儿实在是太大了，所以他不舒服地斜靠在手肘上。"我注意到尼克被那些在别人看来很酷的学生所吸引，"他继续说，"他们是那些偷偷抽烟——我只是猜测——可能还会抽大麻的人。他们很可能是这么做的! 但我认为你们不必过度操心，这是正常的，大多数孩子都会尝试。"

"但是，"我说，"尼克才只有十二岁啊。"

"是啊，"老师叹了口气，"大部分孩子就是在这个年纪开始尝试的。我们能做的只有这么多，外面有一些东西，孩子们迟早必须自己面对，通常是很早的时候。"

当我们问起他的建议时，他说："和他谈一谈，我也会和他谈——如果你们没意见的话，我们将在班上谈谈这件事，但不会点名说这事儿和谁有关。"不知是出于歉疚还是无奈，他又说道，"我们能做的只有这么多。如果我们一起努力——学校和家庭——那么也许有用。"

"你会禁止他跟……玩吗?"我点了那些孩子的名字。"他们对尼克好像起到一些不太好的影响。"

窗外一棵树的树叶在下午的阳光下闪烁，老师认真思考了一下这个问题。"好的，我会鼓励较为健康的友谊。"他说，"但是，我不能肯定禁止他能有多大用处。从我过去所见到的情况来看，你一旦禁止孩子，他们通常会偷偷做他们想做的事——引导比强迫他们效果更好。你们可以试一试。"

他推荐了一本关于青少年的书，并且答应与我们保持密切联系。

外面起了风，校园里除了在等我们的尼克以外空无一人，他坐在游戏区域里的一个小秋千上，长腿缩在身下。

单独在卧室里时，我和凯伦就这件事进行了深谈，把我们的困惑和担忧整理了一下。我担心的是什么？我知道吸食大麻可能成为习惯，尼克会因此荒废学业走上歧路。我也担心他可能会尝试别的毒品，警告他不要吸大麻，"它真的能够——而且经常会——导致人们吸食烈性毒品。"他大概不会相信我，就像我年轻时不相信说这话的大人一样。然而，不管最先大规模吸食毒品的我这代人胡说的话，大麻仍是入门毒品。几乎我所认识的，在高中吸过大麻的所有人都尝试过其他毒品。反过来讲，我从来没见过任何吸食烈性毒品的人不是从吸食大麻开始的。

我开始反思过去作出的每一个决定，包括搬到乡村。我从没幻想过任何美国郊区或城市高档住宅区或乡下小镇，能够远离常与城市中心相连的那些危险，但我以为像印威内斯这样的镇子会相对安全些。现在，我却没有把握了，我不知道我们当初是不是根本不应该搬出旧金山，还是这一切和搬家没有关系，不管我们在哪儿，这事都会发生？

我谴责自己的虚伪，它使我畏缩。在尼克知道我吸过毒的情况下，我有什么资格叫他不要吸毒呢？"听我的话，不要学我。"我告诉他我希望自己没有吸过，给他讲我那些被毒品毁了的朋友们。同时，在我心里，我又开始责怪自己离婚。我告诉自己很多离异家庭的孩子都过得很好，很多完整家庭里的孩子却可能过得不好——不管怎么说，尼克吸毒这一件事对我的打击非常大。

在接下来的几天里，我继续和尼克谈论毒品，谈论同龄人的压力，谈论什么才是真正的酷。"也许看上去不像，但认真学习比吸毒要酷得多。"我说，"我现在回想起来，最酷的孩子都是那些远离毒品的孩子。"

我知道自己的话听起来有多无力，也知道假如我是尼克，我会怎样回答。但即使如此，我还是试图使他相信我知道自己在说什么，我也明白周围的人吸毒带给他的压力，明白毒品的诱惑。

尼克似乎听得很专心，但我不能肯定他是否真的能够听进去。事实上，我感觉自己与尼克的亲密关系有了变化。现在，我似乎成了他发泄愤怒的靶子。有时，我们为潦草的作业和完成了一半的杂事发生争吵。但这令人困惑，因为这一切好像都还在可以接受和意料之中的少年叛逆的范畴之中。

三个星期后，开车送尼克去做身体检查时，我调低收音机的音量，又开始了这个话题。我知道一味的说教是没用的，因为他会将自己封闭起来，但我想面面俱到。在已经持续了好几周的谈话中，我的语气从警告到恳求，今天已不那么紧张了。我告诉他，我和凯伦决定不再禁止他外出。他点了点头说："谢谢。"

在接下来的几个星期，我继续盯着尼克，他的忧郁情绪好像消失了。我把这个大麻闹剧像一时的失常一样结案归档。也许这甚至是件好事，因为这给了他一个无声的教训。

我想是的。尼克进入八年级，事情似乎好了很多。

他很少和那个（我坚信）对他影响最坏的男孩混在一起——就是据尼克说卖给他大麻的那个男孩子（关于这件事，我相信尼克，而不是那个男孩的妈妈）。取而代之，他将大量的闲暇时间花在与西马林郡的朋友们一起冲浪。尼克看上去开朗、乐观，在学校也很积极。他想表现好，部分是为了增加自己被当地一家私立高中录取的机会。

尼克继续贪读书籍，他将塞林格的《弗兰妮与祖伊》和《麦田的守望者》读了一遍又一遍。读完《杀死一只知更鸟》以后，他交出了一篇读书报告，形式是来自书中主角阿迪克斯·芬奇电话答录机中的一卷磁带，里面有给斯科特和来自迪尔的珍妮的留言。他读了《欲望号街车》，然后录制了一个和布兰奇·杜波伊斯谈话的磁带。为了完成关于《推销员之死》的作业，他画了一幅漫画哀悼洛曼一家的家庭价值观。在接下来的传记项目作业中，尼克戴上白假发、白胡须，穿上白西装，走上舞台，用轻快的南方口音朗诵塞缪尔·克莱门斯的生平故事。"我的笔名是马克·吐温，坐好了，让我给你们讲述我的故事。"再没有迹象表明他在抽任何东西——既没有抽大麻也没有抽香烟。事实上，他看上去更加快乐了，而且为即将到来的八年级毕业典礼而暗自激动。

那是一个温暖无风的周末，尼克十三岁了，在家安静地待了一天后，因为南边海岸即将涨潮，我和他决定把冲浪板绑到小旅行车的车顶上，开上了通往雷耶斯岬南边海滩的蜿蜒曲折的道路。我们沿着草径穿过沙丘，徒步走了一个小时，终于到达了冲浪海滩。

我和尼克腋下夹着冲浪板，走到一个以大白鲨的繁殖地而闻名的河口上。兔子在我们身旁飞快地轻轻跳过，列队成 V 字形的鹈鹕在空中飞翔，太阳低垂，它的光芒仿佛是用杏红色的淡彩画上去的。随着黄昏的降临，雾像松饼糊一样倾泻在绵延起伏的牧场上，然后再溢到海湾上。我们从来没见过比这儿更好的海浪了，六到八英尺高的海浪卷进来，划出如丝绸般的长长银线。我们迅速换上冲浪服，大步跑进大海，跳上冲浪板。渐渐消逝的太阳在西边的地平线上投上一抹令人惊艳的玛瑙红。另一边，肥肥的黄黄的月亮低低垂挂在空中。水里还有另外两个冲浪者，但他们很快就离开了，所以整个大海就只有我和尼克独享——这次冲浪一定会很刺激，会是我们最棒的体验。

我们划出去的时候，周围除了冲浪板劈开海水和波浪拍击声外没有任何别的声音。我抬起头，看见尼克像待在一只木桶里一样低蹲在他的冲浪板上，海浪形成的浪管把他包裹起来。

天更黑了，浓雾遮蔽了月亮，也包裹住了我们。我意识到自己和尼克在两股不同的浪潮上，海浪正把我们推向海峡相反的两边。相隔一百码时，我开始恐慌，因为越来越浓的雾使我们渐渐无法看清对方。

我盲目地朝尼克划去，疯狂地寻找他的身影，直到手臂因为划水而累得筋疲力尽。终于，在大约半个小时的不停划水后，一股强风吹散了一块雾，我看见了他。高挑健美的尼克站在冲浪板上，在一面如丝绸光滑的水墙上划上划下，白色的浪花从他的冲浪板边缘飞溅而起。他一脸的神采飞扬，见到我，他挥了挥手。

冲了很长时间以后，我们又累又饿。于是，脱掉冲浪服，装好背包，走回车上。

回家的路上，我们在一家墨西哥餐馆停车吃饭。我们大口大口地咀嚼着卷饼，喝酸橙苏打水。尼克若有所思，谈论着未来，谈论高中——"我还是不敢相信我被录取了。"他说。

那天，他花了一整天时间参观学校后激动不已，我不知道他以前是否那么激动过，"每个人看起来好像都那么……"他停顿了一下，想找一个准确的词汇，"热情！对一切事情，艺术、音乐、历史、写作、新闻、政治，还有那些老师们……"他又停下来，喘了口气，"那些老师们令人惊叹。我旁听了一节诗歌课，我真不想离开。"随后，他又说："我本以为我永远进不去的。"进入这所学校的竞争是相当激烈的。

但他真的进去了——现在，这个欣喜的时刻，他总结道，"一切都太棒了！"

毕业典礼定在六月初的一个下午，学校订好了礼堂，父母们也被招募去摆放椅子、乐队指挥台、装饰品和点心桌。典礼那天，我早早过去帮忙做准备。

两个小时以后，老师和家长们来了，在一排排折叠椅上就座。接着到场的是毕业生们，他们穿着煞费心思准备的衣服，显得很不自在。很多女孩穿着新买的或借来的礼服，大多因穿着高跟鞋而几乎连路都走不稳，仿佛喝醉了一样摇摇晃晃。男孩子们穿着衣领僵直的衬衫，神情紧张地摆弄着领带，愁眉苦脸地塞着衬衣后摆，但后摆还是不知怎么回事总跑出来，直到全部露在礼裤外面。

孩子们可能穿得并不太舒服，但情绪却因为这个场合而高涨，教养也不知什么缘故提升了。毕业生的名字一个接一个地被校长叫到。他们大跨步迈上一小段台阶，走过低矮的舞台去领毕业证。他们的同班同学则疯狂地欢呼。那一天，也只有在那一天，他们会用无拘无束、毫无保留的热情为彼此欢呼，为每一个女孩和男孩喝彩。

我从来没想过自己会被八年级的毕业典礼感动，但我的确被感动了。三年来，我们在不同的场合搭载过他们，载他们去过野外旅行；邀请他们来家里开过派对；观赏过他们的演讲、戏剧、音乐独奏会和体育比赛；与他们的父母交流和分享过经验；从他们的口中（大多是从尼克那里），听过他们的每一个成功、危机、受挫和伤心的故事。这些男孩和女孩们，虽然仍然是孩子，但正开始尝试蹚过成年人的水域，大踏步向前迈进。他母亲否认自己的儿子卖过大麻给尼克的那个男孩；跟尼克一起喝醉酒的那个男孩；跟尼克一起冲浪的朋友；留平头的滑轮高手们；曾经跟尼克在夜里打电话聊上好几个小时的女孩；一起拼车的孩子们。所有这些孩子们，挥舞着证书，步履不稳地从台上走下来，走向高中的龙潭虎穴。

毕业典礼后的那个周末，在一个闷热的六月下午，我们几个家庭在海滩上聚会。海湾一片宁静，我们吃了各家带来的现成饭菜作为晚餐，有土豆片、番茄酱汁、一整条烤三文鱼、烤三明治和苏打水。波光粼粼的海水很温暖，孩子们游着泳和划皮艇。海滩上，尼克的朋友们穿着运动衫，头发还湿漉漉的，兴奋地讨论着暑假计划——去海滩、野营——但尼克没参与。

起雾了，聚会结束。回到家里，我们坐在壁炉旁，尼克给我们念纪念册里朋友们的留言。"在高中，你会交到一百万个女朋友！""祝你冲浪开心！""明年我就不住在这儿了，所以我大概要十年后才会见到你，保持联系哦！""我爱你——幽默可爱的宝贝，从我认识你以来，就一直爱着你。""我好想见到新宝宝，不管她叫什么名字，希望加斯帕会喜欢她。""祝高中好运！""我对你没有那么了解，但祝你暑假玩得开心！""你这个愚蠢的讨厌鬼，开玩笑的啦。这个暑假玩得开心！""什么时候写一本书给我，我得奥斯卡奖时会感谢你的。再见……"他的老师写道："无论你身在何方，希望你探寻真理，追求美好，实现自己的目标。"

我们开始了又一个夏天，这个夏天尼克要去洛杉矶，但他跟维基说好，等新宝宝出生以后再去。

6月7日的早晨，凯伦、尼克、加斯帕和我上了车。凯伦要到医院剖腹产，她选择在她母亲生日这一天，我们跟医院约定的时间是六点。凯伦的妹妹给了我们恩雅那令人舒服的音乐，但凯伦要听"涅槃王朝"，她把"无所谓"开到很大声。

得找出一条路
一条更好的路
我最好等待
我最好等待

我们驶过树林，然后停在南希和唐的家门前，放下尼克和加斯帕，他们留下来和外公外婆一起等从医院打来电话。

我们的女儿是早上七点出生的，她有一头卷卷的黑发，一双明亮的眼睛。我们给她取名玛格丽特，小名叫黛西。

南希带着尼克和加斯帕一起来到医院，被领进凯伦的房间，房间里光线柔和，凯伦正抱着黛西。护士问南希和尼克，愿不愿意给宝宝洗第一个澡。加斯帕坐在凯伦身边，南希和尼克则在护士的引导下，把摇篮车里的黛西推到婴儿室。在那里，他们帮她称重、洗澡并且穿上一件软软的白色睡袍，上面印着粉红色的小象。尼克瞪大眼睛盯着宝宝，对南希说："我从来没想过会有这样的一个家人。"

凯伦出院的那天，我们开车回家。后排座位上，尼克身边有了两个儿童汽车安全座椅。

第二天早上，我早早醒来，发现两个男孩都穿着法兰绒睡衣，端着一杯热巧克力坐在沙发上。尼克念着《青蛙和蟾蜍是好朋友》，加斯帕紧紧依偎在他身边。壁炉里燃着小火，尼克合上书本，起身去为全家人做早餐。他一边在厨房忙碌着，一边大声唱道："鸡蛋追着熏肉在煎锅里团团转。"

吃过早饭后，男孩子们和我去附近的海滩散步，随后去摘用来做派的黑莓。本来不用花很长时间，但尼克和加斯帕，每塞进嘴里十颗才肯放一颗进篮子里。

回到家里，早早吃过晚饭后，尼克和加斯帕在草坪上玩耍。加斯帕像小狮子一样，爬到尼克的头上，两人趴在一个红色的大球上到处滚。凯伦抱着黛西，黛西则睁大眼睛四处张望。布鲁图像一只睡眼惺忪的棕熊一样，懒洋洋地趴在孩子们旁边的草地上。加斯帕双手抱住尼克的脖子，尼克捏着布鲁图的下巴，盯着它的眼睛，唱道："给我一个吻，让我在上面造一个梦！"他在布鲁图的鼻子上重重地亲了一口。布鲁图打了个哈欠，尼克用力地把加斯帕抛向空中，而黛西悄然睡去。

我望着他们三个，回想起尼克出生时第一次感受到的手足无措。每一个孩子的到来，不仅会给父母们带来快乐，同时，也会带来一种刻骨铭心的脆弱感。这种感觉既壮烈又可怕。

几天前，我在报纸上读到以色列的一起校车爆炸事件以及一年多前在俄克拉何马城爆炸案中丧生的孩子们的家人的最新报道。它们令我感到一种新的痛苦。也许为人父母者对每一个孩子都有特别的感受，也许我们的感受比以往所知道的更多。当我看着我的三个孩子，沐浴在忽明忽暗透过白杨树漫射过来的金光中，知晓此时此刻他们是安全和幸福的，我感到了莫大的满足。假如事情可以永远如此下去——孩子们就在身边，幸福而安全，那该多好啊！

5

"你的变态老公正在折磨我的小弟弟哦。"

尼克两手撑在胯上站在我身边，对着刚进屋的凯伦说。那是尼克前往洛杉矶的那天早晨，外面正下着雨。我在梳开加斯帕的一团结发，加斯帕尖声大叫，仿佛我在用老虎钳拔除他的手指甲一样。尼克刚洗过澡，裹着一条蓝色的浴巾。他套上一件橙色的连帽衣，匆匆穿上前门边一双大大的绿色靴子，并戴上一副小孩子演戏时用的道具驾驶镜，挥舞着一只木勺子。

"放开那个男孩！"他对我说。他又对加斯帕说道："噢，你饱受折磨，实属可怜，我可爱的弟弟！噢，不公平啊！上天实在残酷！"

然后，他冲着勺子唱道："我勇敢的船员们，早上好！"进一步分散加斯帕的注意力，让我可以梳完他的头发。

已经整理好行装的尼克与家人道别。他和加斯帕行了他们的秘密握手礼，一种复杂的礼节：先是正常一握，然后各自的手擦过对方的手后再紧握在一起，接着尼克的拳头在加斯帕的拳头上方敲一下，换过来再重复一次，再紧紧握住，然后两只手缓缓放开，最后用食指互指对方，同时说道："你！"

加斯帕叫道："噢，尼克，我不想你走！"他们拥抱在一起，然后尼克吻了一下黛西的额头，又和凯伦拥抱了一下。

"暑假愉快，老伙计。"她说道。

"我会想念你的。"

"给我写信啊。"

"要回信哦。"

开车去机场时，我选择走了风景秀美的滨海路，而没穿过市区。一路上，尼克始终盯着汹涌的大海。我把汽车泊在停车场，和尼克一起走到柜台，他在那儿托运了行李箱。我们在登机口前道别。

尼克说："珍重！"

我回答："珍重！"

每次在机场道别都让我心如刀割，但我仍然装出一副没事的样子，因为我不想让他感觉更糟，他已经够难受的了。

尼克登机以后，我透过玻璃墙看着那架载着他的硕大金属壳驶离登机口，然后起飞。

虽然这也许是我们所能做的最好的安排，但是我憎恨共同监护。它预先假定孩子们的生活是可以被分割到两个家庭中，而每一个家庭都有不同的父母，不同的继父母，有时还有继兄弟姐妹，以及一大堆往往互相冲突的期望、规则和价值观。"家是一个神圣的所在。"然而，复数的家则是一个自相矛盾的东西。有多少成年人能够想象同时拥有两个同样重要的家？对于孩子们来说，家更为重要，既是身体也是心灵的成长摇篮，是父母所代表的一切意义的化身——稳定、安全以及规律的生活。

尼克离开后的那个星期，我为了撰写一篇杂志文章，访谈了一位著名的儿童心理学家——朱迪丝·沃勒斯坦，她在马林郡创立了朱迪丝·沃勒斯坦转型家庭中心，离印威内斯不远。她的研究获得了国际关注，因为她为热衷于离婚的 1960 年代后的美国人带来了发人深省的消息。在那之前，离婚是艰难的，而且也比较少见，然而日渐转变的生活方式和无过错分手使离婚变得容易且普遍。这对很多成年人来说是一个革命性的转变——社会传统不再将人们束缚在不和谐的婚姻当中。总的推断是父母幸福，孩子们也就会更加幸福——这大多是建立在一厢情愿的想法上。但沃勒斯坦博士发现在很多情况下，离婚是会使孩子受到精神创伤的。

研究之初，沃勒斯坦访谈了父母在二十世纪七十年代初离婚的两到十七岁的孩子。她发现这些孩子在应对父母的离异时度过了艰难的时光，但她原以为那些伤害不会持续太久。一年多后，她又对这些孩子进行了第二次访谈，事实是他们不仅没有恢复，情况反而更加糟糕了。

在之后的二十五年里，沃勒斯坦每隔几年跟踪一下这些孩子，在她的系列书里，她报告了自己的发现——其中三分之一以上的孩子有轻度到重度的抑郁，还有不少孩子的学习成绩低于其智商，很多孩子为建立和维持恋爱关系而挣扎。

谁也不想听到这种消息，发布这个消息的人自然受到了攻击。女权主义者说沃勒斯坦实际上是在叫女性回归家庭，维持婚姻，照顾孩子。她的研究被各种特定利益团体所利用，包括保守的新右派，他们用它来"证明"他们关于传统家庭价值观的论点，并且攻击单身父母和非传统的家庭。男权团体则赞扬她强调父亲在孩子生活中的重要性，而当她说有些共同监护的形式似乎伤害孩子时，却又开始攻击她。然而，她的研究在美国上下引起震荡，影响了立法者、治疗师和父母们。她的书是十分畅销，并且仍然被许多法官和治疗师们视作《圣经》，有些法官把沃勒斯坦的书指定给正在离婚的父母们看。

我在沃勒斯坦博士位于贝尔维迪尔的家里见到了她。她个子娇小，一头银丝，一双温和的水晶蓝眼睛，衣着古板正规。当我询问她有关共同监护的问题时，尤其是像尼克这样的远距离共同监护的孩子，她告诉我，她观察到年幼的孩子从一个家回到另一个家时，会不断地从一件物体走到另一件物体——从桌子到床铺到沙发——触摸它们以确认它们都还在那里。不在身边的那个父母在孩子心里也许会比家具显得更加不确定。随着年龄的逐渐增长，尽管孩子们不再需要通过触碰来确认存在的证据，但却可能会产生两个家都是虚幻和临时的感觉。而且，当共同监护使他们离开父母中的一方太久时，年幼的孩子可能会因此受伤。而经常的转换，尤其是当父母彼此住得很远时，也会伤害到较大的孩子。沃勒斯坦博士解释道："在两个家之间来来回回，使得孩子们无法享受与其他孩子在一起活动的时光……青少年们辛酸地抱怨不得不与父母而不是朋友们在一起过暑假。"她得出结论："你可能会认为这些孩子可以轻松地把两个家庭之间的生活整合起来，拥有两群朋友、轻易适应与双亲中的任何一位相处。但是大多数孩子没有这种灵活性，他们会感觉这是自己性格中的缺陷——而事实上，很多人都完全不可能过这样的双线生活。"

对于许多家庭而言，暑假是摆脱学年压力的休息时间，但我只希望它越快过去越好。尼克和我定期通电话，他告诉我他看的电影、打的球赛、运动场上的一个恶霸、一位新朋友，还有他读的书。他在洛杉矶的时候，我们的生活会平静一些，新宝宝所带来的乐趣仍被一种淡淡的忧伤所笼罩，我们从来不曾适应他不在家的日子。

他跟我们在一起的时候，我们就把时间充分利用起来。如果他过来两个星期，我们会尽最大可能安排冲浪、游泳、划船以及其他活动，比如去旧金山和朋友们相聚。晚上，尼克和小家伙们玩耍或跟我们一起聊天。他对电影片段的模仿长期以来一直是我们夜晚的重要娱乐。他的模仿惟妙惟肖，简直就是一个天才。

我们也曾在事先约好的周末去洛杉矶看望尼克，接上他，往北开到圣芭芭拉，或往南开到圣地亚哥。有一次，我们在科罗拉多岛租了自行车，在一个橙色满月的夜晚漫步宽阔的海滩，被成千上万闪光的银汉鱼[1]的壮观景象惊呆了，它们被一个海浪冲上沙滩并且在那里完成使人目瞪口呆的交配仪式。雌鱼钻进沙里，排出卵子，雄鱼则用鳗鱼一样的身体环住这些卵子，使它们受精。半个小时后，涨起的海浪把鱼儿们卷回大海，就好像它们从来没到过那里，仿佛一切都是我们想象出来的。

在这样的周末之后，我们把他送回到他妈妈家，拥抱他，然后，他就消失了。

夏天结束了。凯伦、黛西、加斯帕和我来到机场，我们在登机门外等待尼克坐的那班飞机的到达。尼克出现了，他剪了个短发，新的淡蓝色羊毛开衫套在T恤外面。我们轮流拥抱他，然后领了他装满夏季用品的行李箱，一起回家。

我们家的噪音级别上升了，三个孩子、尼克五花八门的朋友、好几个接了扩音器的打击乐器以及两条狗。我们的房子是一个杂音源：歌声、哭声、狗吠声、大笑声、击打声、尖叫声和跺脚声。我的经纪人有一天跟我的朋友说起我时说道："我不知道他是住在日托所里还

---

1 银汉鱼（grunion），常见于美国西岸太平洋。小型鱼，长度约二十厘米。

是狗窝里。"

在尼克高中开学的前一天，我们在阳光亮得晃眼的下午来到了海滩。凯伦、加斯帕和黛西在沙滩上，两个小家伙一起挖贝壳、堆沙子、在浪花里打滚。布鲁图和月亮狗与一群当地狗一起横冲乱窜。布鲁图还偷了一个游客的法式长棍面包。

我和尼克划到冲浪者的行列中，在冲浪板上坐下来。在等待下一个波浪的时候，尼克跟我讲了更多关于这个暑假的事，棒球、电影以及关于那个恶霸的新情况。当谈及第二天就要开始的新学期时，他承认自己对高中生活既期待又紧张，但也很兴奋。

那天最好的一阵浪卷了过来，随后我们又各自再冲了一阵，然后就划回海滩。在海滩上，尼克加入了加斯帕，一起建一座由海草和海贝装饰的小沙堡。

堆沙堡的时候，加斯帕问尼克："洛杉矶是什么样子？"

"是一个大城市，但我住在城市边缘一个不错的小镇子里，"他说，"那儿有公园和海滩，和这儿有点像，只是没有你。在那里的时候，我可想你了。"

"我也想你啊！"加斯帕说，然后问道："为什么你妈妈不搬到这儿来，我们可以全部住在一座房子里，那样你就永远不必离开了。"

"好主意！"尼克说，"不过，我觉得这不太可能。"

在回家的路上，我们又谈到了这儿与洛杉矶之间无休止的往返。尼克抱怨这件事，尽管他永远不会在父母之间作出选择，但他也绝对不会选择共同监护。我对这件事的结论是：是的，这件事促成了尼克性格的形成。他有责任心、敏感、世故、内省、精明，如果不是这种情况他可能不会这么出色。然而，凡事都有代价，我们的离婚带来了地理上和感情上的隔阂——至少，尼克本来不应该被迫在两地之间往返，应该是我们做才对。尽管这样的往返会更加不便，但我坚信，如果这样，尼克的童年对他来说会轻松一些。

6

尼克的高中与小型的文科大学有很多相似之处，它有艺术、科学、数学、英语、外语和新闻等各种学科，也有美国司法、宗教和政治方面的课程，全部由敬业的老师讲授。学费昂贵，维基和我必须拼命努力工作才能支付高额的学费。我们认为没有什么比孩子的教育更重要了。但即使如此，有时我还是会忍不住要怀疑它究竟会起多少作用。我家乡上私立学校的那些孩子们，回头来看，他们并没有比我们这些上公立学校的孩子过得更好或更坏。也许，我们自欺欺人地认为这样做能够为孩子买到一个更好，或至少更轻松的人生。

尼克的学校坐落在一座超过百年历史的校园里，它的前身是一所军校。教室宽敞通风，有户外泳池、绿色运动场、先进的科学实验室、美术工作室和剧院。入学后的第一个月，尼克进了新生篮球队，还在一出戏剧里获得了一个角色。我们在学校和家里举办的聚会上见到了尼克的新朋友。他们看上去都像是好孩子，热衷于学生社团、运动、绘画、演出、撰写剧本、演奏爵士乐和古典音乐。尼克崇拜他的老师们，这是一个不错的开端。

尼克继续贪看电影，这种迷恋从他能够按下录像机的播放键时就开始了。他小时候曾经问过我，联邦调查局是不是指迪士尼，因为他把影碟开始时的那些严厉的反盗版警告与冒险、浪漫、喜剧和戏剧化联系起来。

在放学后，看电影前，在运动、戏剧和与朋友们玩耍之外，尼克还会抽时间陪加斯帕和黛西。黛西刚开始学习语言，但因为某种原因经常会说动物语言——她会像猪一样哼哼、像驴一样嘶叫、像猫一样发出喵喵声。她和加斯帕都迷恋着他们的大哥，而尼克似乎也非常疼爱他们。

这一学年一帆风顺，尼克做家庭作业既快又自觉，凯伦经常测验他每周学习的法语词汇，我帮他校阅写作作业，尼克的老师们在报告单上写的评语满是热烈赞赏。

然而，五月的一个下午，尼克、加斯帕、黛西和凯伦正在院子里玩，电话响了，打来的是新生年级的主任，他告诉我必须和凯伦去学校参加一个会议，讨论尼克因为在学校里买大麻而受到停学处分的事。

"他的什么事？"

"你不知道？"

尼克没有告诉我们。

即使是在两年前发现大麻那事之后，我还是无比震惊，"对不起，但这事一定是弄错了。"

没有弄错。

我立刻开始了自我安慰，他又在实验，我想，很多孩子都会做这种尝试。我告诉自己尼克不是典型的瘾君子，不像那些在街上闲荡的、没人管的、抽着烟、没有生活目标的男孩子，也不像东部一个熟人的儿子吸食海洛因后出了车祸。最近，我也听说一个和尼克同龄的女孩割腕后住进了精神病院，她也吸食海洛因。尼克不像这些孩子，他性格开朗、有爱心、勤奋。

我父母从来没发现我吸毒的事，即使到今天，他们仍然会告诉你，这事是我杜撰或者至少是夸大事实的——但事实是，在高中，我用少得可怜的零花钱和送报纸的酬劳买大麻，我跟很多成长在二十世纪六十年代后期和二十世纪七十年代的孩子一样，面对的不仅仅是丰富的大麻，而且还有前辈们不知道的各式各样的毒品。在我们之前，年轻的孩子们偷酒喝，但所谓的瘾君子只是那些外国的鸦片吸食者或对海洛因上瘾的乐手们。可是，就是在我们那个美国中部的社区里，即使电视只有三个频道，电话需要用拨号盘拨号，我们的一个邻居还是在阁楼里用生长灯种出了大麻，另一个邻居则出售麦角乙二胺[1]。

晚上，我和我的新朋友，因为大麻和摇滚乐而聚集在一起。我们吸醉后在街上闲荡，或者前往某个人家里。

布莱恩·琼斯[2]、吉姆·莫里森[3]、基斯·穆恩[4]——我们崇拜的摇滚明星——都死了。但这些悲剧一点儿也没有减缓我们吸食毒品的速度。他们的死似乎并不适用于我们，也许因为他们的死亡就像他们的生命一样，对我们来说，是一种过度的消耗。从某种意义上来讲，他们纯粹是活出了音乐的精神。"我希望自己未老先死，"他们唱道。"为什么你们不都消失不见？"

我们没理睬被我们看作是歇斯底里的"兴奋剂致人死亡"的警告标语以及很多其他反对毒品的公益广告。"他们"——政府、父母——是在试图吓唬我们。为什么？通过毒品，我们看穿了他们，不再害怕他们，他们无法控制我们。

我的父母是相对的嬉皮派，他们听铜管乐队，经常与一群时髦的业余乐手朋友举办周六聚会，开即兴的爵士音乐会。我父亲会兴奋地用小号演奏，母亲则穿着迷你裙，甚至在二十世纪六十年代末的一段短暂时期，还穿过橙色和紫色的螺旋纹印花连衣裙，她拉着一把手风琴，演奏《来自伊帕内玛的姑娘》。但是我父母的时髦做

1　麦角乙二胺（缩写为 LSD），是致幻药的代表。被称为当代最强烈的迷幻药，二十至五十微克就足以使人产生幻觉，是极其危险的药品。

2　布莱恩·琼斯（Brian Jones, 1942—1969），英国天才吉他手，"滚石"乐队创建人之一。

3　吉姆·莫里森（Jim Morrison, 1943—1971），美国著名摇滚歌星，吟游歌手，瘾君子。

4　基斯·穆恩（Keith Moon, 1946—1978），The Who 乐队成员之一，著名鼓手。

派在毒品上打住了——他们举办的聚会甚至连酒都没有。

在那个阳光明媚的五月下午，我和凯伦开车赶到尼克的学校，一路沉默。在校园入口处的旗杆旁闲荡的学生指引我们来到科学楼底层的那间教师办公室。新生年级主任接待了我们，他穿着一件 T 恤衫、卡其布短裤和运动鞋。他请我们在两张塑料椅上坐下，面对着一张摆满科学杂志的书桌。另一个男人加入了我们，他一头黑发，显得有点儿孩子气，穿着一件敞领衬衫。主任介绍，他是学校的顾问。

窗外，一群男孩子，包括尼克的一些朋友，正在绿色的运动场上挥舞着曲棍球棒。

主任和顾问问我们的情况如何。

"我们好多了。"我说。

他们点点头。他们并非不重视尼克的违规行为，只是想尽量安慰我们。他们解释说虽然很多学校有零容忍政策，但这所学校的政策有更为进步和有帮助的解决办法——考虑到现如今孩子们真实的生活环境。

"尼克会有第二次机会的。"主任说，他身体前倾。"他将留校察看，如果再犯，就会被开除。我们也要求他参加下午的毒品和酒精咨询。"

"到底发生了什么事？"我问道。

"午饭后在食堂外面，一位老师发现尼克在买大麻。学校的政策是任何人只要出售毒品就要被踢出去。卖大麻给尼克的那个男孩已经被开除了。"

那位顾问，两只手叠放在膝上，"我们的看法是，尼克作了一个不好的选择，我们想帮助他在将来作出比较好的选择。我们把这件事看作是一个错误，但同时也是一个机会。"

这话听起来合情合理又充满希望。我和凯伦感激万分，不仅因为尼克还有一次机会，而且因为不光只有我们在想办法解决和理清这件事情，主任、顾问，还有其他老师一直都在对付这类事情。

在一个小时的谈话过程中，我提到了自己的担忧：尼克爱冲浪，在海滩上可能会接触到毒品。对于很多孩子来说，驾驭可怕的太平洋波涛所获得的亢奋还不够，这是一个奇怪的悖论啊。我见过冲浪者们在岸上，穿着冲浪服，轮流吸食大麻叶烟卷，然后才走进水里。

他们对视了一眼，"我们正好有适合尼克的顾问。"主任说。

他告诉我们，学校里的一个科学老师也是冲浪爱好者。

"我们叫他唐。"

"他很棒，也许他可以成为尼克的顾问。"

接着，他们给我们介绍了一个毒品和酒精咨询机构的详细情况。

回到家里，我们立即打电话预约了第二天见面。我们三个人一起见了一个顾问，然后我和凯伦留下尼克与顾问单独进行了两小时的谈话，其中包括了关于毒品的咨询。我们去接尼克的时候，他说："这根本是在浪费时间。"

老师唐是一个结实的男人，一头古铜色头发和海蓝色眼睛。从我们听说的情况来看，他很少表现得激情四射，他指导孩子们靠的是稳健和耐心，以及对他所教的科目和学生充满感染力的热忱。他是会悄然改变别人生命的那类教师。教科学的同时，他也是学校游泳队和水球队的教练。除此之外，他还为一群学生当顾问，尼克是他最新辅导的学生。这些我们是在和主任见面几天后才知道的，当时尼克放学后从学校回来。

"这个伙计！"尼克一跑进屋就扔下背包，走向冰箱说："这个老师……"他把麦片倒进碗里，并切开一只香蕉放在上面。"他坐下来和我一起吃午饭，他真的不可思议。"他倒上牛奶。"他是一个真正的冲浪好手,他冲了一辈子。"他抓起一片面包,"我去了他的办公室,墙上全是世界各地冲浪海滩的照片。"他在面包上涂了厚厚的一层花生酱，然后从冰箱里抓过果酱，铺在上面，"他问我想不想跟他一起去冲浪。"

几个星期后，他们两个人一起去冲浪，尼克回来时兴高采烈。唐经常在学校里检查尼克的情况，给家里打电话。随着学年即将结束，他开始动员尼克报名加入秋季将重新开始训练的游泳队。尼克很执拗——没门。但是唐不理会尼克的拒绝，整个暑假，他经常打电话给在洛杉矶的尼克，看他过得怎么样，并继续询问他有关加入游泳队的事。暑假快结束时，唐提出了一个交换条件，如果尼克参加一次秋季游泳训练的话，他就停止用参加游泳队的事唠叨他。

尼克同意了。

尼克十五岁了，是高中二年级的学生了。他应诺参加了游泳队的首次训练，接着又出现在下一次的训练中，然后又参加了再下一次的训练。因为有着健美、修长的身材以及在冲浪板上划开猛烈的波浪而练就的肌肉发达的手臂，尼克已经是一个游泳好手了，在唐的训练下他更是进步神速。他喜欢游泳队里队友之间的友爱关系。最重要的是他受到了唐的激励。"我只是想让他高兴。"有一天，尼克告诉凯伦。

游泳队的训练结束于圣诞假期前后，那时，唐已经成功说服尼克加入了水球队。尼克被选为副队长。凯伦、加斯帕、黛西和我经常去观看他的比赛——我和凯伦与其他家长坐在一起，而加斯帕和黛西则在看台上爬上爬下，时不时地大喊一句，"加油，尼克!"

唐也鼓励尼克对海洋生物学的兴趣。随着尼克二年级课程的结束，他告诉尼克加利福尼亚大学圣地亚哥分校有一个致力于这个学科研究的暑期项目。一天，尼克挥舞着从那个项目的网站上打印下来的小册子和申请表回到家中，问他能不能去。我和他母亲一致支持，尼克就申请了。

六月下旬的一天上午，喷气式飞机窗外的景色美极了，天空是粉红色的，太平洋紧挨着海岸线，闪烁着梦幻般的蓝色，尽显出南加利福尼亚乐观向上的气息。在圣地亚哥降落后，我们取了行李箱，租了一辆车，驱车北行，把尼克送到加利福尼亚大学，帮他报到。尼克有点儿紧张，但这些孩子都显得很随和。其中几个跟他一样，还带了冲浪板，看了让人欣慰。

我们互相道别，黛西的小胳臂搂住了尼克的脖子。

"没事，靓妹。"他说："我们很快会再见面的。"

尼克经常打电话回家汇报。"我想成为一名海洋生物学家。"他有一天这样说道。他给我们讲项目里的孩子们，讲他和其他冲浪手如何上课前早早起床，走下陡峭的小路到布莱克海滩去冲浪。他说他已经决定去考营地的水肺潜水执照。在卡特琳娜岛[1]附近的一次夜间潜水中，他还和一小群海豚共泳。

项目结束后，维基去接尼克，剩下的暑假他将在洛杉矶度过。与以往相比，这次过得快很多，不久他就又回到家中，为新学年作准备。

这是尼克在学校里表现最好的一年。他有一群关系密切的朋友，他们好像捆绑在一起一样，而且同样热切关注政治、环境和社会问题。尼克热爱他自己选的课程，写作仍然是他最强的科目之一。有

1　卡特琳娜岛（Catalina Island）是太平洋中靠近洛杉矶的一个小岛，因其风景秀丽而闻名于世，曾被评为全美最漂亮的小岛。

一位英语老师鼓励他写短篇小说和诗歌，在进行创意写作的同时，他还加入了校报编辑部，担任编辑和专栏作者。他撰写发自肺腑的个人和政治专栏，评论针对种族与性别歧视的平权运动、校园枪击事件和科索沃战争。他参加编辑会议，熬夜校对稿件。他的专栏内容越来越大胆，有一些写到了我们最亲近的几个朋友，比如成为尼克非正式教父的那对伴侣，他们中有一个是艾滋病感染者。他给了尼克一条艾滋病防治组织的手链。"上面有你看到的那些白痴名人都戴着的那种丝带，跨进奥斯卡颁奖会场大门时发放的那种。"尼克这样写道，"对于那些人中的很多人来说，那条丝带可能只是时尚，但是在我朋友的那根手链上，它却象征着希望。我听说，买下手链的钱会投入到对这种疾病的防治研究中去。"

尼克写到自己每天戴着那条手链，"然而，后来我长大了。尽管对教父的感情从来没变，但却开始担心别人会怎么想。我听到高中的同学们说起有关同性恋的事情……我开始为戴那条手链感到不舒服……终于，我不再戴它。"尼克接着写到，他把它弄丢了。"我很难过我弄丢了那条手链，"他总结说，"但是，也许它不在我面前比在我面前更有象征意义，它象征着我没有勇气捍卫我的朋友。"

在校报指导老师的鼓励下，尼克把这篇文章和其他专栏文章投寄到为高中记者们设立的一年一度的海明威写作奖，并获得了第一名。接着他把一篇专栏文章投寄到《新闻周刊》1999年2月出版的"轮到我写"专栏，这一篇是对远距离共同监护的控诉。尼克写道："也许婚姻誓言中应该加上一句，你发誓无论富贵贫贱，无论疾病健康，只要你们俩都活着就相爱相守。如果你们有了孩子却最终离婚，你们发誓待在孩子所在的同一地理区域内……事实上，既然人们经常不遵守结婚誓言，也许应该有一条法律规定：如果你有孩子，你就必须待在他们身边；或者，如果你搬家离你的孩子很远，那你就得自己坐飞机去看他们！"他尖锐地描写了多年来我们这种共同监护安排对他的影响："我总是在想念父母中的某一方。"

尼克对书籍和音乐的品位在继续改变，他某个时期最喜欢的作者、塞林格、约翰·斯坦贝克、马克·吐温等被形形色色的厌世者、瘾君子、酒鬼、抑郁者、自杀者所取代——卡夫卡、卡波特、尼采、海明威和菲茨杰拉德。他最喜爱的一个作家查尔斯·布考斯基[1]的特点是：在大学书店里，他是被偷得最多的作家。他曾经把自己的读者总结为"失败者、发狂者和该死的人"。十几岁的少年也许自认为有这样的感觉，但我真的担心这些作家对尼克有如此大的吸引力，尤其是当他们美化毒品和放荡生活的时候。

春假的时候，我们俩出发参观了中西部和东海岸的大学。我们飞往芝加哥，在一个浓雾弥漫的早上到达。尼克在芝加哥大学旁听了几堂课，并在宿舍住了一夜。之后，我们飞到波士顿，在那里租了一辆车。在市里花了两天参观了几所学校后，我们开车到了阿默斯特[2]。

我们的最后一站是曼哈顿，尼克在那里参观了纽约大学和哥伦比亚大学。

回到家里，他填了大学申请表，我们一起做了暑假计划。他和凯伦继续一起练习法语，他有语言天赋，记东西对他来说轻而易举，他的听力更是完美无缺。至于词汇上的欠缺，他用巴黎口音弥补了，并且在凯伦的帮助下，掌握了许多法文俚语。事实上，接近学年的尾声时，尼克的法语老师甚至鼓励他去申请巴黎的一

1　查尔斯·布考斯基（Charles Bukowski，1920—1994），美国后现代主义大师级诗人，有"新海明威""酒鬼诗人"之称。

2　阿默斯特（Amherst College），阿默斯特学院建于 1821 年，是美国一所著名的私立文科学院。师生比例约为 1：10，是一所"微型"高等学院。

个暑期项目，在那儿的一家美国大学学习法语。维基跟我商量后决定送他去。

六月的大部分时间，尼克都待在洛杉矶，然后就飞去巴黎参加那个为期三周的项目。他打电话回来时，说他开心极了，法语进步飞速，还交了好朋友，甚至还在一部学生电影里揽到一个角色。有一次，挂电话前他说道："我喜欢这儿，但我想念你们所有人！告诉小家伙们，我爱他们。"

项目结束后，尼克飞回家，我到机场接他。在大厅等候时，我看见他从扶梯上下来，样子看上去糟透了。他长高了，但那不是我最先注意到的事情。他的头发乱糟糟的，眼圈发黑。我觉察到他的消沉和隐隐的愠怒，终于我问他出了什么事。

"没事，我很好。"他说。

"在巴黎发生了什么事吗？"

"没有！"他气冲冲地回答。

我满腹怀疑地看着他。"你生病了？"

"我没病。"

然而，几天后，他开始抱怨胃疼，于是我约了我们的家庭医生。检查了近一个小时，然后，尼克出来叫跟他一起进去。医生双臂交叉在胸前，忧心忡忡地看着尼克。我感觉到他还有别的话想说，但他只是简单地宣布尼克得了胃溃疡。

什么？十七岁的孩子会得胃溃疡？

7

高中毕业后，我考入了在图森的亚利桑那大学，离美墨边境更近。我的室友查尔斯来自曼哈顿，他有信托基金，父母双亡。我从未了解他父母死亡的真相，但牵涉到酒精和毒品，也许是自杀。

查尔斯十分英俊，坚挺的鼻子，棕色的鬈发，咖啡色的眼睛，非常迷人并且总是精力充沛。与查尔斯相比，我就像一个业余玩家，因为他从来不会让学校或任何其他事情妨碍他找乐子。

查尔斯有朋友也来自纽约城，他们在图森的另一头，远离大学的高速公路旁合租了一栋粉红色的砖坯房。

那时，卡洛斯·卡斯塔尼达[1]的《唐望的教诲》及其续集在大学校园里相当流行。唐望[2]的精神探索还必须结合治疗精神病类药物的服用，包括皮约特仙人掌[3]、曼陀罗和魔幻蘑菇[4]。我和朋友们都着了迷，而且那些书鼓励我们把吸食致幻剂看作是一种对知识的探索。不知为什么，我们也把大麻、安眠酮[5]、可卡因以及其他的兴奋剂或镇静剂看作是合情合理的。

到了晚上，当一轮满月在地平线上升起时，查尔斯宣布我们该去夜店了。查尔斯买来毒品，它们起了半个小时左右的作用，然后我们就会醉得除了想着要去光顾哪家酒吧以外，无法专心做任何事。大量的毒品和酒精从来没有让查尔斯放弃开车，他曾撞坏过两辆标致汽车。谢天谢地——奇迹般的——他从来没有撞伤过任何人，至少据我所知没有。

1　卡洛斯·卡斯塔尼达（Carlos Castaneda，1925—1998），出生于南美洲，自幼随父母移居美国。其研究重点是"印第安人使用的药用植物"。其代表作是《唐望的教诲》系列书。

2　唐望（Don Juan）是一位亚奎族印第安老人，其西班牙名字是望·马特斯（Juan Matus），卡斯塔尼达曾在二十世纪六十年代多次向其求教。

3　皮约特仙人掌（Peyote），生长于墨西哥北部与美国西南部干旱地带的一种仙人掌。它的种子和花球碾成粉末口服后能产生强烈的幻听、幻视作用。其衍生物为麦司卡林。

4　魔幻蘑菇（Psilocybin mushroom），产自墨西哥的一种蘑菇，是一种具有致幻作用的真菌。

5　安眠酮（Quaaludes），用于神经衰弱、失眠、麻醉药，是处方药。

一天晚上，我和查尔斯吸毒后突发奇想，决定开车去加利福尼亚州看日出，于是我们打包了一堆毒品后，往西一路狂飙到了圣地亚哥。我们到海滩时，天还是黑的。我们坐在沙滩上，肩上披着毯子，眼睛盯着地平线。我们抽着大麻烟，聊天，等待日出。过了很久，我们俩人中有一个注意到周围已经亮了起来。我们转过身去，当时肯定已经十点钟左右了，太阳早在好几个小时前就升起来了。

"噢，"查尔斯恍然大悟，"太阳是从东边升起来的。"

毒品故事是可怕的，像一些战争故事一样，它们的重点都在于冒险和死里逃生。根据那些有名的和恶名昭著的放浪形骸者，以及他们传记作者的传统，即使因宿醉而感觉不适，或濒临死亡的经历都可能被编得魅力四射。但讲故事的人常常会省略那逐渐恶化的心灵创伤和最终的灾难。

一天晚上，查尔斯在连续狂饮两天后回来。我开始担心，因为他待在浴室的时间太久了。叫他半天不应时，我砸开锁，踢开门进去。他已经昏迷过去，在瓷砖地面上磕破了头，地上溅满了鲜血。我叫了救护车，在医院里，医生警告查尔斯不要再喝酒了，他答应戒酒。事实是，他当然没戒。

那年年末的一次公路旅行把我们带到了旧金山，到达那里的时候，一个纯净的夜幕刚刚降临。我以前从没去过那儿，我们在城市最高的山顶上停下汽车，山上的风令人心旷神怡。在到处都是沙漠的亚利桑那州长大的我，感觉自己仿佛第一次能够自由呼吸。

于是，我申请转学到加利福尼亚大学的伯克利分校，我还没毁掉我的成绩，所以我被接受了。秋季入学以后，我开始投身于伯克利的学习生活，但那里的毒品也很多，可卡因和大麻经常是我们周末狂欢的主角。我一个朋友的父亲是医生，他开了一瓶瓶安眠酮给我的朋友，因为他不想让他儿子吸食街上来路不明的毒品。我也吸了很多，但没有我周围的那些人多。不知为什么，对我们而言，高等教育、醉酒和毒品已经密不可分地捆绑在一起了。我与查尔斯保持着联系，他酗酒和吸毒的程度加剧了，这让我多年以后不禁为尼克开始担忧。

法国的那个暑假后，尼克回到了学校，他的溃疡已经痊愈，但他却变了样。大多数课程他都还表现得不错，保持着较高的分数。然而，他退出了游泳队和水球队，以及报社。他开始逃课，很晚回家，挑战宵禁的底线。我们越来越关心他的变化，我和凯伦去见了学校的顾问，他说："尼克的坦率，在男孩子身上尤其少见，这是一个好现象。持续与他把问题坦诚地聊开，他会渡过这个难关的。"

我会尝试的。

尼克像是被两股势均力敌的力量拉扯着，他的老师和顾问——还有父母——努力想支持他，不让他屈服于内心的另一股力量。

在尼克所在的学校任职二十五年后，唐接受了其他学校的一个职位。他对尼克产生的深刻影响是任何人都不曾有过的，可是，不是唐——或其他任何人——能够做任何事情来影响尼克正在走的路。有一天他的班主任告诉我，尼克破了学校三年级学生旷课最多的纪录——尽管当时我们正收到尼克申请的大学的回信，大多数都录取了他。

尼克尽量不待在家里，他经常和附近一群看上去正在吸毒的男孩一起闲荡。我质问尼克，但他否认在吸食任何毒品。他足够聪明，能用使人信服的谎言来为自己无法无天的行为辩护，而且也越来越擅长掩盖他的行踪。发现他说谎时，我内心无比混乱，因为我仍然认为我们关系亲密——比大多数父子都亲密。终于，有一天，他承认在吸食大麻，只是"偶尔"。他答应绝对不和吸醉了的人上同一辆车，我的忠告、恳求和愤怒全落在他仿佛已经被麻醉了的耳朵里，他只是要我放心："没什么大不了，不要担心。"

"事实并非如此，"我重复着一堂老掉牙的讲座，"大麻很可能变成一个大问题。有的人哪怕只是吸了一次，只吸了一点点，但后来却吸毒成瘾，而且……"

尼克翻了翻眼睛。

"是真的，"我继续说，"他们的雄心壮志完全枯竭了。"我告诉他我以前另一位朋友的故事，他从没保住过一份长期工作，也从没有过一段长于两个月的恋爱。"他曾经告诉我：'从十三岁起，我就一直活在大麻的烟云里，所以，人生没有更好的结果对我来说是不足为奇的。'"

"你也吸过大麻，"尼克说，"你有资格说这些吗？"

"我希望我没有吸过。"我说。

"你操心太多了！"他对我说的不以为然。

有一次，我们去亚利桑那州参加我父母家的聚会，尼克和我沿着街区散步。棕榈树比我以前住在那儿的时候长高了，也变细了，像长颈鹿的脖子。有几户人家把房子改造成了两层楼房。除此之外，街道看上去还是老样子。我记得尼克两三岁的时候，我和他曾经走过同一条路线。我用一根绳子绑在一辆小小的塑料汽车上，尼克坐在司机的位置上。我们去丛林公园，在那里，他拉起想象中的手刹，打开车门，小心关上，然后跑向人工湖边。他给湖里的鸭和鹅喂面包片，一只爱发脾气的老鹅咬了他的手指，他嚎哭起来……

我知道自己正在失去尼克，但仍然自我安慰：少年逐渐疏离父母是正常的——他们会变得脾气暴躁、疏远冷淡。"你一定想知道耶稣在十七岁的时候是什么样子吧，"安妮·拉莫特写道，"《圣经》里甚至提都没提，他显然一定是那么可怕啊！"不过，我还是试图突破尼克的心防，想让他多说点话，但他似乎没有什么要说的。

最后，他终于转向我，若无其事地问我想不想抽点儿大麻。我审视着他，他在讽刺我吗？宣示他的独立性，或者试图伸出手来——沟通？也许都是。

他拿出一支大麻烟，点燃了，递给我。我瞪了它一会儿。事实上，这么多年来，我仍然会吸大麻，不过次数很少。在聚会上或朋友家，偶尔我也抽上一口或两口。

但这次不同。然而我还是接受了那支大麻，心想这就像是上一代的父亲跟他十七岁的儿子一起喝啤酒一样，是一种无伤大雅的同盟时刻。我吸了口大麻，和他一起抽着大麻走过了我的老街区。我们谈笑风生，两人之间的紧张气氛逐渐消融了。

但那天晚上，我们又回到了以前的状态。尼克是好斗的、易怒的少年，因为被拽到亚利桑那州而恼火。我则是紧张过度的、满心担忧的、在很多方面都不称职的父亲。我应该和他一起抽大麻吗？当然不应该。我穷途末路——太想——与他沟通，可是，那不是个很好的借口。

尼克同意去见一位新的治疗师，一位作为处理青少年问题的天才而被推荐给我们的治疗师。当我们到达约见地点时，尼克全身不自在，为马上又要见另一位神经科医生而反感。新治疗师个子很高，稍微有点儿驼背，体型壮实，有着一双锐利的蓝眼睛。他和尼克握了握手，一起离开了。

一小时后，尼克出来了，他面带微笑，脸颊红润。很长一段时间以来，他的步伐第一次如此雀跃。"太奇妙了，"他说，"他跟其他人都不一样！"

尼克开始了每周一次的放学后治疗，尽管缺席过几次。我和凯伦也和那位治疗师面谈过。在一次谈话中，他坚持说大学生活会让尼克走回正途。这真是一个可笑的想法——大学生活什么时候纠正过任何人？然而，我只能希望他是对的。

在一个阳光明媚的春日下午，维基来了，她、凯伦、黛西、加斯帕和我一起参加了尼克的高中毕业典礼。典礼在运动场上举行。尼克并不开心，因为他们班选择戴帽子和穿长礼服。如果他没有出现的话，我和凯伦会失望，但不会觉得意外，不过他还是露面了。剪了头发，戴着帽子，穿着礼服，尼克大步走上前，从校长手里接过毕业证，并亲吻她的脸颊，显得喜气洋洋。他的每一个可能会好起来的细小迹象都会令我雀跃不已。我想，也许，也许一切终都会好起来的。

典礼之后，我们邀请他的朋友来家里一起吃烧烤。一张长桌摆放在一棵盛开着粉红色花朵的山茱萸下面。晚宴中，大家互相传递一盘盘食物的期间，尼克和他的朋友不停地进进出出。然后跟我们道别，匆匆去参加在附近的娱乐中心举行的毕业狂欢活动。那天深夜，朋友们把他送回了家——当我问起晚会的情况时，尼克——我的高中毕业生儿子，绕过我，向他的房间走去，嘟囔道："我累死了，晚安。"

夏天，尼克再也不假装克制了。根据他那反复无常的行为和摇摆不定的情绪，他显然是经常吸醉了的，而且除了大麻，他还有其他毒品在补充。我的威胁、惩罚以及实施更严厉惩罚的威胁都毫无作用。尼克偶尔会作出后悔和忧虑的反应，但大多数时候会显得厌烦。我已经变得无关紧要，他看出我所能够做到的只有警告、谈判、强制宵禁、不准他用车以及继续拽着他去看治疗师，即使当他变得越来越偷偷摸摸、强词夺理和无所顾忌。

我们仍然跟从前一样，去南希和唐家参加每周三的晚宴。大人们聚在厨房里，而孩子们则通常在楼下放满了旧家具、悬挂着的小划艇的地下室里打乒乓球，或者在客厅里荡秋千。南希和唐的家是我见过的唯一一幢屋子里有秋千的房子，粗粗的绳子从横梁上悬挂下来，还带有帆布座位。

一个有着并排六个炉眼的灶台是南希厨房的主要特色，通常总有食物在上面烹煮着，房间里总是弥漫着香甜的、奇异的、偶尔是烧焦的味道。有一天晚上，黄色的咖喱鸡与白色的茉莉花香米一起上桌，还有酸奶和黄瓜做的色拉，芒果酸甜酱和用小豆蔻调味的印度烤饼。还有一次的菜单则包括了加有青椒和奶酪的墨西哥砂锅菜，柠檬和梅干一起炖的烤猪肉、酥脆土豆、培根炒甘蓝。吃饭的时候，孩子们会选自己喜欢的陶瓷盘子，每个盘子上面都有一个不同的动物。加斯帕总是选鲸鱼，黛西和会表姊妹们争狗，最后是黛西让步，不得不选了毛驴。

尼克似乎还是很享受这些节日般的夜晚，但今晚他行为怪异，在厨房里讲出一系列前言不搭后语的言论。"人难道不应该想跟谁做爱就跟谁做爱？一夫一妻制是一种过时的传统。"他给南希上课，而她一边搅拌着炉子上的炖锅一边听着。"苏斯博士是一个天才。"他继续谈了一会儿自己最近的疯狂想法，我估计他经常与朋友们滔滔不绝地谈论这类观点，直至深夜。

后来，我突然意识到尼克一定是吸了什么东西。第二天早上，我问他，他否认。我又一次威胁他，然而我的恐吓已毫无意义。我禁止他使用毒品，但这同样毫无用处。咨询他的治疗师时，他劝我们不要禁止毒品进入我们家。他说："如果禁止的话，他会偷偷地吸，你们将会失去他。让他待在家里更安全。"

朋友们提出了互相矛盾的建议：把他踢出家门，别让他脱离你的视线。我心想：把他踢出家门？那他还有什么前途？不让他脱离我的视线？你自己把一个吸毒的孩子关在家里试试？

一个宁静的午夜，就在尼克十八岁生日前不久，我回到家中，感觉好像有哪里不对劲。忽然，我意识到尼克走了，而且还偷走了家里的现金、食物和一箱酒。他是有选择的，只拿走了非常好的酒。我慌了，打电话给他的治疗师。但即使在这种情况下，治疗师仍要我放心，说尼克是在适当地"表现他的独立性"。如果说他的反叛是极端的，那是因为我让尼克难以有任何事情可以叛逆。

终于有人说出了这一点：尼克之所以越来越阴沉，无法停止吸毒，现在又开始说谎偷窃，其实都是我的错，是我太纵容他了。我有心理准备面对这一判决，接受是我弄砸了整件事的事实。但是，为什么有些父母过分严格，他们的孩子还是出了问题；而有些父母比我还纵容，然而他们的孩子却似乎很好？

尼克走了两天才打电话回来，他和朋友们在死亡谷，开着一辆装着毒品和酒精的吉普车。我要求他立刻回家，他回来了。我不准他外出。我们决定，他将用做家务来偿还他所偷窃的钱物。

"你总是试图控制我！"有天晚上，当我告诉尼克他不能在禁足期间外出时，他冲我吼道。

"我给了你充分的自由，是你滥用了它！"

"去你的。"他怨恨地重复道，"去你的！"他怒气冲冲地走回他的房间，砰的一声关上了房门。

我跟凯伦和尼克一起在治疗师的办公室里接受了一次治疗。那是一间舒适的小房间，里面有两把带靠垫的椅子。尼克阴沉地坐在我们对面的一张沙发上。治疗师尽最大的努力来进行一场文明的对话，但是尼克动辄发怒和极力狡辩，将我对他的关注贬低为愚蠢和过度的保护，并且再次抨击我们试图控制他。

治疗结束后，我又一次得出结论：尼克可能是吸醉了。当我征询治疗师的意见时，他说："也许吧，但青少年的敌视是正常的。他能够对你们发泄出来是好事，那是健康的。"

我们同意再接受一次治疗，这次文明了一些。尼克道了歉，并说自己一直在生气。他甚至说他的这种放纵——他承认是"适度"的放纵——只是大学艰苦学业的前奏。"我觉得这是自己应该享受的，"他说，"我在高中学习很刻苦。"

"你也并没有那么刻苦。"

"好吧，我一上大学就会刻苦学习的，我明白重要的机会是什么，我不会坐失机会的。"

当然，我仍然想相信他，这不纯粹是因为我容易受骗上当，而是我无法看透他行为背后的含义。当改变渐渐发生时，要理解它背后的意义其实并不容易。

两周后的一个星期天下午，凯伦计划带三个孩子去海滩，我则打算留在家里写作。

雾散了，我和他们站在车道上，帮着装车。一起去的朋友们也开车停了过来。随后，两辆警车也停了下来。当两个穿警服的警官走近的时候，我以为他们是要问路，但他们走过我身边，径直走向尼克，把他双手铐在身后，迅速把他推进其中一辆警车的后座，开走了。

六岁的加斯帕是我们中间唯一一个反应恰当的人，他嚎啕大哭了一个小时，怎么也安抚不了。

8

这次逮捕是因为尼克在被指控持有大麻后没有到庭，这是他忘了告诉我的一个违法行为。不过，我还是把他保释出来了，"下不为例。"我说。我相信这次逮捕会给他一个教训。

尼克情绪低落，但他保住了咖啡店的工作，在磨坊谷的一家咖啡店里煮浓缩咖啡和牛奶。我们有时会去光顾——凯伦、加斯帕、黛西和我。尼克站在柜台后面，开心地和我们打招呼。他把孩子们介绍给团队的其他人，然后为他们冲泡大杯的热巧克力，上面堆着奶油泡沫。

尼克跟我们讲了许多工作时的故事来逗我们开心。他渐渐认识了很多不同类型的常客。"抠门者"会点大杯装的小份咖啡。尼克解释说，"抠门者"知道咖啡师会加满大杯，于是他们就会免费喝到额外的咖啡，节省十五美分；"为什么要喝者"会点去咖啡因的浓缩咖啡和脱脂牛奶做的卡布奇诺；"四倍者"则是点四倍量浓缩咖啡的疯子。不友好的顾客会为他们的无礼付出昂贵的代价，尼克和他的同事通过有意弄混点单而报复他们，所以任何不友好的顾客，如果特别强调要去除咖啡因就会得到双倍咖啡因的浓缩咖啡，而那些点常规咖啡的顾客就会得到去咖啡因的咖啡。

尼克还是像以前一样溺爱着加斯帕和黛西。我们经常被他激怒，但随后又被他的善良和幽默所征服。两个尼克，一个充满爱心、体贴慷慨，另一个以自我为中心、自我毁灭——这怎么可能是同一个人呢？

尼克决定去伯克利念书。一个八月的下午，我、凯伦、加斯帕和黛西坐进车里，将尼克送去那里并帮他安顿下来。我们在中途停下来吃了比萨，然后开进了那个面积庞大的校园，找到鲍尔斯大楼，一座古老的都铎王朝式的宿舍楼。

"这是个城堡啊！"加斯帕羡慕地说道，"你可以住在城堡里啊！"

我们把车停在大楼前，帮他把行李拎过石拱门，爬上两层石阶，找到尼克的房间，见到了他正在打开行李的室友们。他们看上去都很严肃认真，学者气十足，其中一个还像个书呆子。一切似乎都很好。一个顶着一头红色乱发、穿着淡蓝色圆领毛衣的男孩正在组装一台电脑。另一个男孩，戴着椭圆形眼镜、身穿条纹 T 恤，在一台小型 CD 播放机上胡乱摆放着乔治·迈克尔、席琳·迪翁、芭芭拉·史翠珊和艾尔顿·约翰的 CD，他挑选的这些 CD 预示着这个小房间里恐怕很难有和谐的乐音——如果考虑到尼克那不妥协的音乐品位的话。

尼克送我们到车旁，紧张地说："不用担心，这幢老房子挺酷的。"

他拥抱了我们每个人。

我提到了乔治·迈克尔，尼克哈哈大笑。"我会教育他们的，用不了多久，他们就会开始听马克·里博[1] 了。"里博的一首歌——哟！我杀了你的上帝——是尼克最喜欢的歌之一。

几天后，当尼克打电话回家时，他好像正忙于他的课程，尤其是一门绘画课。但在接下来的电话中，他承认自己没办法弄好支起画布的支架，说："不管我怎么弄，它们总是会歪到一边。我不得不把它们拖着走过校园，感觉就像耶稣背着他的十字架。"

之后的电话里，他则总是在抱怨别的课程，"教我们的是助教，不是真正的教授。"

在后来的一些通话中，尼克似乎心不在焉，然后就经常不回我的电话。我不知道发生了什么事，但他的沉默告诉我情况不妙。当他终于回电话时——"我一直和朋友们待在一起，""学校很酷，但我真的很喜欢这边的地下音乐。"——我鼓励他珍惜在伯克利念书的机会，咬牙撑过最初的阶段。"那会有价值的，"我说，"开始的时候总是不容易，但一切会好起来的。"

我建议他去找学校健康中心的顾问，如果他愿意的话，也可以

1 马克·里博（Marc Ribot），美国前卫爵士吉他大师，即兴吉他大师。

联系一下他的治疗师，那位治疗师对尼克发出了开放性的邀请，只要愿意，可以随时与他联络。"开始的时候，很多新生都很挣扎，"我说，"这是普遍现象，也许顾问对你会有帮助。"

尼克说这是个好主意。我身体的一部分相信他会按照建议去寻求帮助，但更多部分的我知道他不会这样做。一个星期后，尼克的一个室友打来电话，说尼克有好几天都没露面了，他们很担心。我急得快发疯了。

两天后，一个深秋的下午，尼克终于打来了电话，他承认在大学待不下去。估计毒品是问题所在，我说我们需要谈谈戒毒的事，但他说自己没吸多少。"我还没有做好上大学的准备，"他说，"我只是需要一些时间。过去的一段时间，我过得很辛苦——感觉相当压抑。"

尼克听起来头脑清醒，他的话在我听来有些意义。有充分的证据显示很多孩子使用毒品来缓解自己的抑郁症或者其他心理疾病。他们吸食的毒品可能会成为孩子和父母关注的焦点，但它们可能掩盖了更深层的问题。作为父母，如何才能知道原因到底是什么？我们咨询了更多的专家，但他们也未必知道。心理疾病的诊断并不是精确的科学，并且非常复杂，尤其是对青少年和年轻人来说。因为情绪起伏，包括抑郁症，对他们而言是普遍的。这些失常的举止看上去与吸食毒品的一些症状一模一样。等到专家们终于琢磨出有问题时，毒品上瘾可能已经加重了那个潜在的疾病，而疾病也助长了毒品上瘾的程度，两者因此融合在了一起。

"考虑到青少年的成熟度、获得毒品的便捷性以及第一次使用毒品的年龄，他们中很大一批人产生严重的毒品问题就不让人吃惊了。"罗伯特·施韦贝尔博士在《光说不并不够》中写道，"问题一旦发生，影响就是毁灭性的。毒品使孩子们不用面对现实，不用掌握对未来发展至关重要的技能。最初缺乏的那些使他们经不起毒品诱惑的技能，正是后来被毒品阻碍发展的那些技能。他们会很难建立起一个清晰的自我认同感、掌握知识技能和学会自我控制。青少年阶段是一个人从童年过渡到成年的特殊时期，有毒品问题的青少年无法为成年角色作好准备……他们会在年龄上成年，而情感上却依然是个少年。"

一位儿童发展专家告诉我，孩子的大脑在两岁以前，以及在十几岁的时候处于最有可塑性的阶段——也就是说，会发生巨大的变化。"大脑最容易受损的时间段是十几岁的时候，"她说，"毒品从根本上改变了青少年大脑的发育方式。"她解释说，经验和行为会加深情绪问题，而导致情绪问题的生理因素又可能因此更难治疗，形成恶性循环。此后，在大脑中形成的生理、情绪以及行为的路径就更难重建了。从青少年时期就开始吸毒的人，会比其他瘾君子更难治疗。

当尼克说起自己过得很艰难时，我可以相信他是因为别的问题——很可能是抑郁症——而难受。是他看的那位资深的精神科医生错过了这样一个明显的诊断吗？如果治疗师忽略了这个，那么也许是因为尼克擅长掩饰，正像他擅长掩饰吸毒一样。抑郁症是一个表面上讲得通的解释，也比毒品问题更容易接受。并不是说抑郁症不严重，而是它跟毒品不一样，它不是自找苦吃。如果毒品是尼克遇到困难时所表现出的一种症状，而不是原因——这让我安心一些。

尼克也告诉我，去伯克利上学是一个错误，上普通的大学他或许会做得较好一些。他的理论是，自己被不人性化的加州官僚作风淹没了。"我按照你的建议尝试去见一个顾问，"他说，"但为了约时间，我不得不排队等上一个小时。而等我终于排到了，他们告诉我最早能约到的时间是一周以后。"

"我想重新申请大学，"他继续说，"同时，我想休学一年，找一份工作，让身心都恢复到健康状态。"

尼克又搬回了家，他答应遵守我们的规定——按时接受治疗、遵守宵禁、帮忙做家务、打工并且申请其他学校。他见了治疗师，之后治疗师告诉我，他支持这个计划。事实上，尼克似乎真的感觉好了一点儿，于是我有理由相信情况正在好转。他申请了东海岸的好几所文科学校，首选是马萨诸塞州西部的汉普郡大学。当我们参观校园的时候，他被学校朝气蓬勃的氛围和田园牧歌式的环境所振奋。他旁听了英语和政治课，参观了音乐和戏剧工作室。我觉得这是尼克心目中的理想大学。显然，他的成绩单仍比较过硬，因为几个月后，他收到了那所学校的录取通知书。我感到轻松了一些，尼克再次踏上了大学那条（我认为）不可或缺的道路。我们经历了一段糟糕的时期，但尼克会继续前进。虽然他有时会出来与黛西和加斯帕玩耍，或者在吃饭的时候出现，但他不上班，待在家的大部分时间都待在自己的房间里。

有一天晚上，他上班，我早早地睡了，但午夜时却突然惊醒，感觉有什么事情不对劲。也许这是身为父亲的第六感，也许是我身体的一部分察觉到了麻烦即将来临的信号。我起床时只弄出了最轻的窸窣声，但还是吵醒了凯伦。

"怎么了？"

"没事。"我悄声说，"你继续睡吧。"

地板冰冷，房间也冰冷，但我没有停下来找拖鞋或穿外衣，因为我不想弄出更多的声音。走廊里没有开灯，然而，月光透过客厅的天窗投下一种红褐色的光芒。我打开厨房的灯，走去尼克的房间。我敲了敲门，没有应答。我打开房门往里看，床上空空的。我已经习惯了一种交织着愤怒与忧虑的、令人不知所措的窒息感，每一种情感都在纠缠和扭曲着另一种情感，那是一种凄凉而无奈的感觉。可以说，我对它是非常熟悉了，但它依然令我感到难以忍受。

尼克没有在宵禁前回来，那是我容许自己的担忧所达到的极限。我预料他随时可能回来，并且预演我要做的事情。我会质问他，尽管面对他会让我痛苦地想起我不能改变他行为的事实。我蹑着脚走进卧室，试图重新入睡，但是，在他回家前那是徒劳的。我清醒地躺在那儿，焦虑开始吞噬我。

我们住在一个小山坡上，就在继续上坡的道路之前，每辆车子开到我们家门前都会减慢速度到几乎停下，然后再继续上坡。一辆又一辆的车开上来，停顿一下。每一次，我的心脏也似乎随之要停止跳动，是尼克吗？但接着引擎加速，上了山坡。

凌晨三点，我放弃假装自己再能入睡，爬下床，凯伦也跟着起来，"怎么了？"我告诉她尼克没有回家，我们一起走进厨房。

"他可能跟朋友们在一起待到太晚，所以就在朋友家过夜了。"凯伦说。

"那他应该打电话回来啊。"

"也许他不想吵醒我们。"

我望了望她，看见她眼里的沮丧和担忧，她也不相信自己说的那样。时间滴滴答答一分一秒地过去，我们喝着茶，心急如焚。

七点左右，我开始打电话给他的朋友们，吵醒了其中的一些人，但没有人见过他。我打给他的治疗师，即使现在，他仍要我放心——也许这是他工作的方式，并安慰我说："尼克正在试图想清楚一些事情，他会没事的。"我的恐惧逐步升级。每次电话响起，我的胃就开始紧缩。他会在哪儿呢？我想象不出，或者更准确地说，我选择不去想象。我努力赶走那些最可怕的想法。终于，我打电话给了警察局和医院急诊室，想知道他是不是在监狱或者有没有发生事故。每次打电话，我都得鼓足勇气以防听到最不想发生的事情。我模拟着

90

对话——那不急不慢、虚无缥缈的声音和那声音说的话"他死了"。我预演它来让自己做好足够的准备。我朝这个方向去想，绕着它打转——他死了。

等待是可怕的，但除此之外，我做不了其他任何事。

后来，加斯帕穿着睡衣光着脚噼噼啪啪地走进厨房，用清亮的眼睛望着我们。他爬上凯伦的膝盖，嚼着一片面包。接着，黛西打着哈欠，头发乱糟糟的大踏步走进厨房。

我们没说尼克的事，不想让他们担心。不过，我们很快就不得不告诉他们，因为他们感觉到有什么事情不对劲。

终于，加斯帕问道："尼克在哪儿？"

我回答时露出的情绪比我原本想的要多，"我们不知道。"

加斯帕哭了起来。"尼克没事吧？"

"我们不知道，"我颤抖地说，"希望如此吧……"

这种恐惧足足持续了四天。

终于，一天晚上，他打来了电话。

他的声音颤抖，但仍然让我们如释重负。

"爸……"

"尼克！"

他的声音仿佛来自黑暗的隧道深处。

"我……"虚弱地，"把事弄砸了……"喉管里发出的叹息声，"我惹麻烦了。"

"你在哪儿？"

他告诉了我，我立刻挂上电话。

我开车去圣拉斐尔的一家书店后面的小巷里见他。我停下车，在乱堆着空酒瓶、碎玻璃、烂纸箱和脏毯子的一排垃圾桶旁边下了车。

"爸……"

那含糊沙哑的声音来自其中一个垃圾桶后面。我朝发出声音的地方走去，推开硬纸箱，转过拐角，看见尼克摇摇晃晃地向我走来。

我的儿子，身材修长、肌肉发达的游泳运动员、水球选手，充满热情的冲浪手，此时全身多处擦伤、憔悴万分、皮包骨头，眼睛是两个空空的黑洞。我一伸出手扶他，他就瘫倒在我怀里。我半扶半抱着他，他的脚在身下拖拽着。

在车上，在他昏过去之前，我告诉他，他必须去康复之家。

"就这样，"我说，"你别无选择了。"

"我知道，爸……"

我一言不发地开车回家。尼克短暂地醒过来，嘟嘟囔囔地说什么欠了人家钱，得还给某人，不然就会被杀死，然后又失去了知觉。他不时醒来，含含糊糊地嘟囔几句，但我听不清他在说什么。

接下来的三天，他都在发高烧似的不停颤抖，偶尔说着胡话，蜷缩在床上，啜泣和哭叫。

尽管我吓坏了，但也因为他说会去康复之家而感到欣慰。我打电话给他还是高中新生时参观过的那家机构，作了预约。然而，在约定的那天早上，当我提醒他要出发时，他望着我，不愿去。

"我不去。"

"尼克，你必须去，你答应过去的。"

"我不需要康复治疗。"

"你差点儿死掉。"

"我搞砸了，就这么回事。别担心，我吸取了教训。"

"不行，尼克。"

"听着，我会没事的，我再也不会碰那个狗屎了，我已经知道冰毒是多么危险了，我是搞砸了，但我不蠢，我再也不会碰那个了！"

我停了下来。我没听错吧？"冰毒？"

92

他点了点头。

上帝啊，不！尼克居然吸食了冰毒！这使我惊恐万分，我自己也有过吸食那种毒品的经历……

第二部　精选毒品

喔，上帝，人类应该把敌人放进自己的嘴里，偷走他们的大脑！让我们带着欢乐、愉悦、狂欢和掌声，把自己变成野兽！

——威廉·莎士比亚（摘自《奥赛罗》）

9

我在伯克利的第一个夏天，查尔斯从图森搬了过来，我们合租了一套公寓。一天晚上，他回到家，把从平价店里买回来的镜子从墙上拆下来放在一张咖啡桌上。他打开一个折好的小纸包，把里面的东西倒在镜子上：一小堆结晶体。他从钱包里抽出一块单刃刀片，用它切碎那些结晶，钢片有节奏地敲击着镜面。他一边把粉末排成平行的四列，一边解释说迈克尔——修车工迈克尔，一个毒品贩子——手上的可卡因都卖完了。取而代之，查尔斯买了冰毒。

我用卷起的一美元纸钞，从鼻子吸进了那些粉末。这些化学品燃烧着我的鼻腔，让我眼泪肆流。这种毒品不论是用鼻子吸、抽烟还是通过注射，身体都会迅速吸收。与可卡因不同的是，冰毒可以让人连续十到十二个小时保持异常的兴奋。当晨光从百叶窗的缝隙里渗透进来的时候，我情绪低落，又精疲力竭和烦躁不安。我在床上昏睡了一整天，缺席了所有课程。

从那以后，我再也没碰过冰毒。我是幸运的，没有因为在诱惑下的尝试而上瘾。我后来逐渐意识到尝试冰毒是多么可怕的一件事，它有可能毁了我一辈子。但查尔斯一次又一次地去找修车工迈克尔，他会连续两周吸食冰毒。

查尔斯可以是一个体贴入微、风趣幽默、魅力十足的人，但吸食了冰毒后，他就可能会在凌晨两三点时变得可怜又可恶。但在那之后，不管他惹怒的对象是陌生人还是朋友，他都会发自肺腑、令人信服地道歉，因此大多数人都会原谅他。很长一段时间内，我也原谅了他。但他离开伯克利搬回图森后，我们便逐渐不再联络了。后来我了解到，读完大学后，他的生活就被冰毒、可卡因和其他毒品所占据。他曾自愿接受或被法庭强制戒毒、数次撞车、因嘴里叼着香烟睡着了而烧毁了一座房子、吸食过量后被救护车送往急诊室以及在医院和监狱里接受监禁。

最后，查尔斯死在了四十岁生日的前夕。

酒精和海洛因是由肝代谢的，冰毒是由肾代谢的。四十岁的时候，查尔斯的肝和肾终于不堪重负，停止了工作。

所以，当听到尼克说他吸食了冰毒的时候，震惊、恐惧和无力感就一起向我袭来。

由于知道尼克在吸食冰毒，我便试图去了解关于这种毒品我能做些什么。我觉得对敌人的了解会带给我力量。然而，了解得越多，我就越灰心，冰毒似乎是所有毒品中最可怕的一种。

通过改变苯丙胺的分子结构，1919 年，一位日本药理学家最先合成了冰毒。它比安非他明更有效力，且更容易制作，再加上这种晶体粉末能溶解于水，所以也能够注射。生产于二十世纪三十年代的脱氧麻黄碱，是第一种作为商品而买得到的冰毒。在药店里，它作为支气管扩张剂上市。同时，它也以药丸的形式，充当食欲抑制素和刺激素。

第二次世界大战期间，苯丙胺被日本、德国和美国军方广泛用来增强军队的耐力和作战表现。从 1941 年开始，配方相对温和的苯丙胺被当做麻药希洛苯和西德宁在药店里销售。到了 1984 年，在日本，十六到二十五岁的人当中大约有 5% 的人使用这些药物，大约有五万五千人出现由冰毒诱发的精神错乱症状。他们大喊大叫，产生幻觉，胡言乱语，有些人还会出现暴力行为。

　　非法的兴奋剂在二十世纪六十年代初开始疯狂流行，包括一开始由冰毒衍生出来，通过鼻腔吸食的一种淡黄色粉末；以及比较纯的，最先可以注射（也可以通过鼻腔吸食）的结晶体——冰毒。1962 年，非法的苯丙胺实验室出现在旧金山，兴奋剂泛滥于黑特阿什伯里[1]，预示着二十世纪六十年代中期到末期的第一次全国性兴奋剂大流行。当我因为研究来到创立黑特阿什伯里免费诊所的大卫·史密斯医生在旧金山的办公室时，他回忆起那种毒品在附近街区开始泛滥时的情景："在冰毒之前，我们见过一些吸食酸性迷幻麻醉品的不良结果，但吸食者出现的症状还算比较轻微，而冰毒则完全不同，它们毁掉了整个社区，让孩子们进了急诊室，甚至停尸间……冰毒结束了美好的夏季……"

　　创立诊所之前，史密斯是加利福尼亚医科大学的学生，当学校附属医院的急诊室开始接到过量使用苯丙胺的病人时，他开始对其效果进行临床研究。他给专用于实验的老鼠服用了小小的剂量，每一只老鼠都死于严重的脑溢血，即使注射的苯丙胺的剂量更小，关在一起的老鼠也全死了——速度更快，只是死亡的原因改变了。这些老鼠把正常的交往行为理解为攻击，正如史密斯回忆的那样："它们愤怒地把对方撕碎。"

　　1967 年，史密斯来到帕那萨斯山下的社区工作。他后来成了美国上瘾药物协会的会长，现在还是圣莫妮卡一家康复机构的医学执行主任。他说："到达黑特时，我发现了一个'大老鼠笼'——大家都在注射兴奋剂，整夜不睡、失去理智、疯狂妄想、暴力、危险。"史密斯在 1968 年最先提出了"兴奋剂会置人于死地"的警告，而当时

1　黑特阿什伯里（The Haight Ashbury），位于美国加利福尼亚州旧金山市，是嬉皮士经常出入的地方，主要活动为"吸毒"、自由的性生活、讨论哲学与音乐。

一个叫做"水晶宫"的酒吧里经常有人聚众吸毒，吸食者围成一圈，传递和共用着一支针头。史密斯回忆道："我会在早上七点接到电话，这时最早吸入的家伙已经完全精神崩溃了。"共用的针头也导致肝炎流行。"当我警告冰毒瘾君子他们会得肝炎时，他们说：'不用担心，这就是我们为什么把那个脸色蜡黄的伙计排到最后的的原因啊。'"

苯丙胺类毒品的使用最初在美国非常盛行，在经过一段时期的消退后又猖獗起来。很多专家说现今这类毒品的使用比以往任何时候都更泛滥。几年前，冰毒还只集中在美国西部城市，但现在它已经蔓延到美国各地，泛滥于中西部、南部和东海岸。吸食冰毒在很多城市相当流行，但政府最近才意识到问题的严重性，部分原因是瘾君子挤满了全国各地的医院、康复之家和监狱。美国前毒品强制管理局局长阿萨·哈钦森把苯丙胺类毒品叫做"美国头号毒品问题"——它让司法系统、立法部门以及医疗体系都不知所措。

2006 年初，当时的美国国家毒品控制政策办公室的官员们低估了一项在全国展开调查的结果，从而让布什政府引起了政治上的喧器。在这项调查中，美国有五百个地方执法人员称苯丙胺类毒品为他们的头号敌人（可卡因排第二，大麻第三）。2006 年底，美国国家毒品情报中心发布了一个来自全国三千四百个毒品研究机构的更广泛、更随机的抽样结果，结果显示，40% 的人把冰毒看作是最为严重的毒品问题。

冰毒吸食者包括了各个阶层、种族和社会背景的男男女女们。尽管其流行根源于摩托车团伙、底层乡村和郊区的街坊，但正如《新闻周刊》在 2005 年的一篇封面报道里所讲的那样，冰毒已经"大踏步跨向美国全境，攀上社会的经济阶梯"。根据美国毒品滥用研究所（NIDA）弗兰克·沃西所言，"最有可能和最没可能的人都在吸食冰毒。"

美国政府坚持认为，在美国，毒品吸食量已总体下降——但这取决于在哪里。在很多社区，瘾君子和酒鬼比任何时候都多。据《洛杉矶时报》报道，在加利福尼亚州，吸毒过量和其他与毒品有关的死亡很快就会超过交通意外，成为该州非自然死亡的首要原因。无数舆论风向标都表明冰毒吸食量正急剧上升。在很多城市，冰毒造成越来越多的瘾君子亟须治疗和大量犯罪。据美国毒品滥用研究所的詹姆斯·科利维尔博士介绍，从1993年到2005年，进入康复之家治疗吸食毒品成瘾的人数翻了五倍多，从每年的两万八千人增加到大约十五万人。美国药物使用和精神健康服务署在其2006年的年报中指出，因吸食冰毒而入院的人数飞速增长。在冰毒泛滥的社区，犯罪数量也在大幅增加。在一些城市，80%~100%的犯罪都与冰毒有关。某些州的执法人员把逐渐上升的谋杀率归结于这种毒品。在冰毒是首要毒品问题的城市里，虐待配偶和儿童的恶性事件相当多——事实上，虐待儿童的悲惨事件层出不穷。

很多冰毒吸食者会神经质抽搐——也就是说，他们会在某一刻经历二十世纪四十年代末期最先在日本被确认的那种"冰毒引发的精神错乱"——它的特征是听觉和视觉的幻觉、强烈的被害妄想、幻想以及其他各种症状，其中有些症状与精神分裂几乎难以区分。这种神经质抽搐的极度焦虑状态能够导致攻击和暴力，因此，在一篇为警察撰写的《关于如何面对冰毒瘾君子》的报告中这样写道："对于吸食者、医务人员和执法人员来说，吸食冰毒的最危险阶段叫做'神经质抽搐'。一个神经质抽搐者很可能是一个三到十五天都没睡觉的吸食者，而且极度容易被激怒，并伴有严重的被害妄想症。神经质抽搐者经常会有暴力行为或反应——试图单独一人制伏一个神经质抽搐者是不可取的，执法人员应该寻求增援。"

报告中还提出了接近一个神经质抽搐者的六大安全法则：

1.跟对方保持七到十英尺的距离，靠得太近会被认为有威胁性；

2.不要用强光照射对方，神经质抽搐者本来已经有被害妄想，如果被强光刺激，很可能会逃跑或变得更暴力；

3. 放慢说话的速度，降低声音的音调。神经质抽搐者产生幻听，听到的声音就是节奏加快和音调升高的；

4. 放慢动作，这有助于防止神经质抽搐者误解你的动作有攻击性；

5. 将手放在对方看得见的地方，否则的话，他可能会感觉受到威胁，而变得暴力；

6. 让他不停地说话，一个沉默的神经质抽搐者可能极度危险，沉默往往意味着他的妄想已经取代了现实，在场的任何人都可能成为他妄想的一部分。

但无论是否神经质抽搐，冰毒瘾君子比其他毒品的吸食者（快克可卡因[1]瘾君子有可能除外）更有可能从事反社会的行为。一位成功的商人为了能工作更长时间曾服用冰毒，并且成瘾，最后谋杀了一个欠他毒品和金钱的男人；一个瘾君子枪杀了他的妻子；另一个用大头棒将他的仇人打死；还有一个为了一辆车和七十美元谋杀了一对夫妻；一对同样是冰毒吸食者的夫妻，毒打他们四岁的侄女，不给她吃饭，还用开水烫她，最后把她淹死在浴缸里；在伊利诺伊州的一个驳船海滩，一个男人在吸食冰毒后谋杀了妻子，然后自杀；在波特兰州，一个吸食了冰毒的女人因为杀死自己十八个月大的孩子而被捕，她是用围巾把孩子勒死的；在得克萨斯州，一个吸食冰毒的男人与朋友争吵后跟踪并谋杀了他——朝他头上开了六枪；在加利福尼亚州的文图拉，一个在冰毒影响下的男人强奸并掐死了一名妇女；同样是在加利福尼亚州，一个冰毒上瘾的母亲因把她两个年幼的孩子锁在一间寒冷的且蟑螂出没的改装车库里而受到指控；

1　快克可卡因（Crack）是精炼可卡因的一种，也适合吸食。人们之所以吸食精炼可卡因，是因为他们能够得到一种类似于注射可卡因之后的兴奋感。但是吸食精炼可卡因并不需要针管。

在奥马哈市，一个男人因注射冰毒后谋杀了他女朋友的孩子而被判四十年监禁，那个孩子是被闷死的，而且身上有多处骨折；在凤凰城、丹佛、芝加哥和加利福尼亚州的河边郡，都有母亲被指控谋杀亲生孩子，因为她们在吸食了冰毒后照顾婴儿，有位母亲在审判期间这样说："我醒来时，发现身边是一具尸体。"

除了犯罪以外，制造冰毒的过程还会引起严重的环境破坏，每制造一磅冰毒就会产生六磅的腐蚀性液体、酸性蒸汽、重金属、溶剂和其他有害物质。这些化学物质如果与皮肤接触或被人体吸入的话，能够引起疾病、畸形或死亡。加利福尼亚州的中部山谷是美国大部分水果和蔬菜以及冰毒的一个重要来源地。2000年初，山谷里的医院就治疗过很多非法移民的儿童，他们所患的都是与制造冰毒所产生的化学副产品有关的病症。正如那里的一位联邦调查局情报人员告诉我的，"数百万磅的有毒化学物质都进入了美国人的水果篮，这些化学物质在地下水抽样中的含量更是达到了惊人的水平。"

吸食冰毒对健康的损害简直是灾难性的，因为这种毒品而被送进急诊室的人数比其他任何毒品都多——比摇头丸、K粉、G水的总和还多（加利福尼亚大学洛杉矶分校进行的一项实验室试验表明，那座城市的俱乐部里售出的摇头丸中，十颗里面有八颗含有冰毒）。那些没有吸毒过量的人仍可能因它而死——冰毒直接导致或间接引起的事故和自杀。UCLA的研究员，心理学家汤姆·牛顿在对吸毒者做了自杀倾向的调查后得出结论，"冰毒是一种独一无二的烈性毒品，它会诱发极为严重的抑郁症，导致人们强烈的自杀企图。"

长期吸食冰毒还可能导致许多其他健康问题。在旧金山一家医院的急诊室里工作的一位医生告诉我，一批又一批大动脉破裂的冰毒瘾君子被送进来；瘾君子还会咳出一大片的肺脏内膜；很多冰毒瘾君子都会掉牙齿；长期吸食冰毒能够导致类似帕金森症的认知机能失常，包括记忆衰退、急性精神病和生理损害，也包括瘫痪——冰毒引发的中风。这种毒品甚至吸食一次就能够致命，它能够使体温急速上升，引发致命抽搐，使人死于极度心律不齐。很多冰毒吸食者可能连续好几天不吃不睡，这种毒品和疲劳结合起来极易导致妄想和偏执。这样的循环会加重生理、心理和社会问题，而所有这些问题可能被吸毒者原本就普遍存在的精神问题进一步复杂化。

尼克吸食了冰毒。我不顾他的抗议和承诺，仍再三要求他去康复之家，但他并不妥协。他已经过了十八岁，我不能强迫他入院。如果他对自己或别人造成威胁的话，我可以通过一个复杂的程序强迫他在精神病院接受简短的评估，但是一个为孩子吸食毒品而担忧的父亲并不是入院的必要条件——尼克必须自己愿意去才行。

在接下来的三天里，他每天睡二十个小时，之后就开始情绪低落，孤僻离群。然后，在一个寒冷的春季下午，没有任何预警，他再次消失了。

10

尼克走了，我们的旧车和他一起消失了。我再度打电话给医院急诊室，也又一次打电话给警察局，看他是不是被捕了。当我解释说我的儿子失踪了，一个警察在转达监狱的电话号码以前，告诉我如果尼克出现的话，我应该送他去新兵营，在那里，孩子们半夜里被叫醒或被戴上手铐后强行制伏。我读过一个这样的新兵营报道——那是在亚利桑那州我父母家附近的一个新兵营。去年夏天，一个男孩死在了那里。在新兵营，孩子们被打、被踢、挨饿、被铐上锁链、在四十六摄氏度的沙漠里不准喝水。

我跟有过类似经历的父母们交谈，他们给出的很多建议是熟悉的，还有一些跟过去一样，是互相矛盾的。有人建议说，如果尼克出现，我应该把他踢出家门——这对我毫无意义，因为我知道他会去哪里，去那些没有监护人的朋友家，或者是毒品贩子们那些肮脏的巢穴。还有一位母亲推荐了一所全封闭式的学校，她已经把女儿送去那里两年了。

尼克走了六天，我的绝望已经达到了疯狂的地步，我从来没有感受过这样的悲伤。每天，我疯狂地花上好几个小时在互联网上阅读关于吸毒孩子的悲惨故事，打电话给那些直接或间接认识或经历过这种事情的父母们，绞尽脑汁地理解毒品对尼克意味着什么。他曾经告诉我："每一个我喜欢的作家和艺术家都是酒鬼或瘾君子。"我知道尼克使用毒品是因为这让他觉得自己很聪明，没那么内向和不会有不安全感，而且他还带有一种危险和谬误的想法——认为放浪形骸才会促成最伟大的艺术诞生。

柯特·科本在《自杀笔记》里写道："与其渐渐消褪，不如燃烧殆尽。"他引用的是尼尔·杨[1]的一首关于"性手枪乐队"[2]主唱约翰尼·罗顿的歌。我年轻时曾访问过约翰·列侬，问起他对于这一盛行摇滚乐界的感伤是什么想法时，他强烈地表示反对，并说："我崇拜那些努力求生的人，我选择健康地活着。"

健康地活着。

我不知道我儿子是否能够成为他们中的一员。

不知为什么，我从来不曾在加斯帕和黛西面前崩溃。我不允许

1　尼尔·杨（Neil Young, 1945— ），加拿大摇滚乐歌手。

2　性手枪乐队（Sex Pistols），英国最有影响的朋克摇滚乐队之一。

自己这样做，不想让他们更担心。对两个小家伙，我和凯伦都承认我们为尼克担忧。我们不想在他们知道事情并不正常的时候假装一切正常——他们怎么会不知道呢？我坚信不承认危机的存在会比真相更加令人困惑，伤害会更大。

但是，单独一个人的时候我哭了——这是我记事以来唯一的一次大哭。尼克曾经笑我不会哭，在少有的几次我眼泛泪光的场合，他开玩笑说那是"吝啬的眼泪"。然而现在，眼泪总是会没有理由地在意想不到的时刻涌上来，异常凶猛地流淌，把我吓坏——我被自己如此失控、无奈、和害怕而吓得手足无措。

我打电话给维基，我们离婚以来的隔阂被对尼克的共同担忧推到了一边。我们两人都以只有父母才有的爱孩子的方式爱着尼克——并不是凯伦和尼克的继父不为尼克担心，但在没有别人能够加入的长时间的电话里，维基和我分享着一种共同的焦虑——深刻剧烈、发自肺腑的担忧。

同时，凯伦跟我来回转换着角色。当我崩溃的时候，她负责安慰我。

"尼克会没事的。"

"你怎么知道？"

"我就是知道。他是一个聪明的孩子，有一颗善良的心。"

当凯伦失去信心时，就轮到我安慰她。

"没事的，"我说，"他现在只是想不明白，我们会想出办法的，他会回来的。"

他真的回来了。

一周后，在一个宁静、寒冷、阴沉的下午，他出现在家门口。就像我上次在圣拉斐尔的那条小巷子里找到他时一样，他虚弱、眼神涣散、病得很重——一个让人几乎认不出来的幽灵。

我瞪大眼睛看着站在门前的他。

"噢，尼克……"我说。我凝视着他，然后挽着他的胳臂把他带到他的房间。一进房间，他就和衣躺在床上，把自己裹在一条毛毯里。我很庆幸家里除了我没别人，这样我就不必解释太多。

我望着他。

如果所有这些治疗都没有用，那该怎么办？康复之家。没有别的办法了。"尼克，你必须去康复之家，非去不可。"

他嘟囔了一声就睡着了。

我知道我必须尽一切可能把他送进毒品康复之家。我打电话给顾问和其他专家听取意见。尼克的治疗师终于同意进康复之家是必要的，并且联系了一些专攻毒品和酒精瘾的同事。我的朋友们也打电话给经历过同样事情的朋友，希望给我一些建议和帮助。

尼克继续不停地睡觉。

我打电话给本地区受到推荐的机构，询问他们治疗冰毒吸食者的成功率。这些对话使我初次窥见了有可能是美国医疗行业中最混乱、最令人失望的领域。他们报给我的是 25% 到 85% 的成功率，但是一位资深的毒品和酒精顾问说这些数字是不可靠的。他说："即使最保守的数字听起来都过分乐观。接受过这些项目治疗的人，大约只有 17% 的人一年后还可以保持清醒。"北加利福尼亚一家医院的护士告诉我的冰毒瘾君子的治愈率可能是最准确的，她说："真实的数字是个位数的，任何人许诺比这高，那都是在撒谎。"

对毒品康复业了解得越多，它就显得越混乱。有些评价颇高、价格昂贵的康复项目实际上却没有多大效果。很多康复之家都使用同一种办法治疗所有的瘾君子。根据 UCLA[1] 的综合物质滥用项目的

1　UCLA 是加州大学洛杉矶分校的缩写。

副主任理查德·罗森介绍说，有些机构，无论是公立还是私立，凡是涉及冰毒瘾君子的治疗，有些只是比无用稍微好一点儿，仅此而已。

罗森博士并不是说很多项目没有任何有用的成分，这些项目根植于"匿名戒酒"的原则，而这些原则对于大多数想持续保持清醒的毒瘾和酒瘾者都是不可或缺的。但除此之外，他们提供的则是许多用行为、心理和认知治疗方法拼凑而成的的项目，包括讲座、个人劝导课程、针对逃避的严厉惩罚，还有忏悔式和面对面的小组治疗，甚至包括纠缠那些抵制治疗信条的病人。根据这些毒品和酒精顾问们的观点，抵制意味着否认，而否认会导致复发。有些项目提供生活技能的培训，比如写简历、运动、与家人一起参加的个人治疗和小组治疗，以及与医生和心理学家进行咨询，等等。他们有可能开出药物处方。有些机构还会提供按摩和营养咨询。有些门诊治疗项目会加上一个相对新的技巧——对病人保持清醒给予奖励。然而，因为缺乏基于实验验证而判定的标准，很难判断其是否真的有效和可行。"生过六个孩子并不会使你成为一个好的妇产科医师，"UCLA项目的精神病学家和主管沃特·林说。即使是受过训练的医生和医务人员开办的康复之家使用的大量治疗方式中，很多也是没有经过验证的。最重要的是：很多治疗项目甚至没有考虑到冰毒的特殊情况，根据一些专家的观点，这是一种最难治疗的瘾——但我还有别的选择吗？

我选了大家特别推荐的一家机构，并作了预约。它位于奥克兰的一个叫做雷电路[1]的地方。我让自己强硬起来，去做我能想象得到的最艰巨的事情，利用我残存的渐渐衰退的影响——威胁说，我会把他踢出家门并且收回所有的支持——来迫使尼克跟我一起去。这件事我是认真的——因为我坚信这是我们唯一的希望——但这并没

1　雷电路（Thunder Road），位于美国加利福尼亚州西部的奥克兰市。

有使这件事变得容易一点。

第二天，当加斯帕和黛西去上学后，我走进尼克的房间。他还在那里睡得很沉，面部放松、表情平和，一个熟睡中的孩子。在我注视他时，他突然抽搐了一下，皱起眉头，咬紧牙关。我叫醒他，告诉他我们要去哪儿。

他发怒道："我不去！坚决不去！"

"去吧，尼克，我们一起把这件事解决了。"我恳求道。

他爬起来，用颤抖的手把头发拨到脑后，另一只手扶着门的侧壁来支撑自己。

"我说了，绝对不会去的！"他含含糊糊地说，身体趔趄了一下。

"够了，尼克。"我坚定地说，但声音在发抖，"我们必须去，别无选择。"

"你不能强迫我去。这他妈的是怎么回事？"

"如果你想住在这儿，如果你想要我帮助你，如果你想要我为你付大学学费，如果你想再见到我们……"我望着他说，"尼克——你想死吗？这一切都是因为你想死吗？"

他猛踢墙壁，用拳头砸桌子，然后哭了起来。

我伤心地说："走吧。"

他又发了一会儿火，但却跟着我上了车。

第三部　无论如何

"你安全了，"我记得在 UCLA 的重症监护室里第一次看到昆塔纳时曾低声对她说，"我在这儿，你会没事的。"她为手术剃光了一半的头发，我可以看到那长长的刀口和那些把它缝合上的金属钢钉。她又再度只能通过插管呼吸。我在这儿。"没事了……"我会照顾她的，一切都会好起来的……但我却突然想到，这是我无法信守的承诺。我不可能总是照顾她，不可能永远不离开她。她不再是个孩子，她是个大人了。生活中发生太多的事情，而母亲不可能全都制止或处理。

——琼·狄迪恩 (摘自《奇想之年》)

11

我开着那辆因海边空气含盐量高而褪色生锈的蓝色旧沃尔沃，它的车身也因为尼克的意外事故而坑坑洼洼。车里全是他的烟味，这是他曾经开走过的那辆车。尼克像一个破布娃娃一样瘫坐在座位上，紧贴着车门，尽可能地远离我。

我们俩谁也没说话。

尼克的吉他还躺在后座上，他逃跑时留下的另一样东西躺在它旁边：一只雕刻精美的抽大麻用的烟斗。还有一只手电筒、一本撕破封皮的书、脏牛仔裤、半瓶饮料、他的皮夹克、空啤酒瓶、磁带和一块馊了的三明治。

他几次试图说服我改变主意。

"这很蠢，"他虚弱地哀求，"我知道我把事情弄砸了，我吸取了教训……"

我没有回答。

"这事我做不到，"他说，"我不干。"

他变得怒气冲冲，狠狠地瞪着我说，"我会逃跑的。"他露出目空一切的样子——几乎是蛮横撒野，"你他妈的以为你了解我？你一点也不了解，你只是想控制我！"

他吼到嗓子嘶哑。

在他怒吼时，我注意到他呼吸急促，讲话含糊不清。我意识到他吸醉了——他又吸醉了，仍然吸醉了！

"你今天吸什么了，尼克？"我语气中有些不解。

他嘴里发出愤怒的低吼，"去你的。"

我转头望着他，痛苦地望着他那张麻木的脸。尼克继承了他母亲的美貌，像她一样，个子高挑、瘦长，鼻子和嘴唇精致漂亮，有着她那样的淡色头发，后来随着他长大才变深。但即使如此，有时看着他的脸，我还是仿佛在看一面镜子。我看到的不光是我们外表上的相似，我看见自己隐藏在他的眼睛里，他的表情里。这事令我十分惊讶，也许所有的孩子随着年龄的增长都会承袭父母的特征和神态，变得更像他们。正如现在，在很多方面，我在自己身上都看到了我父亲的影子，这在我年轻的时候是从来没有过的。然而此时，在车里，我看到的却是一个陌生人。只是，我熟知这个陌生人身上的每一部分。我回想起他开心和失望时柔和的眼神；生病时苍白的脸庞和被太阳晒红的脸颊；他的嘴唇以及牙医为他矫正过的每一颗牙齿；我为他贴上创可贴的膝盖；帮他擦过防晒霜的肩膀——他的每一部分……我因为与他一起生活，与他亲密相处而了解的他的每一个部分，然而在开车去奥克兰的路上，看着他如此消沉、愤怒、退缩和混乱，我的心不停地问：你是谁？

我在奥克兰康复之家的门前停车，然后和尼克一起走过玻璃门，来到一个简朴的候诊室。当我告知接待人员我们有预约时，尼克站在我身后，双臂交叉挽在胸前，一副挑衅好斗的样子。

她示意我们等一等。

一位深色眼睛，头发绑成马尾的顾问走了出来。她先向尼克，然后向我作了自我介绍。他咕哝了一声算是打了个招呼。按照指引，尼克跟着她进了另一个房间。他佝偻着背，双脚疲惫地向前移动。

我翻着一本旧的《人物》杂志。将近一个小时后，顾问出来了，说她想和我单独谈谈。尼克则明显情绪激动地占据了我在候诊室的位子。我跟着这位女士走进了一间小办公室，里面有一张金属书桌、

114

两把椅子和一个浑浊的鱼缸。

"你儿子的问题很严重，"她说，"他需要治疗，他很可能死于他所吸食的所有毒品。"

"怎么会这样……"

"他才十八岁，可是他混用的毒品比很多年龄比他大的人都要多，他的态度也很危险——他不认为自己有问题，反而为自己是如此坚定而感到自豪，并把它像徽章一样戴着。这个项目不适合他，他的年龄偏大，而且还抗拒治疗。当然，这种情况我们总是能看到。他否认一切，这在瘾君子中也很典型。他们认定并相信一切都会没事，想停下来就能够停下来，别人都有问题但他们没有，他们很好，即使最终失去一切，即使流落街头，即使最后住进监狱或医院……"

"那么——？"

"他现在必须接受治疗，无论付出什么代价。但不是在这儿，要去其他地方。"

她推荐了其他项目。从她严肃的语气和表情里，我能够看出她并不抱太大希望。

驱车回家的路上，车里的紧张气氛渐渐浓郁并最终爆发。尼克终于吼道："这是狗屁！"我想他随时都有可能会在我沿着高速公路疾驶的时候跳出汽车。

"这是狗屁没错。"我回敬他，"如果你想自杀，我应该让你去做就是了！"

"这是我的人生。"他嘶哑地尖叫道。他歇斯底里、无法控制地哭叫着，用拳头敲打仪表板，用靴子踢它。

我在屋前把车停下，但因为黛西和加斯帕都在家，我没把尼克带进屋。我和他在车上又坐了半个小时，直到他把自己累得筋疲力尽。他因为吸了毒品并发泄了愤怒而昏昏欲睡，他的呼吸逐渐放慢，并最终陷入沉睡中。我把他留在车里，不时地去查看一下。过了一会儿，他步履沉重地走进屋，直接朝他的房间走去。当尼克无精打采地从客厅飘过时，加斯帕和黛西沉默地望着他们的大哥。

我必须找到一个会立即接受他的康复机构——在我失去他之前。

尼克在房间里睡觉，我在两个小家伙的身边坐了下来，尽量好好地解释说，尼克又开始吸毒并且生病了，我在想办法找一家能够帮助他的医院或康复机构。我知道，有毒瘾的人的兄弟姐妹或父母孩子有时会认为这是他们的错，所以我认真地说：

"这不是你们的错，我发誓。"

他们盯着我，伤心、不理解。

"尼克有很严重的问题，但我们会竭尽全力帮助他，他会没事的。"

尼克在半睡半醒间辗转反侧、骂骂咧咧，我打电话给更多的康复机构。旧金山的奥尔霍夫康复之家有一张空床位，那是一家很受推崇的康复机构，很多专家极力推荐。一个朋友的朋友告诉我，这个项目彻底改变了她有海洛因瘾的儿子的人生。"他现在住在佛罗里达，有自己的家庭和一份热爱的工作，并且志愿帮助有毒品问题的孩子。"

瘾君子的父母们正是为像这样鼓舞人心的故事而坚持着。

尼克醒来后，我告诉他，我已经在城里找到了一个不错的康复机构。他阴沉地同意再去参加一次评估，冷冰冰地跟着我上了车。

奥尔霍夫康复之家坐落在一座富丽堂皇但古老的维多利亚式大宅里，有三层楼、一个中央圆顶和一间气派、美观的镶嵌木板的门厅。我在那里等候，而尼克进去接受面谈。这次是同负责二十八天基础课程的主管面谈——就像小学里的基础课程一样，这是进入康复之家和恢复正常的第一步。

他们的谈话结束后，我被叫进房间，坐在一张空着的椅子上。尼克和我面对着坐在一张木制书桌后的主管。从她的神态和眼中的疲惫可以看出，尼克对她与"雷电路"的顾问一样挑衅好斗，但她似乎没有那么慌乱不安。

她开始了，"尼克不承认自己是瘾君子。"

"因为我不是!"

她没有踌躇，继续说道："并且说，他来治疗只是因为你强迫他。"

"这个我知道。"我说。

"但这没关系，很多人来这里并不是出于自己的选择。他们会和爬进这里乞求治疗的人有着同等的恢复和保持清醒的机会。"

我说："好的。"

尼克怒目而视。

"明天早上，我们会为他注册，进入我们的二十八日康复治疗项目。"

吃晚饭的时候，尼克一直躲在他的房间里。我告诉黛西和加斯帕，尼克明早要进入一个治疗项目，但他很害怕。

凯伦给他们念完睡前故事后，我和他们坐在一起，第 N 次说："我很抱歉，你们不得不和尼克一起经历这件事。"我还能有什么别的办法帮助他们呢？"我们家有这样的问题实在很令人难过。你们可以跟老师和朋友谈这件事，如果你们愿意的话。假如有任何问题或担忧，你们可以随时问我或妈妈。"

加斯帕严肃地点了点头。黛西没有说话，她开始看一本加菲猫的漫画。加斯帕一把抢过来，她挠他，他推她，两人同时嚎啕大哭起来。

第二天早上，驶往城里的路上，尼克对我始终怒目而视，但他筋疲力竭，几乎一言未发。他是一个已被定罪的囚犯，只能顺从。他强忍着眼泪。

我把车停在那幢老宅前，和提着行李箱的尼克一起走了进去。尼克把自己隐藏在破旧的衬衫和宽大的牛仔裤里，低着头，全身颤抖着。我们走上台阶，穿过一帮聚在台阶上抽烟的瘾君子——至少我估计他们是来接受康复治疗的。我也颤抖起来。那些人中有几个注意到尼克的行李箱和他躲闪的眼神，于是向尼克打招呼：

"嘿。"

"哟。"

"欢迎来到疯人院!"

尼克在上次那间镶嵌木板的办公室里短暂地见了一下项目主管，她交给他一张纸：

"我，以下的签名人，在此申请进入这个酒精和毒品的康复治疗项目。"

他签了名。

在过道里，主管站在尼克身边，对我说："你们可以说再见了，第一周是不准打电话的。"

我转向尼克。

笨拙地拥抱了一下后，我就离开了。

到了外面，我从空气中的寒意里感觉到一抹几乎忘却了的兴奋，但驱车回到家后，我感觉那些超出我能掌控的情感就快要使我崩溃。我感觉自己好像背叛了尼克、抛弃了他、出卖了他，尽管我确实从一个事实中获得了稍许安慰，那个事实就是我知道他在哪里。几周来第一次，我睡了一个通宵。

第二天早上，我走进他的房间，把遮阳帘高高卷起，把朝向花园的窗户完全敞开。这幽暗的房间里散落着书籍、画了一半的画布、脏兮兮的衣服、巨大的喇叭，以及床上那把黄色的吉他。尼克的时髦人物画钉在墙上，画上是拉长了的男人和女人，身体怪异地扭曲着。房间里有尼克的味道——不是他曾经有过的那种香甜的儿童味道，而是一种混合了大麻、香烟和剃须水的使人腻烦的气味，很可能还有一丝冰毒燃烧后的余味。

凯伦看着我搜尼克的书桌抽屉和衣柜壁橱，收拢他藏起来的"弹药库"——那支抽大麻用的玻璃烟斗、手工制的冰毒烟斗、卷烟纸、一面镜子的碎片、直刃刀片、用干了的打火机、空瓶子——把这些全部装进垃圾袋里，扔进垃圾桶。

在接下来的几天里，朋友们的建议不断涌来。凯伦的一个朋友听说尼克在康复之家时，问道："待多久？"

凯伦解释说这是一个为期四周的项目。

朋友摇了摇头。"那不够。"

"什么意思？"

他说了他儿子的情况，那孩子经历了两个四周项目后被送进了一个长达一年的项目，现在仍然在康复之家和高中的联合机构里——那个男孩只有十七岁，所以能够强行把他送去。凯伦的朋友说："即使是一年，我们都不知道是不是够长。"

另一个朋友则告诉我们，康复之家是错误的解决办法，尼克需要的是外在的训练。有些人相信心理治疗，有些人憎恶。我的感觉是，这么多年来，看过尼克的心理学家和精神病医生给过我有用的建议和支持，并且也一定程度地帮助了他，但尽管他们有无可挑剔的资历，并且相当敬业，然而我们咨询过的每一个专家都几乎缺乏对付瘾君子的经验，无法对毒瘾作出诊断。每个人都有一个建议，善意的忠告源源不断地涌来。我和凯伦专心致志地听着，尽管其中的大多数我们并没有接受，但我们非常感激大家的关心。

加斯帕和黛西学校的一个同学的母亲打电话推荐本地的一位瘾君子治疗专家，声称他对一个朋友的帮助多过她所见过的任何其他专家。出于某种原因，我们接受了这个推荐，预约好去见他。

那个治疗师的办公室在圣安塞摩[1]一家艺术用品店的楼上。办公室很简朴，是跟一位婚姻顾问合用，没我们熟悉的心理学家的办公室那么正规。我们好像已经见过了旧金山海湾地区的每一个毒品和酒精顾问、心理学家和精神病医生，在这个地方，似乎每三个人中就有一个是某种治疗师。这一个会就我们的情况说些什么呢？有人说最有病和最健康的人都在治疗中，我们是哪一类呢？

那位医生布满皱纹的脸上带着平静的微笑，头发已开始微秃，穿一件敞领衬衫，外罩一件羊毛衫。他看上去稳重、温和、有同情心。从他的外表、举止以及柔和的声音和眼睛来看，我们认为他了解我们的绝望，因为他经历过。

我们把有关尼克的事全都告诉他。我们解释说尼克在奥尔霍夫康复之家，我们不能肯定自己做的是否对，并且担心加斯帕和黛西，不知道这个项目结束后该怎么办。

出乎意料的是，他没给我们出多少主意，至少就如何帮助尼克没提什么建议，不过他支持我们把他送进康复之家的决定，他的大多数忠告反倒是给我们的。

"照顾好你们自己，"他说，"注意你们的婚姻，当孩子是瘾君子时，婚姻可能会遭到毁灭。"他说我们不可能也不应该试图现在决定项目结束后怎么办——在这期间很多事情都可能会发生。"日子过一天是一天。这个陈词滥调还是有用的！"他说。

快结束的时候，他身子前倾，意味深长地说："你们要出去约个会。"

"我们有啊，"凯伦冷淡地答道，"这就是了。"

她和我对视了一眼，思考着这一有些讽刺的主意。我们的确有好多年没有单独出去过了。我们精神受到了创伤，只想待在家里，

1　圣安塞摩（San Anselmo），位于美国加利福尼亚州马林郡的一个小镇。

而且把孩子们单独留在家里也令我们感到万分紧张。今天晚上，我们终于把孩子们留给南希和唐照顾。

治疗师问我们是否尝试过嗜酒者家庭互助会。

我说没有。"我以为嗜酒者家庭互助会是为……"我说不下去。

他回答："也许值得一试呢。"

虽然禁止打电话，但尼克到奥尔霍夫的第三天就设法打电话回来，恳求让他回家。我拒绝后，他用力摔下了话筒。我非常担心，打电话给他的顾问。她说尼克脾气暴躁、心情抑郁、情绪抵触，并威胁要逃走。"但开始的时候，他们差不多都是这样的。"她安慰我。

"如果他逃跑呢？"

"我们不能阻止他。他是个成年人。"

我和凯伦在那个毒品和酒精顾问那里做了一系列的治疗。他是一个很棒的倾听者，这也许是我们现在最需要的，但不仅仅是因为这一点，他还帮助我们弄清了为尼克我们能够或不能够做什么。他说，家有一个毒瘾孩子最艰难的事情之一就是我们控制不了它，我们拯救不了尼克。"你们能够支持他康复，但不能代替他做到这一点。"他说，"我们努力想办法拯救他们，父母们能做的就是这个。"

他告诉我们嗜酒者家庭互助会的"三不"宗旨："毒瘾不是你们引起的，你们控制不了它，你们治愈不了它。"

每次离开他的办公室时，他都提醒我们："成为同盟！记住，照顾好自己！如果不能的话，对谁都没有好处——对你们双方，对孩子们都没有。"

现在，尼克安全了——至少是暂时的——因此我加大了工作量。我的访谈对象之一是一个正在接受康复治疗的毒品瘾君子，同时也是一个瘾君子的父亲。我告诉他，我刚把儿子送进了康复之家，他说：

"愿上帝保佑你！我待过那里。对他来说，那儿像地狱。但对你来说，他在上帝手里了。"这话让我大吃一惊。我提到我们家从来不信上帝。

"在这事儿结束以前，你会相信上帝的。"他说。

我打电话给尼克在奥尔霍夫的顾问，听得出她在想办法看到事情最好的一面，但好像还是很沮丧。她说："冰毒是特别不易处理的，它是魔鬼的产物，它对他们造成的伤害太可怕了。"

这不是第一次有人告诉我冰毒比大多数其他毒品都更糟糕。为了理解其原因，我继续研究，去了其他地方拜访更多的冰毒研究者。我了解到毒品吸食者经常会长时间吸食或增加毒品剂量，以便找回最初的那种快感，但随着他们大脑中多达90%的多巴胺[1]受到损耗，这已经不再可能了。与很多毒品一样，多巴胺的缺乏会引发抑郁和焦虑，但吸食冰毒后的情况比其他毒品更严重。这就迫使吸食者们吸得更多，导致更多的神经损害，这种损害又会增加难以抗拒的吸食冲动——一种既导致上瘾又导致复发的恶性循环。很多研究者认为这种毒品独特的神经毒害性意味着冰毒瘾君子不同于其他大多数毒品的吸食者，也许永远不可能完全康复——对于我来说，这显然是一个令人沮丧的结论，让我更急迫地想作更深入的研究。

克林顿政府曾动用上百万美元来研究冰毒的治疗方法，因为当时冰毒正开始流行和蔓延，而且冰毒瘾君子在治疗项目中又有着难以接受的高比例复发率和低比例的治愈率。这个研究的目标之一就是确定瘾君子的大脑是否已受到了不可修复的伤害。如果是这样的话，那就要像对帕金森症一样，能做到的最好处理就是治疗这些症状以减缓恶化。但是，完全康复大概是不可能的。

1　多巴胺（Dopamine），这种脑内分泌物主要负责大脑的感觉，传递兴奋等信息。多巴胺不足会令人失去控制肌肉的能力，严重时，会令病人的手脚不自主地颤动或导致帕金森症。

1987 年，"无毒品美国"组织发起了一场反毒品运动——"这是你吸毒时的大脑"，但是那个吸了冰毒的人脑看上去并不像煎鸡蛋，它看起来更像战争刚开始几周时巴格达上方的夜空——至少它在爱迪斯·伦敦博士的电脑屏幕上看起来是这个样子。伦敦博士是一位药理学家，现在是 UCLA 的精神病学和生物行为科学的教授。

伦敦博士是一位说话声音柔和的女士，留着齐肩的黑色长发。当我坐在她位于医学中心的办公室里时，她把平面显示器转过来以便我能看到瘾君子（或者更准确地说，是机能失常）的大脑图像。她解释说，这幅图像平均了十六个瘾君子的大脑，综合了 PET 扫描和磁共振成像。PET 扫描记录活动，磁共振成像提供高度精确的背景结构。她给图像分配了颜色，结果显现在我面前的是一幅显示瘾君子和正常人大脑之间天壤之别的图像。这是侧面的横截面图，蓝色块状表明冰毒吸食者的大脑活动低于对照组大脑的部分，黄色到红色区域意味着瘾君子的大脑比一般人的大脑有着更为显著的活动。

伦敦博士专注地盯着屏幕。过了好一会儿，她叹息道："很美，但却令人伤心！"我指着一块中心是黄色，向外辐射成一圈橙色的部分，她解释道："这里正是人感觉疼痛的时候启动的东西。"她继续说："一个人停止使用冰毒，等着他的就是这个。"与冰毒瘾君子打交道的医务人员已经了解瘾君子们常常抑郁、狡辩、焦虑，并且不愿意参与治疗——正像尼克。然而伦敦博士的图像揭示了这些情况背后的生理原因，冰毒瘾君子也许是不能够，而不是不愿意，参与很多常见的治疗——至少在戒毒的早期阶段。半途而废或复发可能是大脑受损的结果，而不是道德上的失败或意志力的缺乏。

她进一步解释说，严重的认知损害可能使病人无法参与需要注意力、逻辑和记忆的治疗。此外，抑郁和焦虑级别极高的病人，以及长期承受一种像伦敦博士描述的"慢性疼痛"的病人，在参与认

123

知和行为治疗时，处于极大的劣势。尼克在康复治疗的头几周想逃跑是不足为奇的。

我进一步核查，发现了比伦敦博士早三年由斯蒂芬·基希医生进行的研究，他是多伦多大学医学中心的一位医生。他解剖了冰毒使用者的大脑（这些大脑的主人死于吸食冰毒过量，或是在被枪杀或死于意外时，体内的冰毒含量很高）。在他给我看的幻灯片上，酒鬼萎缩、被腐蚀的大脑与乳白色的有弹性的健康大脑形成了鲜明的对比。与酒鬼不同的是，冰毒瘾君子的大脑里没有肉眼看得见的损坏。然而，在显微镜下，用煎鸡蛋来比喻"这就是你吸毒后的大脑"就是完全正确的。研究者们发现有些神经元的末梢已基本被烧焦。

从脑细胞的活体组织检查可以看出更多信息。为了分析它们，基希医生用生化取样器，挖出二十毫克大脑组织，测量了其中特定神经递质的量，将它们与正常大脑中的量进行对比。他的研究表明 5-羟色胺和其他神经递质的量有稍许减少，但多巴胺的量却"低了很多"——比正常大脑减少了 90% ~ 95%。基希还研究了释放化学物质的地方周围的多巴胺转运体，它们也同样被耗损。其他科学家在观察有冰毒瘾的猴子、狒狒和老鼠的大脑时发现了类似的耗损，由此得出的结论是，冰毒是可以毒害神经的，它在生理上对大脑的改变比可卡因和其他大部分毒品要强得多。这些研究提出了一个关键性的问题，也是我的关键性问题——即使尼克停止吸毒，他的大脑还能够恢复吗？

科学研究已经证实吸毒者脑中多巴胺的含量确实会大幅减少，但多巴胺神经末梢是否会消失却并不确定。基希医生认为，如果冰毒对多巴胺神经末梢造成永久性伤害的话，那就没有多少恢复的可能性。所以他在大脑标本中持续观察着一个多泡状的囊泡单胺转运体或称 V-MAT2 的基因标记。在永久性多巴胺神经细胞丧失的帕金森症病人的大脑中，V-MAT2 的含量极低。如果这个基因标记在冰毒瘾君子的大脑中被耗损的话，很可能导致多巴胺神经末梢的消失，而且大脑的损伤就不可逆转了。然而，基希医生测试 V-MAT2 时，发现其含量是正常的，这是一个出人意料且充满希望的发现。这个发现以及随后的研究表明，"煎熟"的神经末梢很可能真的会长回来，不过它可能需要长达两年的时间——

这意味着冰毒瘾君子很可能会康复！

对于一位瘾君子的父亲来说，这是好消息。我当然想要尼克活下去，但我禁不住想为他要更多一点儿的东西，我想要他再次好起来。虽然冰毒瘾君子受损伤的大脑神经末梢是否可以完全恢复至今仍没有结论，而且一切仍在探讨之中，但研究者们的发现暗示着尼克有可能恢复正常——假如他不再碰毒品的话！

我和凯伦在黑特街上吃了晚饭，然后吃力地爬上山坡，来到被我们叫做"奥尔霍夫伯爵的房子"的地方——奥尔霍夫伯爵是《波特莱尔大冒险》系列小说里的坏蛋，是我给加斯帕和黛西念的一本书里的人物。我们经过屋前的吸烟者，走过大铁门。我们穿过的院中花园看上去仿佛吸收了几十年的香烟烟味和酒瘾毒瘾，似乎无法维持任何植物的生命。

我们来这儿与尼克一起参加一个家庭小组会议，会议在一间潮湿的房间里举行。我和凯伦与其他来访的父母、配偶或伴侣以及瘾君子一起，坐在老旧的沙发和折叠椅上。一位样子像祖母、带着被威士忌浸透般的声音（不过已清醒二十年了）的顾问引领我们谈话。

"尼克，告诉你父母，他们与你在一起待在这儿，对你意味着什么。"顾问引导着尼克。

"没什么意义，就这样。"

这些聚会令人难忘又让人揪心。我们认识了其他瘾君子及其家人。有一个瘾君子是一位十九岁的姑娘，长着一张天真无邪的脸，乱蓬蓬的头发梳成两个咖啡色的马尾，两眼无神。她失去了孩子的监护权——那个孩子生下来就有冰毒瘾，而她自己看起来都还像个孩子，只是胳膊上有注射毒品的针印。我们听了其他父母以及海洛因瘾君子、大麻吸食者和一个一脸坑坑洼洼的老酒鬼的故事。那个酒鬼数次与孩子们及孩子的妈妈不告而别，但之后，他会回家并向他们道歉。"在第四或第五次之后，那些道歉对他们几乎没有任何意义了。"他说。他们离开他后，他进了康复之家。有一个男孩，比尼克只大一丁点儿，头发和眼睛都毫无光彩。他来自纽约，是来旧金山学建筑的，但他说："冰毒改变了我的人生轨道。"

在旧金山的一个康复治疗项目中，有将近一半接受治疗的人是男同性恋者，他们大多数人选择的毒品是"蒂娜"——这是他们对冰毒的昵称。冰毒是美国很多男同性恋社交群里的灾难。根据UCLA 家庭医学系的心理学家斯蒂芬·肖普托的说法，"冰毒把他们送回了二十世纪七十年代，在艾滋病出现之前。"医疗专家估算，旧金山、纽约和洛杉矶的男同性恋者中有多达 45% 的人尝试过冰毒。那些新感染 HIV 的男同性恋者中有 30% 是吸毒者。在加利福尼亚州，吸食冰毒的男同性恋者比不使用这种毒品的人成为艾滋病感染者的几率高两倍。

与尼克同在这个康复项目的一个感染了艾滋病的男同性恋者——一个沉迷于冰毒七年的瘾君子，颤抖着低声说："我牙全掉光了……我肺里有洞……"他用颤抖的双手撩起 T 恤，露出他长满疮的坍陷的肚子。"这个狗屎治不好……我咳血……整天疼。"

在第三周的家庭团体治疗中，尼克在顾问的鼓励下，告诉我和凯伦他不打算上大学了。"我以前是为了你们而上的。我想要工作，我想靠自己生活一段时间。我需要独立。"

当我和凯伦离开"奥尔霍夫伯爵的房子"时，迎接我们的是凛冽、刺骨的寒风。我们裹紧大衣，沿着费尔默街走了很久。对于尼克逃避大学的决定，我和凯伦一样震惊。说老实话，我只是嘴上承认尼克是一个瘾君子。我相信经过康复治疗，他会好起来的。我看待尼克的方式不同于我看待房间里其他的瘾君子——尼克不过是迷失了方向而已。我忽视了朋友们的警告，觉得康复之家会在四周内使他清醒过来，让他知道他曾经处于毁灭的边缘，但仅此而已。他会重返大学，毕业，拥有一个完全正常的人生。

考虑到我不切实际的幻想，我讨厌那些目标清晰的康复顾问们。对于他们来说，最重要的是康复，其他一切事情都可以先放到一边。

散步结束的时候，我得出了新的解释，尼克只是在推迟上大学的时间，如此而已。我被这个解释说服了，尼克只有十八岁，很多人推迟上大学，过得也很好。

在第四周的家庭团体治疗中，尼克又给了我们一个意外。这次他告诉我们，他已经意识到自己需要在康复之家待更长的时间，问我们是否可以让他转到这个项目的中途康复站去。尽管这件事是如此恐怖——我希望这事赶快结束，我想要他尽快治愈；但是，我承认，我害怕他回家后会再度发生让我们痛苦的事。

于是，我们同意让尼克转进奥尔霍夫的中途之家。三天后，我打电话询问他的情况时，却发现他失踪了。

12

在某个时刻，父母们可能会对孩子的自我毁灭行为感到麻木，但我不会。我打电话给警察局和医院急诊室，可是一点消息也没打听到。一天，一天，又一天。我再一次尽最大的努力向加斯帕和黛西解释，他们唯一能理解的是尼克有了麻烦。回想起警察带走尼克的那次事件，加斯帕问道："尼克在监狱里吗？"

"我给监狱打了电话，他不在那儿。"

"他睡在哪儿？"

"我不知道。"

"也许他睡在朋友那儿了。"

"希望如此。"

我不停地在想到底发生了什么事情——不仅是对尼克，还有对被他完全占据的我们的生活。两个小家伙在身边时,我总是小心翼翼，然而对凯伦却会恶声恶气。大多数情况下，她会包容我爆发的愤怒和沮丧，但有时，她也受不了我对尼克的全神贯注。这并不是因为她不理解，而是她厌烦透了，因为感觉这一切是无止境的。我睡得不多，她半夜醒来，发现我在客厅里盯着壁炉里昏暗的火光。我坦白自己睡不着，因为我脑中不断浮现出尼克流落街头的画面。我想象他受了伤，陷入麻烦之中，奄奄一息……

"我明白，"她说，"我也一样。"我们第一次一起痛哭。

随着绝望的逐渐加剧，我想要并且需要知道他没事，于是，在一个寒冷阴沉的早晨，明知自己是在做傻事，我还是开过金门大桥，准备去黑特和米逊区寻找尼克，我怀疑他可能会在那一带出现。我漫无目的地绕米逊区开了一圈，穿过市中心，把车停在阿什伯里街，然后走去黑特街。我钻进他最喜欢的唱片店阿米巴，朝咖啡馆和书店窥探。

黑特街虽然已经中产阶级化，却依旧保留着它二十世纪六十年代的嬉皮风格，空气中弥漫着刺鼻的大麻燃烧的味道。离家出走的孩子——染发的、文身的、手臂上满是针孔的、沉迷于毒品的——在街上游荡。"在街上流浪的孩子仍然抓着关于黑特阿什伯里的幻想

128

不放，但那早已不再是关于爱与和平了。"尼克曾经说过，"它是关于朋克音乐、懒散和毒品。"我曾听一个治疗中的瘾君子描述她的前男友，她的话令我想到了这些孩子："他有着黑色的指甲，开着一辆灵车，周身上下都在大喊：'看我，快看我。'但当你真的看着他时，他会厉声喝道：'你他妈看谁啊？'"如果你赞成毒瘾是一种疾病的观点，那么你会大吃一惊地发现这些孩子中有多少人——偏执、妄想、焦虑、浑身是伤、不停颤抖、面容憔悴，从某种意义上说是有精神病的——而且病情严重，正在慢慢死去。如果这些孩子得的是任何其他疾病，我们绝不会允许这样的情况存在。他们会在医院里，而不是在街上。

我荒唐地询问他们中的一些人是否认识我儿子。他们要么不理睬我，要么对我怒目而视。我走过他们身边，凝视着每一张脸，为他们困惑，为他们的父母悲哀。

在斯坦尼安，我走进金门公园，走进一片小树林，躲避着小道上溜滑轮和骑单车的人。在旋转木马附近，我叫住一位警官，解释说我在找儿子，一个冰毒瘾君子。

"会非常难找。"他告诉我，他知道有些瘾君子可能在哪里闲荡，并领着我走过一条小道。"到那边试一试。"他指着一棵木兰树下长满草的土丘说，有一群人正聚在那儿。

我走近一个独自坐在一张长凳上的女孩，她消瘦而憔悴，裹着一件脏兮兮的法国水手服。走得更近一些后，我看见那些明显的吸毒特征——紧张的下巴、颤抖的身体。我作了自我介绍，她往后退缩着。

"你是警察吗？"

我说不是，但告诉她是警察指引我到这儿的。我指了指正在离开的那个警察，她似乎松了口气。

"他很酷。"她说，"他只在你惹麻烦或在游戏区有小孩子的地方

129

吸毒时才会来烦你。"她指了指游戏区。我当然知道游戏区在哪儿，尼克曾在那里玩耍过。

闲聊了一会儿后，我告诉她尼克的事，问她认不认识他。她问我尼克长什么样，我回答了，她摇了摇头说："那听起来像我认识的一半伙计。如果他不想让人找到的话，你是找不到他的。"

"你饿吗？我这会儿没什么事，或许我们可以去吃点儿什么。"

她点了点头说："当然。"于是我们走到麦当劳，在那里，她狼吞虎咽地吃了一个芝士汉堡。

"我最近一直在吸毒。"她说。

我想知道她是怎么变成这样的。她的声音细若蚊蚋，吞吞吐吐地回答着我的问题。

"我以前不是个爱惹麻烦的人，"她认真地说，"我以前是个乖孩子。"

她说她曾经参加高中乐队，擅长法语，热爱阅读，并且说了一长串她最喜欢的作家名字，那个名单听起来就像是尼克的。"但现在，我什么狗屎都不读。"她抬起头来说，"我以前是一个啦啦队员，不骗你。不过，我没能参加毕业舞会……"

她失落地笑了笑，用一只颤抖的手捂住嘴，然后拽了拽她黏糊糊的头发。

一个男孩在她十四岁的时候，给了她冰毒，那是五年前。她大口喝着汽水，然后在座位上前后摇晃，补充道，"冰毒……尽管我知道那东西有多么糟糕，但如果我有机会重来一次，我还会这样做——没有毒品我活不下去。你想象不到那感觉是多么爽，我需要这种感觉！"

她从可乐杯里挑出几块冰块，放到桌上，用手指轻轻一弹，看着它们滑过桌面。她告诉我，她父亲是个银行家，母亲是个地产代理商。他们住在俄亥俄州，她家是一幢白色的房子，花园里种满了玫瑰，还有木栅栏。她第一次离家出走是搭朋友的顺风车到旧金山，她的父母雇了一个私家侦探来找她。那个侦探在一个无家可归人员收容所里找到了她，说服她跟他一起回去。回家后，父母把她送进医院戒毒。"那儿就是地狱，我只想一死了之。"

出院的那一天，她过量吞食了一瓶偷来的镇静剂。等她恢复过来以后，父母把她送进了黑泽尔登——中西部最有名的毒品康复机构，但她也从那里逃跑了。她父母又再度找到了她，把她送进另一家康复中心。"那些疗法就是狗屎。"她又逃跑，并从一个比她大很多的男朋友那里赊买了注射毒品。她搭顺风车回金山时，大部分路程与一个吸冰毒的卡车司机同行。她在黑特街安顿下来，开始边卖大麻边吸冰毒。她住在一个车库里，只有一个小型供热器，没有自来水，睡在一张旧床垫上。

她告诉我，她几乎每天都吸食或者注射冰毒，吸完之后她可以连续七十二个小时不睡觉，接着再连续睡上几天，做着"稀奇古怪"的噩梦。她进过三次急诊室，一次是因为肺炎，一次是因为咳出血来，还有一次是因为"极度兴奋导致行为反常"。通过乞讨，她可以获取足够的钱买咖啡和香烟。她曾经用刀捅过一个男人，"只扎在腿上。"她通过贩卖大麻来付冰毒的钱。"付不起的时候，我就……"她说的时候仿佛被一个冷酷无情的记忆刺激了一下神经。她把头转向一边，低了下来。侧面的她看上去只有年龄的一半那么大。"如果赊买不到，我就只能做婊子。"她说。

"你父母呢？"

"不知道。"

"你想念他们吗？"

"不怎么想……嗯，可能想吧。"

"你应该联系他们。"

"为什么？"

"我肯定他们非常想念你，而且一定很担心你。他们会帮你的。"

"他们会让我去康复之家。"

"也许这并不是个坏主意。"

"我去过那地方了。"

"至少给他们打个电话，让他们知道你还活着。"

她没有回答。

"打电话给他们，我知道他们一定想知道你还活着。"

我开车回家，没找到尼克。

我用完全无法回答的问题折磨着自己：

我把他宠坏了吗？

我太纵容他了吗？

我对他的关注太少了？

还是太多了？

假如我们没有搬到乡下该多好。

假如我从来没有使用过毒品该多好。

假如他母亲和我没有离婚该多好。

假如，假如，假如……

内疚和自责是瘾君子的父母典型的反应。在《家有瘾君子》一书里，作者写道："大多数父母，在回顾自己是怎样抚养孩子的时候，多少都会有些后悔。他们可能希望自己更加或者没那么严厉，对孩子的期待没那么高或那么低，和他们相处更多的时间，或者没那么过度保护。他们可能回顾孩子成长期那些艰难的时刻，比如离婚或家庭成员的死亡，并且把这些看作是孩子心理健康的转折点。有些人可能会为过去的问题而承受沉重的心理负担，如破坏家庭并导致家人不信任的不忠行为。但无论父母失败的原因是什么，瘾君子们都会发现父母的愧疚之心，并加以利用……

"瘾君子可能有很多抱怨,包括来自过去岁月里大大小小的不满。事实上,他们的有些指控也可能包含着真实的成分。家庭可能确实给瘾君子们带来过痛苦,家人可能确实在某些重要的方面使瘾君子失望。但是,瘾君子们提出这些问题,并不是为了治愈旧伤。他们把这些事提出来主要是为了引发家人的内疚感,这些问题是一种用来伤害别人以让瘾君子能继续吸毒的工具。"

接连几天没有尼克的音讯后,他从某个前女友家里打来电话,话说得很快,而且显然在撒谎。他说自己戒了毒,已经清醒五天了。我告诉他,他只有两个选择:再试一次康复之家或露宿街头。我严厉的语气完全违背了我内心想跑过去把他拥进怀里的冲动。

他坚持说根本没有必要去康复之家——他会自己戒掉的——但我告诉他,这是不可协商的。他终于消极地同意再试一次。

我开车到了那个女孩家,在屋子外面等他。尼克阴沉着脸爬进车里。我注意到他脸颊上有一块黑色的瘀青,额头上有一处深长的伤口。我问他发生了什么事,他望着上方,然后闭上眼睛,说:"没什么大不了,有个混蛋揍了我一顿,还抢劫了我。"

我叫道:"没什么大不了?"

他看上去疲惫和空虚,没有行李箱、没有背包,什么都没有。

"你的东西呢?"

"所有的东西全被偷了。"

他是谁? 车里坐在我身边的这个男孩不是尼克,他已经完全不是我记忆中的那个男孩了。仿佛在证实我的想法一样,他开始发火。

"我他妈的在这儿干吗? 我不需要康复之家,那都是狗屎。我要走了。"

"走? 去哪儿?"

"巴黎。"

"啊，巴黎？"

"我所需要的是离开这个该死的国家。"

"你去巴黎干什么？"

"汤姆、大卫和我打算在地铁里演奏音乐，再带上一只小猴子，像过去的卖艺人那样。"

在接下来的二十四小时里，尼克的情绪徘徊于焦躁不安和麻木不仁之间。除了猴子以外，他的计划还包括背着背包去墨西哥、加入维和部队以及去南美种地，但每次都最终绕回到回不回康复之家的话题上。他强调自己不需要什么康复治疗，接着又说他需要的是毒品，没有毒品他活不下去。"生活太糟糕了，这才是我想吸醉的原因。"

我不能肯定再去四周的康复之家是否有用，但我知道那是唯一值得一试的。这次，我设法把他送进了坐落于纳帕谷葡萄酒之乡的圣海伦娜医院。

很多家庭用尽每一分钱——抵押房子、掏空大学基金和退休账户，不停地尝试着康复项目、新兵营、野外营和各种类型的治疗师。我和他母亲的保险金支付了这些项目的大部分费用。如果没有这个保险金的话，我真不知道我们会做什么——这二十八天的康复治疗，花费将近两万美元。

第二天早上，尼克、凯伦和我驶过无边无际的黄绿色田野——芥末花、几何图形的葡萄园——前往医院。

在拉帕谷上方，离西尔维拉多小道不远的地方，我把车转上了通往医院的小路。尼克望着路标，摇了摇头，讥讽地说道："棒极了，治疗营。我们又来了！"

我停好车，看见尼克回头张望，他在试图逃跑。

"你敢！"

"我怕了，好吧？天哪！"他说，"这一定又是一场噩梦！"

"与被人揍而且几乎被杀死相比？"

"是啊。"

我们进入主楼，按照路标指示坐电梯到了二楼。与奥尔霍夫康复之家相比，这是一家没有生气的医院——灰色的地面、荧光灯、无止尽的走廊、白衣护士和蓝衣护理员。我们坐在一个忙碌的护士站旁边的靠椅上，填写表格，没有说话。

一位戴着大大的粉红色眼镜的护士来接尼克。她解释说他要接受面试，并且进行体检后才能入院。她说："这大概要花一个小时左右，结束后他会在这里和你碰面。"

我和凯伦下楼到医院的商店，从那里不多的商品中为他买了一些洗漱用品。回来时，尼克说他要去他的房间了。我们陪他走过一小段走廊，他靠着我的胳臂，感觉他几乎没有一点儿重量，仿佛能从地上飘起来。

我们尴尬地拥抱。"祝你好运！"我说，"自己保重。"

"谢谢，爸爸。谢谢，凯伦。"

"我爱你。"凯伦说。

"我也爱你。"

他望着我，说："珍重。"泪流满面。

圣海伦娜的康复项目与奥尔霍夫伯爵的很相似，不过它包括更多的锻炼，有瑜伽和游泳，外加有医院里的医生和精神科医生进行的咨询。它强调教育，用关于毒瘾的讲座和电影，每日一次的匿名戒酒会和匿名毒瘾者互助会，再加上一个每周两天的家庭项目。看这些，我对康复治疗是不乐观的，但我告诉自己要存有一线希望。正如有首歌里唱的那样："在每个艰难的一天结束时，人们总会找到一些理由去相信。"

在家里，我开始能够睡觉，尽管睡得并不安稳。在我的噩梦里，尼克在吸毒。我对他发怒，恳求他，为他哭泣。但吸醉的他并不在乎，只是用空洞而冷漠的眼睛回瞪着我。

别人参观这个葡萄酒之乡是为了它的解百纳、黑葡萄、泥巴浴和美食，我和凯伦却是为了参加医院的周末家庭聚会。在我们参加圣海伦娜的第一次会谈前，一位顾问告诉我，对瘾君子的治疗，有家人参与时会好很多。"我们最担心那些没有家人的瘾君子。"她说，"尼克是幸运的。"

"你们会发现尼克改变了很多，"我们走过一条白色长廊时，顾问说道，"但他现在感觉相当低沉，戒毒时都是这样，而且冰毒是最糟糕的。"

这家医院的家庭课程结构与奥尔霍夫伯爵之家的不一样。我们首先聚在一个大房间里，里面的一排排椅子都面向着一张讲台上的电视屏幕。医院每个星期天会提供四个教育讲座。我们的第一个讲座是关于毒瘾的成因模型。这对我来说是一个新的概念。

讲座人解释说，毒瘾是有遗传原因的，也就是说，尼克的遗传基因负有部分责任——维基的父亲死于酗酒，所以我们不必在家族谱里找太远。不过，谁也无法准确地知道这种基因是怎样遗传下来的。大约有 10% 的人会被遗传到这些基因，那个讲座人说。如果被遗传到这些基因的话，毒品或酒精会"激活"它们，"就像打开一个开关。"她说。一旦被激活，它就无法停止，就像潘多拉的盒子一旦打开就关不上了。

一个男人打断了她："你这是在让他们逃避责任。没有人强迫我儿子去买毒品、去注射海洛因、去抢劫一家卖酒的商店和他的祖父母家。"

"是的，"她说，"没有人强迫他，是他自己做的。不过这是一种疾病，一种错综复杂的疾病。没错，每个人都可以选择如何面对它，这和糖尿病是一个道理。一个糖尿病患者可以选择控制自己的胰岛素水平并按时吃药；一个瘾君子也可以选择通过康复之家来治疗他的疾病。如果他们都选择不治疗，那病情就会恶化，他们都会死去。"

"但是，"那个男人又插话道，"糖尿病患者不会撒谎和偷窃，更不会选择去注射海洛因。"

"有证据表明，有成瘾遗传基因的人有一种不容易停止或控制的冲动，"她说，"那几乎就像呼吸，不是意志的问题，他们只是自己停不下来，不然他们会的。谁也不想成为瘾君子，是毒品把人控制了，毒品——而不是一个人的理智——掌握了控制系统。我们教瘾君子怎样通过不间断的康复练习来控制他们的疾病，这是唯一的方法。"

讲座结束以后，我们去了另一个房间开会。我们坐成一圈，轮流介绍自己，分享我们的故事。它们全是不一样的——不同的毒品、不同的谎言、不同的背叛，但又都是同样的——同样可怕、同样令人心碎，同样带有极度的焦虑、悲伤和深深的绝望。

休会后，我们与参加会议的人一起吃了午饭。尼克沿着走廊蹒跚地向我们走过来，他面色苍白，步履缓慢，仿佛每走一步都会让他痛苦万分。见到我们，他似乎由衷地高兴，他热情地拥抱我们，抱了很久，并把脸紧紧贴在我的脸颊上。

我们买了三明治和咖啡，用托盘端着它们坐到外面阳台的一张长凳上。尼克只咬了一口三明治就把它推开了。他解释了他无精打采的原因，医院给他使用了镇静剂。他说那个药每天由"护士长拉齐德"分发两次——他模仿《飞越疯人院》里的露易丝·弗莱彻。"如果麦克·墨菲先生不想口服他的药的话，"他拉长声调，并配上一个恐吓的眼神说，"我敢肯定，我们能够用其他方法让他服下。"

他哈哈大笑起来，但这是个缺乏温度的表演，他服用了太多镇静剂，没法投入太多的热情。

午饭后，他带我们去看了他的房间。房里有两张单人床和一对床头柜，一张小圆桌和两把椅子，看上去挺舒适的，像一间简洁的酒店房间。他指着靠墙的那张床，向我们谈起他的室友。"他是个很棒的伙计，一个厨师，一个酒鬼，结婚了，有一个女儿。瞧……"

他拿起床头柜上的相片框，相片里是一个天使般的女孩，两岁左右，还有她妈妈，一个美人——一头波浪般的金色卷发和一脸充满阳光的笑容。"她告诉他，这是他最后一次机会，"尼克说，"如果他不能把酒戒掉，她就会离开他。"

尼克的床头柜上是一排关于康复治疗的书籍。房间里还有一个小壁橱，里面叠放着我们给他带去的衣服。

随后，他带我们来到能够俯瞰整个葡萄园的阳台。

"我对这一切感到很抱歉……"他突然说。

我望着凯伦，两人不知该说什么。

13

在葡萄酒之乡的又一个周末，上午的讲座主题是《论"瘾君子的家人"》——也就是我们。

"我大概不必告诉你们这也是影响家人的一种疾病。"讲座人，一个项目顾问，开口说道。"你们吃不下睡不着，责怪自己、感到愤怒、焦虑和羞耻……很多人把痛苦留给自己。如果你的孩子得了癌症，朋友和家人的支持会像潮水一样涌来。但如果你的孩子是吸毒成瘾，你们就不会告诉别人。因为就算你的朋友和家人会想办法支持，但也可能会传递其他微妙的情绪。

讲座人用令人不安的语气分析我们所有人的角色。

"这不是你们的错，"讲座人继续说，"这是你们要理解的第一件事。有的瘾君子受到过虐待，但也有些瘾君子无论从任何方面来说，生活条件都很优越，可是他们的家人却还是会责怪自己。他们试图解决它，把酒和药品藏起来，在心爱的人的衣服和卧室里搜寻毒品，开车送瘾君子去参加匿名戒酒会或匿名毒瘾者互助会，试图控制瘾君子去哪里、做什么、和谁在一起，等等。这些是完全可以理解的，但却是徒劳的——你不可能控制一个瘾君子。"

最后，这位讲座人说："一个瘾君子可能会占去父母所有的注意力，甚至让他们以牺牲其他孩子和配偶为代价。家庭成员的心情变得完全取决于瘾君子的表现，许多人深陷其中，这是可以理解的，但也是有害的。瘾君子的家人会逐渐失去自我，因为除了他们的瘾君子配偶、子女或父母以外，其他什么都不再重要，生活中不再有欢乐。"

与尼克见面吃午饭时，他脸上又有了一丝血色，眼睛里也有了一些生气，动作灵活了一些，看上去没有被疼痛束缚着。但是，他依然佝偻着背，情绪低落。

我们坐在他房间阳台上的椅子里聊了一会儿，"我想，这次对于我可能跟上次一样，不会有什么好结果的，"他说，"所有那些关于上帝的说法……"

他沉默了。

"所有那些关于上帝的说法，我没办法接受。"

我回答说："他们说的是'更高的力量'，不是上帝。两者不一样。"

尼克说了他的问题。"那十二步骤的第一步我是没有问题的……好吧，或许有时候会有，但我想很明显我在毒品和酒精上是无能为力的，我的生活已经变得无法控制……但是在这点之后，就全是胡扯了。"

他从一张书签上读了第二和第三个步骤。

"'二：相信有一种比我们自己更强大的力量会使我们恢复理智。三：作出决定，将我们的意志和生命交给我们所认为的上帝照看。'"

我指出："'我们所认为的上帝'这句话有很多理解的空间。"

"我不理解这究竟是什么意思？"

对于有些人而言，他的无神论，来自他的父母，我们家至少是来自我。我不相信任何单个的因素会改变尼克的命运。如果相信上帝或有宗教信仰就能够预防吸毒成瘾，那又如何解释所有那些有宗教背景和信仰却对酒精和毒品上瘾的人呢？虔诚的人并没有幸免啊。

尽管我没有用宗教来灌输尼克，但他的成长过程中并不乏一套道德价值观。我父亲曾经解释过他关于上帝的观点：我们内心那个"平静的小声音"——我们的良知，我不管这叫上帝，但却相信我们的良知。听到那个声音的时候，我们就做正确的事情。当我听从那个声音时，就更有同情心和爱心，也没那么以自我为中心了。我告诉尼克，这对我来说就是"更高的力量"。

他不以为然。"这只是狡辩！"他说，"全都是胡说八道。"

我们再一次在食堂外的露台上吃饭，尼克把他在这里结识的两个朋友介绍给我们。我们似乎认识他们，因为我们曾与他们的妻子一起参加过团体治疗。詹姆斯是一个亲切的商人，英俊，一头红发，长着雀斑，他是一个维柯丁[1]瘾君子（那种药品是在他做完背部手术后开始服用的）。在把自己送进圣海伦娜之前，他每天都要吞食四十粒药丸。尼克的另一个朋友是他的室友，厨师斯蒂芬，他曾在海湾地区最有名的一些餐厅里工作过。据尼克讲，这个有着沙色头发、运动员体格和一双蓝眼睛的男人吸食过各种各样的毒品，但他主要是喝酒上瘾。酗酒几乎毁掉了他的婚姻，并且至少两次让他差一点儿送了命。才三十出头的他已经因为酒精中毒动

---

1 维柯丁（Vicodin），医疗上主要用于缓解中度至重度疼痛。服药时不要多于处方量，也不要超出医生指导的服药期，否则可能造成身体或精神上对药物的依赖。

过肝脏和胰腺手术。听到他的年龄，我们不由大吃一惊，因为他看上去像五十岁。

我们与他们及他们的妻子一起坐在一张长桌上，两位妻子看上去都心地善良、富有爱心也极度疲惫。尼克、詹姆斯和斯蒂芬分享着同样的幽默感和另一样东西——那种在正常情况下要好几个月或好几年，但在康复之家却能迅速建立起来的亲密和信赖，因为在康复之家里，人们的心灵是暴露的。的确，尼克随后告诉我们，与詹姆斯和斯蒂芬建立起来的关系意义有多么重大。"深夜，当其他人全都睡着以后，我们偷偷溜进医院的厨房。"他说。

"医院允许吗?"

"没有人在乎，"尼克小声地说，"有一天晚上，斯蒂芬做了一道洋蓟[1]和青蒜汤，味道好极了!"

我们和尼克谈起上午和上周的讲座，我问他同不同意成瘾是一种疾病——而他得了这个病。他耸了耸肩说，"我的想法总是变来变去的。"

"你是什么时候开始沉迷于毒品的?"我问道，"在伯克利吗?"

"更早，早得多。"

"更早是什么时候? 你第一次吸大麻的时候?"

过了一会儿，他说:"也许是在巴黎吧。"

我点了点头，记起了那次溃疡，问道:"在巴黎发生了什么事?"

他承认大学里的语言课根本竞争不过这座城市里其他吸引人的东西，包括大量能够轻易得到的酒，法国招待根本不认为给十六岁的青少年上酒有什么不妥。结果，尼克在那里的大部分时间都花在仿效他的醉酒英雄们。"有一天夜里，"他说，"我醉得很厉害，以至

---

1 洋蓟（artichoke），是一种菊科菜蓟属植物，营养丰富，口感介于鲜笋和蘑菇之间，有"蔬菜之皇"的美誉。

于爬进一艘系在塞纳河岸边的船上，昏了过去。我睡在那里，第二天才醒过来。"

"你有没有想过自己会被杀？"

他两眼望着我，阴沉地说："嗯。飞回家时，我在行李箱里偷偷塞了几瓶酒，但它们只够我喝几天。我感觉糟透了。在巴黎，我每天晚上都去酒吧和俱乐部，喝个烂醉。但回到家后，我是个只能和父母住在一起的十六岁高中生。"他低下头，"我无法弄到酒，于是我只好每天抽大麻，虽然感觉不一样，但大麻更容易弄到。"

"那烈性毒品呢？"我问道，但不肯定自己想听到答案。"你什么时候开始的？"

"还记得我高中毕业的那个晚上，我和朋友们吃完烧烤后离开了吗？"他两肘撑在桌上，"我们去参加的那个聚会有摇头丸，我吃了一点儿，感觉像飞了起来……从那以后，我就开始尝试各种毒品——"他抬起头来，"直到冰毒……"

我们——病人和家属，再一次聚集在大会议室里，参加下午的团体治疗。这个会议室大约可以容纳五十个人，椅子贴着墙壁排成一个蜿蜒的长椭圆形。一位顾问像往常一样开始引导大家轮流讲出自己的故事。

"我满脑子只有我女儿，我无法不想她，做梦都梦见她。我该怎么办？这事已经占据了我整个生活。大家叫我放弃，但一个人怎么能够放弃自己的女儿呢？"一位母亲边哭边说。而她女儿坐在她身边，一脸木然。

轮到尼克时，他说道："我是尼克，一个瘾君子和酒鬼。"

我在这里和旧金山的其他团体治疗，以及我和尼克一起参加过的几个匿名戒酒会上都听他这样说过，但这话还是强烈地刺痛了我——我儿子是一个瘾君子和酒鬼！承认这个事实肯定是极其艰难的。所以，听他如实承认令我心里充满了某种复杂的感情，但他真的相信自己说的话吗？我不知道。

与在旧金山那栋维多利亚式大楼里聚会的人相比，圣海伦娜的这些人穿着更整齐一些，尽管一个老妇人看上去似乎是街上的一个无家可归者。团体治疗以病人及其家人分享故事和彼此讨论的方式展开。那位老妇人的故事让我大为震惊，她用一种粗哑的嗓音说道："我有硕士学位，是一个老师，一个好老师，至少我自己这么认为。"她停下来，低下头，盯着地面看了一会儿，"我曾经是一个好老师，在毒品出现在我的生活里之前。"

像我一样，瘾君子的亲人们全都显得绝望又心存希望。

有时候，房间里弥漫着的痛苦几乎令人难以承受。没有片刻的喘息，我们听着、看着，感受着。大家的故事虽然不一样，但从某个方面来说，我们却都是一样的，全都有着裂开的伤口。

尼克的朋友斯蒂芬说话了，他描述了自己与酒的关系——第一次喝醉时他才十岁。他的妻子在旁边不停地哭泣着。"我们是那么爱你，"轮到她时，她对斯蒂芬说道，"但是，我已经听过很多遍你的忏悔和承诺了，我不能再这样生活下去了。"

詹姆斯的妻子则谈到他是怎样从"全世界我最尊敬的人，我的灵魂伴侣"，骤然堕落成一个不惜牺牲一切来吞食毒品的人。"他从一个最亲切、最温柔的人——"

顾问声音平和地插话道："试着直接对他说，和你的丈夫聊一聊。"

她注视着詹姆斯的眼睛，继续说："你从我一生中认识的最亲切、最温和的人变成了一个陌生人，冲我大喊大叫、冷漠残忍、压抑沮丧，完全不能跟我分享任何形式的坦率和亲密。我不停地问自己……"她哭了起来。

然后，一个接一个，大家讲述着自己的故事，对着心爱的人，道歉，责备，泣不成声。我们的相似之处太多了。多年来，我们程度不一地接受并据理解释心爱的人身上的行为，而这些行为如果发生在任何一个其他人身上我们都不会容忍。我们保护他们，试图掩藏他们的毒瘾，厌恶他们并为此感到愧疚；我们曾经感到愤怒，发誓再也不会容忍他们的欺骗、自私和不负责任，但最后又会原谅他们；我们冲他们发火，常常是在心里；我们担心——不停地担心——他们会自杀。

每个瘾君子的故事也有着相似的主题——悔恨、失控的怒火，大多往往发向自己——同时，还伴有一阵又一阵的无助感。"你以为我想变成这个样子吗？"一个男人冲着她颤抖的妻子大喊道，"你是这样以为的吗？你真是这样以为的吗？我恨我自己！"接着，两个人都失声痛哭。

"我为他来这里而自豪，"一个女人说起她海洛因成瘾的丈夫，"但接下来究竟会怎么样？我也不知道。"一个年迈的妇人——她做律师的妹妹冰毒成瘾——说道："我不再给她钱，但我给她买食品，开车送她去看医生，为她付医药费。"她补充道，"她连走到冰箱前都做不到。是的，她能够买得到毒品，但却走不到冰箱前。"

另一位母亲插嘴接过老妇人的话："我儿子也是这样，他不能去上学、工作或治疗，但他能够去当铺、去毒贩子那儿、弄到他想要的任何毒品、弄到酒、弄到针头——弄到他想要的一切。他看上去忧郁、脆弱、无力……我只能为他付房租，不然他就会流落街头。所以，大约有一年，我为他租了一个舒适的地方……让他吸毒。"

一个留着红褐色短发的漂亮女人，说她是一个医生。她无比羞愧地承认，一年多来，她是在服用完冰毒的状态下做手术的。她最初是在一个聚会上尝试的它，"我有生以来第一次感觉那么好，"她说，"我感觉自己仿佛什么都能够做到，我再也不想失去那种感觉。"

她摇了摇头，继续说道："接下来的事你们已经知道了。我吸完毒才能整晚工作，到后来不工作时也吸它。我知道自己有问题，但我到这儿来是因为一个同事威胁要告发我——如果我不主动处理自己的毒瘾的话。"

另一个病人责骂她："你在吸醉的时候做手术！你应该被告发。你可能会杀死某个人！"

顾问转向那个病人，没有提高声音，平静地说："你不是说过你有一次酒后驾车，并且在驾驶座上睡着了吗？你也可能轻易杀死某个人。"

有些故事也让我难以理解。一个几乎淹没在庞大的运动衫和运动裤里的，神经极度紧张不安的小个子女人想起了她儿子的上一个生日。她回忆道："我吸了可卡因，为了它，我离开了家，离开了我儿子，把他留给我丈夫，他才三岁……"

一个皮肤苍白、有一头柔软金发的女人哭着告诉大家，一位法官把她丈夫送到了这里，作为去监狱的交换条件。她丈夫是一个头发剃得短平的士兵，短袖衬衫的纽扣一直扣到脖领，僵硬地坐在她的右手边，眼神空洞地盯着前方。

她说他吸醉了以后开始打她，把她的头往地板上猛撞。她在昏过去之前，设法拨打了911。接着，轮到她丈夫说话，他感谢上帝，因为法官允许他来到康复之家而不是监狱，"我仍然无法相信我袭击了我妻子，因为我爱她胜过我的生命。"他说，"但是，现在我明白了自己的问题。下个星期，我就要离开这里了，我正盼望着回家开始新的生活。"

可是，他的妻子不愿去看他的眼睛。实际上，她看上去非常恐惧。

会议设有喝咖啡的休息时间。

坐在咖啡厅时，尼克的眼睛朝那个女人的丈夫一闪，告诉我和凯伦，如果把他关起来的话，他太太会更安全一些。"他是一个恐怖的浑蛋。"

会议继续，更多令人心碎的故事，更多的眼泪。

每一次治疗结束前，顾问总是问大家还有什么要说的。家属们往往说为心爱的人感到骄傲，他或她看上去好多了。病友们有时会为其他分享者加油。这天，在五十多个人围坐成一圈的这个房间里，尼克说话了，他的话指向那个袭击过妻子的士兵。

"凯文，很抱歉，但我必须得和你说点什么，因为你下周就会离开这里。"尼克盯着房间那头的他，"我来这里以后，看到其他所有人似乎都很真诚和坦率，由衷地想办法去理解发生在自己身上的一切，唯独你看上去没有做出过任何努力。这个项目要求我们谦卑，但你却显得很傲慢。你经常打断别人，说个不停，却不愿意去倾听。你并不愿意承认和接受自己对毒瘾是无能为力的。"

然后，尼克望着那个男人的妻子，泪水正从她睁得大大的眼睛里夺眶而出，她像一个受了惊吓的动物一样浑身颤抖。

尼克对她说道："这些话我是为你而说的，因为我担心凯文需要更长的时间才能回家，我不想有任何不幸发生在你身上。"

没有人——甚至包括顾问在内——开口说一句话。那个男人看上去仿佛随时会冲过来扑向尼克。接着，他和我们一起盯着他的妻子，她正在哭得喘不过气来。过了好一会儿，她终于坚强起来，坐直身子，对尼克说："谢谢你，我知道。我不信任他。"她身旁的女人搂住了她的肩膀。

她转向她丈夫，冲着他愤怒地吼道："如果你敢再碰我或孩子们——"

她说不下去了，泪水再次从她的咆哮中爆发。

那个男人望着他妻子，脸上的表情不是悔恨、爱恋或伤心，看上去更像是尴尬和愤怒。他坐得笔直，眼神躲闪着扫过房间。

终于，顾问开口说话并结束了治疗。她感谢每一个参与分享的人。

凯文的妻子径直穿过圈子走过来，抽泣着拥抱了尼克，向他致谢。

她丈夫，一动不动地坐在椅子上，从房间那头怒视过来。

我们离开时，凯伦对尼克耳语道："小心一点。"

14

在这个康复治疗里，病人被要求写日记，尼克跟我们分享了一篇："见鬼！我怎么到了这里？似乎不久以前，我还在该死的水球队；还在做校报的编辑；在剧场里演出；为该喜欢哪一个女孩而心烦意乱；跟同学们讨论马克思和陀思妥耶夫斯基……那时，一切似乎都是积极、美好的……"

这是尼克在医院的第三个周末，我们又来这里参加了家庭探访。上午的团体治疗之后，尼克得到了外出一天的许可，将参观我们下榻的旅馆。

尼克坦率而又真挚地表达了他对这个项目的感激之情。接着他谈起了一个新的话题，他想知道是否可以继续上大学。他知道自己犯了严重的错误，但如果仍然能上汉普郡的话，他什么都愿意做。他答应会定期参加匿名戒酒会。听说很多大学都有禁毒寝室，他将申请一间。他明白复发将意味着我会收回支持，不再资助他，他就得离开大学，自谋生路。

在前往旅馆去见凯伦、加斯帕和黛西的车上，尼克告诉我是什么使他改变了主意。原来，团体治疗的时候有人听说我们愿意送他去上大学，就开始声讨他。一个因酗酒和毒瘾而使得父母孩子与他形同陌路的男人归纳了大家的看法，他冲尼克吼道："你他妈的有毛病吗？你有父母，他们爱你，还愿意送你去上大学！去上大学吧！不要再他妈的做笨蛋了！只要有机会上大学，我什么都愿意做。"

我考虑着尼克的请求，说道："这件事我会和凯伦商量一下，也会和你妈妈谈一谈，但你得遵守我们之间的约定。我想这也许行得通，如果你真的想要这样，并且认为你能够做得到话。"我仍然幻想一切都能够好起来，尼克会保持清醒，他明白自己的问题。感谢上帝，在他对自己的人生伤害得还不是那么深时——他仍然能够去上大学，获得学位，找到一份好工作，拥有一份美好的感情……一切都会好起来的。

我开到了旅馆，一个有些破败的度假庄园，里面有葡萄园、有裂痕的游泳池、地面龟裂的网球场和在庄园里游荡的几匹老马。我们驶过大门时，尼克很紧张，这是他将近三个月以来第一次见加斯帕和黛西。

见到加斯帕和黛西，尼克高兴极了。尽管两个小家伙最初有点儿不情愿，但见到他还是很高兴——他们最后一次见到尼克时，他刚从毒品的麻醉中醒来，情绪低落，怒气冲冲地离家去奥尔霍夫。他和他们在游泳池里嬉水，在网球场来回击球。我坐在葡萄树下的野炊凳上，看着凯伦加入他们的行列，四个人玩起了槌球[1]。尼克一边玩球，一边问孩子们有关学校和朋友的事情。他讲起在医院院子里的一只猫的故事。我要带尼克回医院时，加斯帕和黛西显得非常不高兴。我们尽最大的努力解释尼克目前的状态，但在他们眼里，尼克似乎很好，他们不明白为什么尼克不能和我们一起回家。

回圣海伦娜的路上，尼克告诉我那周发生的另外两件事。第一件事很令人沮丧。斯蒂芬离开了医院——在一个下午，悄然地沿着

1　槌球（Croquet），在草坪或地面上用长柄木槌击球穿过一连串铁环门的室外游戏，在美国十分流行。

通往卡利斯托加的道路离开了。后来听说他立即在一家酒吧里复发了。尼克很难过但并不完全吃惊。"表面上，他好像决心要保持清醒，"他说，"他知道自己可能会失去妻子和可爱的女儿，但他从来没有那么当真。他把问题推到妻子身上，责怪父母、责怪除了自己以外的所有人——他始终没有弄明白。"

他的另一个消息则令人难以置信。每当有人要结束这个二十八天的治疗项目时，就会举办一个告别仪式，毕业者会请另一个病人"站起来"为他或她说话，将毕业者送回现实世界中去。这个仪式是用来鼓舞毕业者并且激励新来者的。

士兵凯文要毕业的那天上午，他走到尼克面前说："你是一个勇敢的家伙。"接着，令尼克大吃一惊的是，他请尼克在告别仪式上为他站起来。"我敬佩你，我一直在观察你并且知道在我们所有人当中，你一定是会成功的那个人。而我比任何时候都更想成功保持清醒，我想要证明你错了——我会成功的！"

尼克同意了。"于是，我为他站起来。"他说，"我说我希望并祈祷他成功——希望他不再复发。我说：'我为你和你的妻子跟孩子希望你成功。'后来，我看着他们离开——他和他妻子，他们俩都拥抱了我。离开的时候，他们手牵着手。"

一周后，当尼克毕业时，我却感到十分紧张。尼克开心地谈论着未来。他的乐观从他清醒的神志、自信和强壮的身姿，以及又一次充满光亮的眼睛里渗透出来。他保证自己会远离毒品。我希望一切都能如他所说，但我知道，在康复之家那个安全的环境里保持清醒要容易得多，所以我的希望是一种谨慎的希望。我需要相信一切都会好起来，但同时又要学会接受他有可能复发的现实。

家里的气氛比以前轻松了一些，尽管偶尔也会有令我紧张的时候。尼克出门去参加匿名戒酒会时，我会担心；他看上去心不在焉或情绪低落时，我会担心；八月份，他要去念大学，而且是三千公里以外，我更是担心……

汉普郡大学在一个还保留着农场感觉的旧苹果园里。这所大学是"五学院联盟协定"中的一员，联盟成员包括马萨诸塞大学、阿默斯特学院、史密斯学院和蒙特荷约科学院。尼克可以从其他几个学校提供的课程中挑选自己喜欢的课程，并去提供课程的学校上课。

我和凯伦与尼克一起飞往东部，帮他安顿下来，为适应新学期做准备。早上，气温宜人，阳光明媚，我们开车来到校园。家长们正忙着帮自己的孩子把行李送到宿舍。有一辆大型高级轿车的车上除了装着行李箱外还有一套立体声音响、一套架子鼓和好几台电脑。

尼克的宿舍房间虽然狭小，但很舒服。放下行李箱后，我们遵照指示牌来到校园中央，参加迎新烧烤会。我和凯伦审视着周围的新生，看是否有潜在的毒品贩子。

临近结束的时候，学生主任对新生及新生家长们讲话。随后，我找到那位主任，询问她学校里的毒品状况，并解释说我儿子最近才完成了两轮康复治疗。她承认大麻是猖獗的，但也阐明了一个事实："毒品充斥着美国每一座城市、每一所大学校园。所以，年轻人必须学会在其中正常生活。"

她指引我找到学校的健康服务主任，那位主任写下她的名字和电话号码，并答应会尽其所能帮助尼克。她会介绍他认识其他正在接受康复治疗的学生。"他不是唯一的一个，"她说，"对于那些需要帮助的人，学校会提供最大的支持。"

"嗨，爸。"我和凯伦回到加利福尼亚以后，尼克从宿舍打来电话。他说话时，我想象着他的样子，穿着一件破旧的T恤衫、裤子松垮肮脏、一条带金属钉的黑皮带把裤子固定在胯上、匡威运动鞋、长长

150

的鬓发被拨到脑后以便不遮住眼睛。他好像对学校的一切都感到很兴奋。看来这次有希望，像以前一样有希望。挂掉电话后，我继续着自己美好的幻想，想象他在校园里，背着背包去上课。我可以在脑海中听到他跟同学在热烈讨论着尼采、康德和普鲁斯特。

一个月后，他听上去还不错，但我注意到他紧张的呼吸。在他挂断电话前，我听到他叹了一口气。我知道这不容易，尼克在尽力尝试了。

除上课以外，尼克与学校推荐的一位毒品和酒精顾问有着定期课程。如我们约定的那样，他去参加匿名戒酒会并找到了一个担保人——马萨诸塞大学的一位研究生。每周日上午会有一群学生去这位研究生家里喝咖啡、吃松饼、开会。

尼克定期向家里汇报，压在我胸口上的石头也逐渐减轻。随着情况恢复到半正常状态，他告诉我更多关于他新朋友的事情，汇报一周里参加的匿名戒酒会和匿名毒瘾者互助会的情况。

又一个月后，尼克突然不再回我的电话，我估计他复发了。尽管他承诺不再碰毒品，又尽管他住的是禁毒宿舍，但他能够保持清醒的几率还是很小，何况他还曾说过那里周五和周六晚上同样会有聚饮。

离开康复之家后这么快就把尼克送去大学的确是一场赌博。但每一个人，包括圣海伦娜的顾问们都赞成这个决定，因为他对回到大学的渴望是那么令人信服。

我请一个前往阿默斯特的朋友去看一下尼克的情况，结果他发现尼克躲在宿舍里，明显是吸醉了。

我准备撤回对尼克的经济支持，但还是先打了电话与汉普郡的健康顾问商量。我想象她正坐在办公桌前，开着暖气，窗外白雪皑皑。我告诉她尼克复发了，她给了我一个意外的反应，并劝我要有耐心。她说："复发往往是康复的一部分。"

这个说法好比是说坠机是对飞行员的良好训练。罗森博士说："虽然在重度毒瘾者中，的确有些人只经过一次治疗就不再复发，但多数人会反复循环，就像有些吸烟的人需要尝试多次才能戒烟，或者减肥的人为了瘦下来而反复进行节食。"UCLA 毒品滥用研究中心的副主任道格拉斯·安格林，在《纽约时报》的一篇文章中指出："对于有五年吸毒史的瘾君子来说，要帮助他们戒毒可能要花上十年或十五年。如果瘾君子们在二十五岁时开始戒毒，那么到四十岁时，他们中的大部分人通常已经完全康复了；但如果不接受治疗，那么到四十岁时，他们中的大部分人就会被毒品耗尽。"

虽然并不令人感到完全欣慰，但是根据美国国家治疗改进中心的研究所显示，虽然瘾君子可能会复发，但接受治疗一年后，他们的毒品使用量减少了 50%，违法活动减少了 80%，参与高风险性行为或需要急诊室医治的比例也大幅降低。

不过，每一次复发都是有可能致命的。瘾君子确实可能在复发后脱离毒品，并持续保持清醒——但前提是他没有死。这个恐怖的事实让人不安。

在我朋友的催促下，尼克打了电话，承认自己"搞砸了"，并且发誓会停止吸毒。

"尼克……"我听见自己声音里的那个语调，那种严肃的、失望的、带谴责意味的父亲的语调，我感觉他立即采取了防御姿态。

"别说了，我知道。"他说，"我必须经历这些，才能学会。"

等待是一种煎熬，尤其我们还离得这么远。但我知道，如果他能够把自己从复发中拉出来而不用我把他送进康复之家的话，那将是非常重要的一步。

复发经常是康复过程的一部分——我一次又一次地想着这句话，

它在我大脑里转了一圈又一圈。我默默地等待着。

尼克和我们继续保持着密切的联系，并回家过寒假。那是一次轻松的假期，他似乎好了很多。在给头发脱色的过程中，漂白水灼伤了他的头皮，但他看上去还不错。

寒假很快结束了，尼克回到汉普郡上春季学期。一天晚上，他打电话回来，说他很想上一位知名教授的写作课，"新生或二年级的学生要进这个班实际上是不可能的，但我要试一试。"他说，"我写了一篇故事——昨晚熬夜写的——交了上去。那个教授这周五会在办公室的门上张贴录取学生的名单。"

周五傍晚，尼克打来电话，兴奋地说他的名字出现在录取名单上，但是只有他的名字前有个星号，星号与名单底部的备注对应，备注上写："来找我。"

尼克立即去了那位教授的办公室。他很紧张——"心里七上八下的"。他刚在教授对面坐下，对方就开门见山地问他是不是瘾君子。他之所以这么怀疑是因为尼克交上去的文章是以虚构的方式描写了他在奥尔霍夫康复之家和圣海伦娜医院遇到的一些难忘的人。

尼克说是的，他是一个正在康复中的瘾君子。

"好吧，"老师说，"如果你保持清醒，我会帮助你成为一个好作家；但如果你继续吸毒，你就得离开，这取决于你。"周一，尼克出现在那位教授面前，跟他握手约定。

从尼克的电话描述中来看，他好像完全忙于学习，也十分配合担保人的工作。听起来他在班上表现优异，并且开始交往一个女孩。

我出差去波士顿，尼克和他的女友朱莉娅从阿默斯特过来和我一起吃晚饭。那是一个雪夜，他们裹着厚重的大衣和围巾来到我住的酒店。我们穿过哈佛广场去找一家寿司吧。他们的胳臂紧搂着对方，步伐一致地走在我身旁。我们三个人吃了晚饭，然后又一起散步回去。他们兴奋地谈论着书籍——黑格尔、马克思和托马斯·曼……

我是和我们家的一位密友一起去的波士顿，他是我正在写的一本书的主角，在上海工作和生活。我们三个人和他一起喝了咖啡，尼克和朱莉娅给他留下了深刻的印象。在他俩回阿默斯特前，他问他们是否有兴趣去中国过暑假。他可以帮他们安排一个教英语的工作并且也可以做志愿者。他甚至可以提供一个地方让他们住。这对小情侣满怀感激之情地接受了这个主意。在飞回家的路上，我感到非常高兴。尼克终于往前走了，他把毒品问题抛到了身后。

第一学年终于结束了，中国之行已在计划之中，在上海工作六周之后，他们两人还将去云南和西藏旅游。在此之前，尼克会在五月下旬回家，先打一阵子工为这趟旅行赚点儿旅费。朱莉娅会稍晚些过来，两人再一起出发去中国。尼克为这一切兴奋不已，为去中国的计划，为即将回家——尤其是为即将见到加斯帕和黛西。两个小家伙也欣喜若狂，他的回家标志着某种希望。所以，当他坦白他回来的这段时间一直在吸毒，整个学期都在吸毒时，这个打击是多么具有毁灭性。

他离开了，摔门而出。我不敢相信这一切。不——我想，不，不，不！当加斯帕和黛西放学后冲进家门后找不到大哥时，他们问："尼克在哪儿？"

"我不知道。"我说，眼泪控制不住地流了下来。

尼克走了以后，我又一次陷入了那熟悉的、令人虚弱的恐慌中——时刻都感觉到他不在的事实。

早上，我在客厅的飘窗边坐下，把一篇文章的开头读了一遍又一遍。这时，刚起床的加斯帕顶着一头乱发，抱着一个缎面盒子走了进来。盒子里有他存的八美元零花钱。他看上去很困惑，"我想尼克拿走了我的钱。"他说。

我看着加斯帕，他那不解的眼睛里满是疑问。我伸出手好让他能爬到我膝上。我该怎么向一个八岁的孩子解释，他心爱的大哥为什么要偷他的钱？

第四部　但愿可能

醉酒——那对缓慢和肯定的毒药的激愤，它超越所有其他考虑，它将妻儿和朋友、幸福和地位抛到一边，并将受害人疯狂赶上堕落和死亡之路。

——查尔斯·狄更斯（摘自《博兹札记》）

现在好些了，死亡更加逼近，
我不再需要去寻找它，
不再需要去挑战、嘲笑和玩弄它，
它就在这儿和我一起，
像一只宠物猫或墙上的挂历。

——查尔斯·布考斯基（摘自《年届七十的思索》）

15

五月下旬的一个周三晚上，我和凯伦雇了一个临时保姆。我们要出门，为尼克的毒瘾又去参加一次家庭互助会。

我们不情愿地开车来到诺瓦托，马林最北边的一个乡村小镇，去参加一个嗜酒者家庭互助会。这些夜间的聚会是我最不希望见到自己的地方。和匿名戒酒会一样，它们充斥在全美各地的教堂地下室、图书馆和社区中心。我不是一个热心的参与者，我一直尽我所能回避那种要求参会者分享感受的会议，然而我还是来到了这里。

很长一段时间我把我们家的问题作为秘密保守着，这并不是因为我感到羞耻，我是想保护尼克——想保留朋友和其他人对他的好印象。但我后来终于了解到，这种匿名戒酒会的格言是对的：你的秘密隐藏得有多深，病得就有多重。我了解到谈论我儿子的毒瘾、对此加以反思以及倾听其他人的故事是多么有帮助。康复中心的大多数顾问都会向我们推荐嗜酒者家庭互助会。

会议在一间昏暗的房间里举行，一群人坐在围成圈的塑料椅子上。头顶上方，日光灯闪烁个不停、嘶嘶作响。角落里，一台旧式的电扇缓缓地转动着。会议开始了，陈词滥调倾泻而出，有些比灯和电扇更烦人。嗜酒者家庭互助会和匿名戒酒会一样，似乎依靠的就是这些陈词滥调。他们总说："放开手，靠上帝。"，还有那三个"不"："它不是你引起的，你控制不了它，你治愈不了它。"但不管他们怎么说，一部分的我还是相信这是我的错，我很容易就停止了吸毒，但尼克却不行。也许我在给予他远离毒品的警告的同时，也给予了他默许；也许我在他眼里就像个伪君子。现在，我总是忍不住想起我与他一起吸大麻的那次经历，我当时所做的一切都是愚蠢和幼稚的。外面的人可能诋毁我、批评我，尼克也可能责怪我，但是他们做的事情没有一件比我每天对自己所做的更糟糕。"它不是你引起的。"——我不相信这一点。

在会议上，我的第一个念头是屈尊。我带着某种几乎是厌恶的心情环顾四周，心想我为什么要跟这些染着头发、穿着套装的女人及穿着卡其裤、挺着大肚腩男人在一起？然而，等到我离开时，我感到与这里的每一个人都有了一种密切的联系——这些瘾君子的父母、子女、配偶、伴侣、兄弟、姐妹，我为他们心碎。

我也是他们中的一员。

我并不打算发言，但还是开了口。"我儿子不见了，我不知道他在哪里。"我哭了，一句话都说不出来。我觉得有点丢人，但同时，内心的压力也极大地得到了释放。

我回到诺瓦托，参加在教堂举行的另一次会议。现在我已经认识这里的许多人了，我们互相拥抱。在别的地方，所有人都会问我过得怎么样。在这里，我的情况他们全知道。

一位母亲一边说话一边微微摇晃着。我佝偻着身子坐在灰色的金属椅子上，两手交叉叠放在膝上。这位女士穿着一件普通的职业装，长长的头发编成辫子，脸上扑了一点点胭脂。她用颤抖的声音告诉我们，她女儿在一次毒品突击搜查后进了监狱，要待两年。她的身体在椅子里变得越来越小，泪水开始涌出。

现在，我去的每个地方，都有泪水。

她说："但是，我放心了。我知道她在哪里，我知道她还活着。去年，我为她进哈佛大学而激动不已；现在我为她在牢里而松了一

160

口气。"

一位满头白发的母亲插进来说，她知道那个女人是怎样的感受。"每天我都感谢上帝让我女儿进了监狱，"她说，"她在六个月前因为吸毒、贩毒和卖淫而被判刑。"她停下来，吸了一口气，像对大家也像对自己说："在那里，她安全多了。"

我想：所以到最后，对我们来说最好的消息就是我们的孩子在监狱里。当然，并不是我们所有人都这么想。但是，对我们中的一些人来说，的确就是这样。

我控制不了它，我治愈不了它，然而我依旧认为一定有什么事情是我能够做到的。"有时，一点希望的火花闪现后，一片绝望的大海随即汹涌而至；而且总是痛苦、痛苦，极度的痛苦，同样的事情一次又一次地继续着。"托尔斯泰写道。

我没有尼克的消息，每个小时，每一天，每个星期都像是沉默的煎熬。大部分时间，我都觉得自己仿佛在火上炙烤。痛苦或许打磨性格，但也确实伤人。嗜酒者家庭互助会上的人都受了伤，他们是我所见过的最坦率、也是最有奉献精神的一群人。我试着听从他们的劝告——放手。但为人父母又怎么能放手？我做不到，我也不知道该怎么做。

过去的几个月来，我怎么能没察觉尼克一直在吸毒，甚至是他在家的时候？他的毒瘾使我受到如此巨大的精神创伤，以至于我再也区分不出真实和谎言。或者那只是因为，通过长期的"实践"，瘾君子成了难辨其真假的撒谎天才。我相信尼克，因为我想要相信他——我愿意不顾一切地去相信他。

我儿子到底发生了什么事？我究竟哪里做错了？根据互助会的观点，这不是我的错。但我觉得自己要负主要责任。我心中重复着那些假设：假如我制定了更严格的规则；假如我更坚持原则；假如我更多地保护他不受我成年人生活的影响；假如我没有吸过毒；假

161

如我没有和他母亲分手；假如她和我离婚后一直住在同一座城市里……

我知道父母离婚和监护安排是他童年经历过的最艰难的事情。离婚家庭的孩子在十四岁前使用毒品和酒精的比例明显高于完整家庭的孩子。一项研究显示，在美国，85%的离异家庭的孩子在高中时就是重度的毒品吸食者，而那些来自完整家庭的孩子的比例只有24%。父母离异的女孩子性体验更早，而无论男女，离异家庭的孩子有较高比例的抑郁症。我们很少有人愿意面对这个事实，即离婚对于孩子来说往往是一个灾难，而且有可能导致吸毒和其他严重问题。但是，也许这样的设想是荒唐的，因为很多离异家庭的孩子并不吸毒，我见过的很多瘾君子是来自完整家庭的。

我还能责怪什么呢？有时我认为基于很多明显的理由，家庭富裕的孩子是毒瘾的主要候选人，但在极端贫困中长大的众多瘾君子又该怎么解释呢？如果公立学校的孩子毒品问题较少的话，我就会责怪私立学校，但研究结果证实并非如此。毒瘾对所有人来说是一种机会平等的不幸——它不会管阶级、教育、种族、地域、智商或者任何其他因素。

有时候，我知道不能责怪任何人或任何事，但我总还是觉得自己要承担所有的责任。有时候，我觉得自己唯一能够接受的就是尼克得了一种可怕的疾病，但对我来说依旧很难。得了癌症、肺气肿或心脏病的人不会撒谎和偷窃，他们会做力所能及的所有事以便能活下去。但有毒瘾的人却无法做到在外人看来似乎是相当简单事情——不喝酒、不吸毒。

正如罗森博士所说："这种疾病的症状之一就是吸食，它被那种需要被满足的渴望支配着。"这是一种强大的力量，以至于一个瘾君子在一次互助会上把它比作是"饥饿的婴儿要吸吮母亲的乳汁——吸食就是类似这样的一种需要，不是你能选择的。"

但有些人仍然没有被说服,对于他们来说,毒瘾是一种道德上的缺失。吸食者想要亢奋的感觉,就这么简单,没有人强迫他们。"当一个瘾君子想到或吸食可卡因的时候,大脑中的某些区域确实会亮起来,"华盛顿特区的绿洲毒品治疗诊所的研究员萨莉·萨特尔说,"它传递着这样一个信息:毒瘾和多重硬化症一样,是一种生理上的疾病。真正的大脑疾病不包含意志的成分在里面。"

我提醒自己,吸毒时候的尼克,不是他自己。我在痛苦和折磨中,竭力去了解这种伤害了我儿子大脑的力量。有时,我也想知道他一犯再犯是一种道德缺失还是性格缺陷? 有时,我也会责怪那些治疗项目,然后就责怪自己。我翻来覆去反反复复,但我最后总是回到这些假设上——

假如尼克没病,他就不会撒谎。

假如尼克没病,他就不会偷窃。

假如尼克没病,他就不会让家人感到惊恐,不会忽视朋友、母亲、凯伦、加斯帕和黛西,不会忽视我。他不会! 他生了病! 但毒瘾无疑是所有疾病中最难以理解的,与之伴随而来的是责怪、愧疚和羞辱。

生病不是尼克的错,但复发是他的错,因为只有他能够做防止复发所必要的努力。而且不管是不是他的错,这都是他的责任——虽然这个持续的声音在我心里重放,但我明白了在圣海伦娜时,尼克承认他有时希望自己得的是其他任何疾病,因为那样就没有人会责怪他。瘾君子的父母跟孩子有着同样的问题:我们必须接受这种疾病的不合理性。但真正面对它的时候,却没有多少人可以做到。

不过,相信毒瘾是一种疾病是有帮助的。美国国家毒品滥用研究所所长诺拉·沃尔科博士说过:"我研究了酒精、可卡因、冰毒、海洛因、大麻,以及最近研究的肥胖症。我发现,没有一个有上瘾症的人是想要上瘾的,他们的大脑中发生了某些事从而导致了这个过程。"

尼克的祖父曾经来看过我们一次——那是很多年前，当我和维基居住在洛杉矶的那一年。在从机场去往我们公寓的路上，他叫我们在一家商店前停下来让他买香烟。他试图偷偷蒙混过去，但我们看见他在纸袋里装了一瓶威士忌。吃完晚饭时，那瓶酒已经喝光了。两年后，他就去世了。他一直是一个慈祥、仁厚和勤劳的居家男人；一个农民，但他的生活不幸地弄砸了。不过，因为是酒，而不是兴奋剂或海洛因，他的健康在数十年后才消耗殆尽。他死的时候六十多岁了。"酒精会导致同样的伤害，只不过它给你的时间会长一些。"有人在互助会上介绍过，"毒品消耗你生命的时间会快一些，这就是唯一的区别。"

有些人坚持认为，把上瘾说成大脑疾病而不是行为问题，给了瘾君子一个复发的借口，无论他们滥用的是酒、可卡因、海洛因、冰毒或是处方药品。美国国家毒品滥用研究所前所长、美国科学发展协会总执行官艾伦·I.莱什勒博士也同意不应该让瘾君子逃脱责任。"把上瘾归结为大脑疾病的危险是，人们会认为瘾君子是无辜的受害者。"他在2001年的《科学与技术问题》中写道，"但瘾君子并不是受害者，上瘾是以他们的自愿行为开始的，事实上，他们是自找的。"

沃尔科博士却不同意。"如果我们说一个人有心脏病，就等于免除他们自己的责任了吗？不。我们会叫他们锻炼身体，少吃一点，别再抽烟。正像其他任何疾病一样，病人必须参与自己的康复治疗。没有人一开始就希望成为瘾君子，他们只是喜欢毒品；没有人一开始就希望得心脏病，他们只是喜欢油炸食品。我们还要浪费多少时间去责怪上瘾的人是自找的？鼓励他们积极、主动参与治疗才是我们应该做的事。"

我努力不去责怪尼克。

我不怪他。

但有时，我还是怪他。

16

在那个阳光明媚的六月的上午，尽管尼克答应过加斯帕和黛西，却没有出现在他们升级仪式的观众席上。

他们学校的校长，穿着一件驼色的运动夹克，系着明亮的领带，带着温暖的微笑，眼神不自觉地流露出对自己学生们的深厚感情。他与孩子们及其父母们笑逐颜开。他站在麦克风后面指挥着整个仪式，逐一点名每个年级。在他的指挥下，孩子们整群地站起来，从原来的阶梯站上更高的一层。穿着白衬衫，头发梳得整整齐齐的加斯帕，神采奕奕地站在朋友们中间。他现在是三年级的学生了。

接下来轮到黛西的年级了

"今年的幼儿园生请站起来。"

黛西穿着一条淡蓝色连衣裙——南希小时候穿的——跟她的同学们一起站起来。

"明年的一年级生请往上一层。"

周围响起雷鸣般的掌声和跺脚声，大家都非常开心。最下一层的阶梯空了，只剩下幼儿园的老师们，他们正期待着下一批的五岁孩子在秋天时到来。

此刻，我的内心被一种痛苦的空虚感填满。阶梯上单纯天真的孩子与我失踪的儿子之间反差如此巨大，以至于完全无法同时容纳在一个大脑里。

升级仪式后是致辞和八年级学生的毕业典礼，他们将在秋天开始上高中。我望着盛装打扮的加斯帕和黛西跟同学们站在一起，纯真无邪、紧张激动，我想起尼克当年也曾光彩夺目地站在那里，美好的生活在向他招手——而此刻，他又在哪里呢？

外面的天空湛蓝，夏天即将来临，可是我的心情并没有因此好转起来。我在厨房里烧水泡茶。电话响了，谁会这么早打电话来呢？一定是尼克。然而，伸手去接电话的那刻，我告诉自己，"不，这不是尼克。"以防不是尼克时泛起的心酸和失望。

不是他。

"我是西尔维娅·罗伯逊，"一个女人说道，声音很活泼，"乔纳森的妈妈，加斯帕游泳队的义工。"她问我们是否愿意在下周的运动会上在小吃吧帮忙。

"当然，我们很乐意。"

我挂掉电话。

厨房一片寂静。

我的视线停在了水槽上方架子上的一张照片上。照片里，我们在某个湖里的一艘船上。我父亲戴着太阳镜和渔夫帽，挥手微笑着。黛西在凯伦的怀里，还是一个小婴儿，她的脸掩藏在一顶宽边的遮阳帽下。男孩子们坐在最前面，冲着镜头微笑。加斯帕刚剪过头发，褐色的刘海紧贴着他那张热切的脸。留着平头的尼克，戴着闪闪发亮的牙套。照片上的时间是1996.10.12，那年尼克刚好十四岁。

他现在在哪儿？

与此同时，山那边凯伦父母的房子里，唐坐在客厅的一张藤椅上看书。南希在花园里忙碌着，突然想起衣服可能洗好了，就把修剪花木的剪刀塞进皮套里，慢慢地走回屋子。

脱掉手套，南希下楼走进那个塞满东西的地下室，里面散发着霉味和洗衣粉混合的味道。在洗衣机和干衣机后面有一间小卧室，那是她儿子十几岁时住的房间。现在这个房间空着，孙子们来过夜时就睡在这里。

南希走进小卧室，她打算把那些烘干的干净衣服堆到床上，过会儿再叠。

突然，她倒吸一口气。羊毛毯下面竟然有一个人。她镇定下来，凑近一看——是尼克！他像一具会呼吸的骷髅，沉睡着，没被她的叫声惊醒。

"尼克，"她惊叫道，"你怎么……?"

双眼发黑，犹如被鬼魂缠身的尼克抬起眼看着她，坐起身来。

"南希……"

两个人都惊呆了。

"你在干吗?"

"南希，"他开口说，"我……"

"你还好吗?"

他爬起身来，开始结结巴巴地道歉。

"尼克，没关系。"南希说，"只是你吓到我了。"

"我……对不起。"

"尼克，你在吸毒吗?"

他没说话。

"你可以待在这儿，任何时候都可以，只要你愿意。没关系的，只是你要告诉我，别偷偷摸摸的，你差点儿吓得我心脏病发作。"

他离开房间，朝楼上走去。

她跟在他身后。

你吃饭了吗? 我给你做点儿吃的好吗?"

"不用了，谢谢。也许一只香蕉就可以了，可以吗?"

"尼克……我能为你做点儿什么吗?"

她两眼含着泪水，眨了眨眼睛，"告诉我，我能做些什么。"

167

尼克咕哝了一串不连贯的话，从厨房的篮子里拿了一根香蕉，一边道谢一边道歉，然后快步走出前门，上了车道。

"尼克!"

她赶紧追了上来，叫他，但他没有停下来。

等到南希追到街上时，他已经不见了。

南希打电话告诉我发生的事情，她完全有权利愤怒，但她却向我道歉。"对不起，"她说，"我不知道该怎么做。"

我安慰她，告诉她真的不必为此内疚。

"对不起，他吓到你了，"我说，"很抱歉让你看到他那副样子。"

南希没在听我说话。"我想要把他留下来，"她说，"他看上去……"她停下来，哽咽得几乎说不出话，"这件事让我简直要发疯!"

音讯全无的一周过去之后，尼克的教父打电话告诉我他见到了尼克，在他双子峰附近的家。看到尼克的样子，他吓了一跳——"他看上去像是被一阵大风吹过来的"——他为尼克煮了一锅烧肉，尼克立刻狼吞虎咽，吃得精光。他恳请尼克寻求帮助。

"我会没事的，我已经不吸了。"尼克撒谎，"我只是需要自己再独立生活一段时间。"

尼克还是走了。

又是两周没有消息，除了挥之不去的焦虑以外，什么都没有。

我再一次打电话给监狱，看他有没有被抓起来。然后，再度打电话给医院的急诊室。这时，凯伦的哥哥告诉我们，他看见了尼克，或者好像是他——在黑特街上，缩在一个角落里，神情紧张不安，鬼鬼祟祟的样子。

我几乎疯了——不知道他在哪儿时，我经历的是一种让人无能为力的焦虑。我的生活中没有任何东西使我有准备承受这种焦虑。我想象尼克在旧金山的街头，像一只野生动物，受了伤，无比绝望；

或者像某个正在主持自己大脑手术的麻醉师，试图控制达到亢奋状态的药量，但一切都是白费力气。

我回到办公室，试图写作，但什么都写不出来。凯伦走进来，看见我坐在那儿发呆，她叹了口气，拿出一张纸条给我看。

"瞧，"她递给我一张被注销的支票。支票是开给尼克的，那颤颤巍巍的签名显然是伪造的。

我说："他不会……"但话一出口，我就知道自己错了。凯伦很爱尼克，但是她却无法掩饰震惊、受伤和愤怒。

"可怜的尼克！"我说，"他头脑清醒的时候，绝不会这么做。"

"可怜的尼克？"她气愤地转身离开房间。我在后面对她喊："这不是尼克！"

她望着我，摇了摇头，她不想听这个。我再也无法为他找借口了。

我在苦闷和恐惧中又度过了几个夜晚。

然后，一天夜里，孩子们睡了。凯伦刚给他们念了《天方夜谭》里的故事，现在在床上看报。我在办公室里写作，突然听到了什么声音。

前门的声音？

我带着狂跳的心前去检查，在过道里见到了尼克。

他勉强说了一声"嗨"，然后冲过我身边，朝他的房间走去。

我忍不住问："尼克，你上哪儿去了？"

他短暂地停了一下，做出一副受够了的样子，咆哮道："你有毛病啊？"

"我问你，你到底去哪儿了？"

他露出令人难以置信的愤慨，回头瞥了我一眼，嘀咕了一句"哪儿也没去"，然后便走进他的房间。

"尼克！"我跟着他，走进那个有烟熏味的红色洞穴，尼克正在里面翻箱倒柜。他眼睛扫视着书架，显然是在找什么东西——我估计是钱和毒品。

"你在干吗？"

他瞪了我一眼。

"别担心，"他说，"我已经清醒五天了。"

我抓起他放在床上的包，拉开拉链，掏了他牛仔裤的口袋，卷开他的袜子，抖开毯子，拧开一只手电筒。当我做这些的时候，尼克斜靠在门框上，面无表情地看着我，双手交叉在胸前。终于，他露出一个几乎难以察觉的刻薄的假笑，说道："好了，你可以停手了。"他收起衣物，塞进帆布包。"我要走了。"

我请他坐下来谈谈。

"如果是关于康复之家，那就没什么可说的。"

"尼克——"

"没什么好谈的。"

"你得再试一试！尼克，看着我！"

他不看我。

"你在毁掉一切！"

"就算是那样，毁掉的也是我的东西。"

"别那么做。"

"没有什么可毁掉的了。"

"尼克！"

他从我身边走过，眼皮也没抬，说："对不起。"跟着就冲过走廊。

经过凯伦时，他说："嗨，妈妈。"她瞪大眼睛看着他，一句话也说不出来。

凯伦站在我身边，手里仍然拿着那份报纸。我们俩都望着窗外，看着他消失在空无一人的街上。

我到底该怎么办？我还能做什么？

尽管我不想放开他，尽管我惧怕他走后那萦绕不去的空虚和使

170

人虚弱的焦虑，但我却什么也没做。

凌晨四点，我醒了，与其他有吸毒孩子的父母们一样无法入睡，为那些我们不知道在哪里的孩子们。突然，我想到今天是尼克的生日。今天，我的儿子满二十岁了。我开始批评自己的冲动，本应该有什么事情是我还能够尝试的，不应该让他就这么离开的。我应该想办法找到他……

我们已经被告知过一百遍，毒瘾是一种持续性恶化的疾病，但直到第二天上午电话响起之前，我还没有真正理解它的含义。电话是朱莉娅打来的，尼克的女朋友，去年我在波士顿见过的。现在，尼克失踪了，他们的中国行计划也只好搁浅。她是从弗吉尼亚州的家里打来的，声音沙哑，听上去刚哭过。"上个月我们去我妈家时，尼克偷走了皮下注射的针筒。"她告诉我。

"针筒？"

"那是我妈妈用来注射治癌药物的，他还偷了吗啡……"她抽泣道。

"我不知道该说什么……"

"我也是。"

停顿了一下后，她又说："我可以告诉你一件事，别帮他！别给他钱！他会想尽一切办法让你帮他的，然后是他妈妈。如果你帮他，那只会让他死得更快。这是我从我姐的毒瘾事件中吸取的很少的教训之一。"

"我一点儿主意也没有。我真蠢，以为他情况好转了，以为他清醒地度过了那一学年。"

"你就像我一样想相信他。"

她准备挂电话了。

171

"从我们家与我姐的经历中，我能给你的最好的建议就是你自己要多保重。"

"你也是。"

即使在经历了这一切可怕的事件以后，我还是感到无比震惊。尼克在注射毒品——把它们注射进手臂，那双不久前还在扔棒球和建乐高城堡的手臂，当夜里我把睡着了的他从车里抱进屋时那双绕着我脖子的手臂……

我们已经答应小家伙们第二天带他们去蒙特利湾水族馆。我们的两个世界之间的悬殊差异使我感到震惊和不知所措。有时，我感觉这两个世界完全不可能共存。

坐在家里等着不响的电话是没有意义的。

我们要竭力把生活继续下去。

我们开车前往蒙特利。在水族馆里，我们看了一部电影，电影里数百只鹈鹕正在觅食。这些鸟儿仿佛在浪花间嬉戏。然后，突然之间，海水带着邪恶的灰色影子喷发而来，一嘴尖牙的大白鲨出现了，一只鹈鹕被活吞。鲨鱼的尾巴像一条四处抽打噼啪作响的绳子，回身一拍，消失无踪了。

我感觉自己就像那只鹈鹕，一条鲨鱼已经从深处浮现，我却只能无可奈何地看着它逼近——与之俱来的是尼克生命的危险性——现在的他与死神是多么接近。虽然这幅画面使我感到恶心，但我却无法转开眼睛。

参观完水族馆后，我们沿着一号公路往南去了卡梅尔，孩子们在那里的海滩上玩耍。看着他们，我放松了一会儿，但焦虑已经在身体里成了永久居民。

我们开车回家，没有谈论尼克，并不是因为我们没在想他，他的毒瘾及其孪生兄弟——死亡的幽灵——充斥着我们呼吸的空气。

172

我和凯伦试图作好准备，以防万一下一个电话会带来最坏的信息。

尼克仍然不见踪影，生活却没有因此停止。

凯伦要在她的工作室工作到很晚，我带加斯帕和黛西进城去吃晚饭。饭后，我们去了超市，我推着一辆手推车在货架间走来走去。加斯帕和黛西不停地把可口可乐和奥利奥饼干扔进车里，我则不停地把它们拿出来，直到我终于喝令他们住手。我要求他们分头去拿我们真正需要的东西：牛奶、黄油、面包等。我在一条过道上，扫视着一墙的面食，突然广播里播放起埃里克·克莱普顿[1]回忆他亡子的歌。

"如果我在天堂见到你，你会知道我的名字吗?"[2]

我在超市中央崩溃了。加斯帕和黛西怀抱着他们各自负责采购的商品，跑过拐角，正好看到我泪流满面，两人都吓坏了。

又过了两周，我们仍没有他的消息。有一天，他给我发了一份电子邮件。我的第一反应是松了口气——他还活着，至少还算清醒而且还能动，即使只够走到一家公共图书馆去使用电脑。他请求帮助，给他一点钱，这样他就不必住在街上。我回信说我可以帮助他回去接受治疗，但仅此而已。我不是鹦鹉学舌任何互助会的苦情台词，也不是已变得麻木无情，而是我已经被冰毒打败了，俯首认输。把他保释出来、为他付账单、把他拖去看精神科医生和治疗师、从街上把他捡回来——这些全都是徒劳，冰毒无人能够战胜。我总是以

1　埃里克·克莱普顿（Eric Clapton，1945— ），美国摇滚乐坛首屈一指的吉他大师，曾十六次获得格莱美奖。五十多岁方得爱子，然而造化弄人，稚龄幼子竟从纽约数十层公寓阳台意外摔下，不幸身亡。

2　这两句是单曲《泪洒天堂》（Tears in Heaven）中的歌词。克莱普顿将丧子之痛写入这首单曲，该曲曾获得格莱美奖。

为保持警觉和付出爱会保证我的孩子们拥有像样的人生，但我已经了解到只有这些是远远不够的。

他拒绝了我的提议。

尼克在汉普郡的写作老师，就是握过手后接受尼克的那位老师，听说他复发了，写信给我，"清醒时的尼克才华横溢。但这些年来，我已经看到太多人被毒品埋葬，以至于对这种消息已不再感到难受了。"

又过了极度痛苦的一周，尼克打来电话，由我这边付费的。

"嗨，爸，是我。"

"尼克。"

"你过得好吗？"

"那不重要。你怎么样？

"我没事。"

"你在哪儿？"

"城里。"

"你有地方待吗？你住在哪儿？"

"我很好。"

"听着，尼克，你想见一面吗？"

"我认为这不是什么好主意。"

"只是见一面，我不会让你有任何负罪感的，只是一起吃个午饭。"

"我想想。"

"求你了。"

"好吧。"

我为什么想见他？我不确定。但至少我的手指能摸到他的脸颊了。

尼克选择了北海滩哥伦比亚大街上的一家咖啡店——罗马阶梯。这一带是我陪伴尼克长大的地方。他曾经在圣彼得和圣保罗教堂对面的华盛顿广场上玩耍，我们曾一起在城市之光书店看书，在巧克力店吃香蕉冰激凌，坐在人行道旁，看街头艺人表演。有时，我们会去一家寿司店吃晚饭，尼克点定做的只带橙色蔬菜（胡萝卜和番茄）的天妇罗；或者去一家意大利餐厅，在那里，穿暗红色背心和黑色西装裤的招待们会把一头亚麻色头发，门牙间有一条缝的尼克抱起来，放在高脚凳上。尼克的眼睛睁得大大的，看着厨师把白兰地浇到炒锅里，酒点燃了，引发出一小阵灿烂的烟火，尼克兴奋不已。回家的路上，我们经过那些在百老汇脱衣俱乐部门前晃荡的女孩子们，尼克通过她们的装束认出她们是，神奇女侠、希瑞、猫女等，他坚信她们是在北海滩上巡逻的超级英雄。当他困了的时候，我就背着他，让他小小的胳臂搂住我的脖子……

我在罗马阶梯角落里的一张桌子旁坐下，紧张地等待着他。自从我在生活中依赖的力量——理性和爱——背叛了我，我就身处未知的领域了。罗马阶梯除了两个在吧台旁折叠餐巾的招待以外，空无一人。我点了杯咖啡，想着还有没有可能打动他而我却从没想到的东西。

约定的时间过去了半个多小时，尼克没有出现，陪伴我的只有那令人窒息的焦虑、苦涩和愤怒。

四十五分钟之后，我认定他不会来并起身离开。然而，我又不愿放弃，于是绕着街区走了一圈，回到咖啡店，朝里面看了一眼，接着又拖着沉重疲累的脚步绕着街区走了一圈。又过了半个小时，我准备回家，突然，我看见了他。他朝我走来，但眼睛望着地面，两只瘦长的手臂垂在身体两侧，看起来比以往任何时候都更像一幅鬼魂的自画像——颓废而憔悴。

他看见了我，停下脚步，然后小心翼翼地走近。我们犹豫地拥抱了一下，我的手臂环抱住他那像是随时就会飘走的脊椎，吻了吻他苍白的脸颊。我们就这样拥抱了一下，然后在靠窗的一张桌子旁坐下。他不肯直视我的眼睛，也没有为迟到道歉。他将一根吸管折来折去，焦虑地在椅子上左摇右晃，手指发抖，下颚打颤。为了避免我问任何他无法回答的问题，他先发制人地说："我过得棒极了！我在做自己想做的事情，有生以来第一次为自己负责！"

"我很担心你！"

沉默。

"凯伦和孩子们怎么样？"

"他们很好，但我们都为你担心。"

"嗯。"

"尼克，你准备停止这一切了吗？回家来，过正常的生活？"

"别总说这些。"

"加斯帕和黛西想念你。他们不——"

他打断我，"我应付不了这些，别让我内疚。"

他用汤勺边把盘子刮干净，喝光咖啡。当他拨弄刘海时，我注意到一个伤痕。他用手指摸了摸，但我没有问他是怎么回事。

道别后，我看着他起身离去。尼克的毒瘾使我深刻体会到父母几乎可以忍受一切。每当我们感觉再也无法忍受时，却还会继续忍受。我美化并容忍那些曾经难以想象的事情的能力让我自己感到震惊。而这些美化的程度不知不觉间正一步步升级——他只是在试验，经历一个阶段，只是大麻；他只在周末吸毒，至少没吸食烈性毒品，至少不是海洛因；他绝对不会用针头的，至少他还活着……我也了解到（了解的方式很艰难）在对孩子的期望方面，父母的弹性远超出我们的想象。在尼克的成长过程中，我以为无论他在生活中作出什么选择，我都会欣然接受。但事实是，我满心期待他会上大学——他当然会的，这点毋庸置疑；我想象他会有一份令人满意的工作，有一份挚爱的感情，最终拥有自己的孩子……然而，随着他越来越沉迷于毒品，我也修正了自己的期待。上大学似乎已不可能了，我学会接受他跳过大学直接工作的这个想法，毕竟，很多孩子都要经历迂回曲折的道路才能找到自己真正的需要。但是当这也开始显得不切实际时，我于是改变想法，认为如果他可以找到内心的平和，我也会满足。而现在，我却不得不承认，我的儿子可能根本活不到二十一岁。

夏天结束了。

每当电话响起，我的胃就不由得一阵抽搐。有人说，瘾君子会情绪不安、困惑迷茫，甚至会停止吃饭和睡觉。事实上，我可以诚实地说，瘾君子的父母们也不睡觉。

17

有些镇子，正午是以教堂或钟楼的钟声为标志。在雷耶斯岬，宣告正午来临的，是来自公共播音系统里发出的一串公鸡啼叫声，及紧接着的牛的哞哞和声。

我带着黛西和加斯帕在食品农贸市场采购。我们的邻居和朋友在买番茄、色拉和奶油奶酪。在小番茄、罗勒和其他可栽种的草本植物篮前，我们碰上了凯伦的弟弟、弟媳及其孩子们。现在，差不多我们在镇上认识的所有人都听说了尼克的事情，所以大家都颇为紧张地问起他。劳拉，一位也经历过这类事的母亲——她的女儿，一个海洛因瘾君子，经受了一次几乎致命的车祸——拥抱了我之后，便开始哭泣。我庆幸加斯帕和黛西与他们的堂兄妹不在身边，他们在忙着为一颗苹果追着打闹。

我的手机响了，我知道是尼克打来的。我找了一个远离人群的地方接了电话，但那一头没有人。我查了一下留言，真的有一条是来自尼克的。他的语气傲慢，思维混乱，口齿不清。

"好吧……对不起。天哪，这真是太难了。我打算戒。我要集中精力干活……我不得不睡很多，因为我的身体不那么满意我。周五我睡了一天……周六醒来，没意识到我错过了整整一天。我不知道，我搞不清楚……"

然后就没了。

加斯帕，穿着 T 恤和卡其布短裤，跑上来问："我们可以买一些曲奇吗？"

他注意到了什么，突然停了下来。

"怎么了？"

他用忧虑的眼神望着我手里的电话，问道："是尼克吗？"

大约一周后，尼克联系了维基，寻求帮助。"说老实话，你对我的生活方式会感到相当惊骇的，"他在一封电子邮件里写道，"我遇到麻烦了，过去疯狂的几个月，导致我最终被踢出家门。我没钱，什么也没有……除非我回到康复之家，否则就不能回家。可我经历过那些玩意儿了……匿名戒酒会或'更高的力量'对我不管用，它们让我还是和以往一样空虚得可怕……"

信戛然而止。

给维基的另一封电子邮件中，尼克写道："我的身体和精神状态都相当糟糕，所以请原谅我，如果我的表达没那么流利的话。我打算给你打电话，但我想先写点什么，先把几件事说清楚。"他解释说，他从一个朋友的妈妈那里偷了一些支票。"我也许会被通缉，我需要还钱给他们，不然我只能继续躲藏。"

维基和我就下一步的最佳处理方法产生了分歧。我理解她的恐慌，但是当她帮助他还债时，我感到十分不安。这是一种自然的本能，尤其是在我害怕他仍在吸毒的时候——她的支持只会让他继续走在这条危险的道路上。但是她答应不给他现金——给一个瘾君子现金，就如同将一把上了膛的枪递给一个正处在自杀边缘的人。

当我把电子邮件的内容告诉凯伦，以及我完全不理解尼克为什么会做出这样可恶的事情时，她作出了愤怒的反应。

"这一切真令人厌倦！"

"我能怎么办？"

"我就是厌倦这一切！"她走出了房间。

尼克再次消失，又再次出现，与他母亲保持着零星的联系，而不是我。

当两位老朋友碰巧从纽约到旧金山来玩时，维基安排尼克去见见他们。她请求他去他们的旅馆。他去了，衣衫不整，明显是吸了毒。旅馆不允许他进大厅，直到他说服一个保安打电话给我们的朋友。当他面色苍白如骷髅，抽搐颤抖着，摇摇晃晃地走进他们的房间时，他们俩都被他虚弱的程度和手臂上的针孔吓坏了。他们请他去纽约，跟他们待在一起并戒毒。

也许他对旧金山已经感到厌倦和害怕，或者也许只是搬到纽约的想法吸引了他，他答应前往。但去之前，他又跑去买了毒品。毒贩子给了他一份离别礼物——一堆丑陋的冰毒，尼克在登上那班横跨美国的飞机之前把它们全部吸完了。

到纽约之后，我们的朋友说服他去看一个专攻毒瘾的精神科医生。这位医生给他开了安眠药。他有一个星期，大多数时间都在睡觉。他"悔恨、羞愧、不相信、想吸毒、想死"——如他打电话给我时所说的那样。除了说我爱他、我很难过戒毒这件事这么难以外，我不知道自己还能对他说些什么。

大约一个月以后，当尼克打电话来时，他听起来好像没那么惨了。维基帮他搬进了布鲁克林的一间公寓，他也找到了一份工作。继一度认定读大学是愚蠢的之后，尼克开始认定做最低工资的工作更蠢，于是他说他计划返校读书。"这次我要靠自己。我以前搞砸了很多机会，但我不会再犯傻了。"

尼克跟我说，他不能再吸食冰毒了。但据他说，医生说他抽大麻或喝一杯葡萄酒之类的没什么关系，它们可以帮助他"保持平衡"。我更加担心了，因为，一项 UCLA 的研究表明，如果一个瘾君子抽大麻或喝酒的话，其毒瘾复发的可能性将会是平常的十二倍。

尽管我有心理准备，但周日早上五点的那个电话却是我始料不及的。我一跃而起，心脏怦怦直跳，凯伦抬起头来看着我，"怎么了？"

我抓起电话，虚弱地"喂"了一声。

是尼克的继父。他说一位医生刚从布鲁克林打电话给他，尼克吸毒过量后进了医院的急诊室。"他情况危急，在抢救中。"

我似乎一直在等着这个电话，但是，当它真的来了，我发觉接受它竟是如此艰难。

我放下电话，告诉凯伦。

"他会没事吗？"

"我不知道。"

我开始祈祷，恳求我从来不相信的上帝。

"上帝，别让他死去，请别让他死去……"

我打电话给那位医生，医生解释说，有人——昨晚发生这事时与尼克在一起的孩子——拨打了 911，因为尼克昏迷不醒。一辆救护车被派来尼克的公寓。尼克的房东看见救护车就给维基打了电话，因为维基的名字在尼克的租契上。医生告诉我，如果不是救护人员立即赶到的话，尼克应该已经死了。但现在还有一线希望。

我已经学会接受许多折磨人的矛盾，比如，明知一个瘾君子不可能为他自己负责，然而他却是唯一该负责的人。我也接受了我面对的问题可能是没有解决办法的。我知道自己必须在沙子上画一条线——我能接受什么；我会做什么；我不能接受什么，再也不能做什么——然而，我也必须有足够的灵活性来擦掉它，并重新画一条新的。现在，当尼克躺在医院里，我发现自己比以往任何时候都更爱他、更怜惜他。

我准备飞往纽约。电话又响了，是那位医生，他声音严肃而有力。他告诉我，尼克应该可以撑过去，他的生命迹象正在恢复正常。

"他是一个非常幸运的孩子，"医生说，"他还有机会。"

我的儿子还有机会——从接到清晨的那个电话以来，我第一次真正呼吸。

我打电话到医院，问我能不能跟尼克说话。医生说不行，尼克在睡觉，我可以几个小时后再试一试。我在花园里来回踱步。维基和我通了几次电话，我们的孩子差点儿死了，我们俩都非常难过。

一个小时后，我又给医院打电话，我被接通到尼克床边的一台电话上。尼克醒了，但是还没清醒到足以正常谈话，他听起来十分绝望。他断断续续地请求进入另一个康复治疗项目，说那将是他唯一的机会。我告诉他，我正准备动身去纽约。

又一个小时后，我离开家前往机场。一边开车，一边打电话给医院询问他的情况怎么样了。

值班护士告诉我，尼克已经出院了。

"他出院了是什么意思？"

"他不顾医生的反对，自行出院。"

他拔掉静脉输液针和导管，走了。

我挂掉电话，驶离了高速公路。我知道如果连这次的教训都不足以使他停止的话，那就没有任何东西可以使他停止了。

我一路颤抖着回了家。

夜里，我躺在床上，闻着从敞开的窗户飘进来的茉莉花香，凝视着沉沉的夜幕。

"你醒着吗，凯伦？"

"你醒着？"她问。

我们俩都没有睡着。

我无法理解究竟发生了什么事，但最有可能的推测是对于尼克来说，戒断的过程太难了，或者是又一次的康复治疗对他来说太难以承受，所以又出去找毒品了。另一个已知的恐惧在我的脑海里不断上演，尼克终于被一切击垮，身体和心理都感觉无比疲惫，他自杀去了。

他没接电话，他去哪儿了？

第二天早上，尼克打来电话，声音听起来虚弱无力，极度沮丧。

"尼克……"

"是的，我知道。"

"你在哪儿？

他告诉我他在自己的公寓里。

"发生了什么事？你为什么离开医院？"

"我不知道。我突然很害怕，觉得自己必须得离开那里。"

我想象他在布鲁克林赤褐色沙石建筑的那间公寓里，上次我去那里看过他——没有任何装饰或家具，只有地板上的一张床垫和尼克在街上找到的一张梳妆台，窗帘拉得紧紧地以挡住日光。他到达公寓，走进房间，脸朝下扑倒在床垫上，就好像一头栽进一块墓地。除了脱掉靴子以外，他没有费事脱掉衣服。他胳膊上仍然残留着固定静脉输液针的胶带。

"你打算怎么办？

这次不用劝说，尼克选择回康复之家接受治疗，他请求回去。

这就是触底的感觉？专家们都说瘾君子触底后就会以新的方式

开始投入康复治疗。我飞到纽约，帮助他注册进入黑泽尔登[1]的曼哈顿中心。在黄昏淡紫色天空下的雨中，我搭了一辆出租车。进城的路上，我试着想象看到他时，自己会是怎样的感受，是因见到他活着而欣喜若狂，还是因他差那么一点点就丢掉了自己的性命而怒不可遏。

我在旅馆的大厅里等他，我们约好了在那里见面。

突然，他就站在我面前。

"嗨，爸!"

尼克出现时，总是非常具有戏剧性。

尽管他竭力摆出一副勇敢的样子，但他看上去仍然像一个在饥荒中幸存下来的人。他的脸像鬼一样苍白。他在T恤外面套了一件破破的运动衣，破烂的牛仔裤下是一双裂开了的运动鞋。我们僵硬地拥抱了一下，我对他的爱被对他的恐惧压抑了。

他留在我的旅馆里过夜。为了消磨时间，我们去看了一场电影——《糊涂的爱》，然后去了一家餐馆吃比萨。明天早上他将住进康复之家——再一次。

晚饭后，我和尼克一起看电视。突然，尼克说，去黑泽尔登之前，他还有一些生意要料理一下。我看着他，仿佛他疯了一样，他的确是疯了。

"生意? 什么样的生意?"

他说："没什么，我出去一下，马上就回来。"

"不行，"我说，"你现在不得不料理的任何生意都是麻烦事。"

"我必须去，"他说，"我必须处理几件事情。"

他穿上运动鞋。

我无法说服他不去，于是说道："我跟你去。"

---

1 黑泽尔登 (Hazelden) 是美国一家毒品和酒精康复机构，总部设在明尼苏达州。

我飞快地穿上鞋子，然后我们一起走进寒冷的黑夜中，坐地铁到东村，在破旧的公寓楼前停下来，按响门铃但没人应答（谢天谢地）。接下来，我们跟着一个提着杂货袋的印第安女人进了楼房，爬到五楼。我站在尼克旁边，看他用力拍打一扇门。他说有些钱要收回来。

最后，他放弃了。出租车把我们送回到旅馆时，已经将近凌晨两点。我松了一口气。乘坐电梯时，我们抬头盯着小小的电视屏幕，上面正播放着一部搞笑的卡通片。

第二天早上，当他接受面试时，我坐在公园的长凳上等着。我看到一群男孩子徘徊在公园一角的金属大门附近，一场毒品交易正在进行。

黑泽尔登可能是美国最有名的毒品和酒精康复治疗中心，它的总部位于明尼苏达州，但在纽约、俄勒冈和芝加哥都设有分部。这不是一个初级项目，尼克已经试过两个初级项目了，这次是一个为期六个月的持续性康复治疗，甚至更长，视尼克的康复进展而定。这不是一个安排在四周之内的康复速成治疗，病人被要求工作或上学、与治疗师定期会面、参加团体治疗以及匿名戒酒会，并分担杂务。这里有一长串规定，但与其他项目不同的是，病人可以自由出入——只要他们在吃饭、会议和约见时到场，在宵禁前回来即可。

尼克在楼房门口向我招手，是时候了。我走上楼，走进排列着樱桃木书架的大厅里，没有什么话可说，我们在那里的沙发上坐了一会儿。一位接待员叫了尼克的名字——说他该和我道别了——我们站起来，看着对方。

我们拥抱。他的身体是如此单薄，仿佛随时都可能裂成碎片。

18

我默默地等待着尼克的康复，这是好几个月的漫长等待。在等待中，我继续着对冰毒的研究。这次是拜访全美各地的杰出研究者，向他们提出对我而言最重要的问题，如果你的家人染上毒瘾的话，你会怎么做？

他们一致认为第一步应该是评估。如果一个瘾君子已经处于吸食冰毒精神异常的话，那就应该给他服用镇静剂和其他药物。（"他们有时会像疯子一样疯狂，很难对付。"UCLA 的林博士说。）冰毒瘾君子比其他人突发精神病的可能性要高出三到四倍。有些医生会例行公事地治疗瘾君子的抑郁症，有些研究者则提议，至少应该等病人停止吸食冰毒一个月后，才为他们诊断和治疗其他疾病。

关于住院治疗还是门诊治疗哪一个可能更有效，专家的意见有所分歧。前者比较昂贵，但它提供了一个安全和受控的环境，在医院里，病人能够得到严密的监控。然而，可能很难把康复之家的环境转移到真实世界，出院的病人经常会复发。门诊治疗把康复项目与瘾君子的生活相结合，但有很多不可控的情况会导致治疗失败。大多数专家认为，最理想的治疗方式是在一开始选择长期的住院治疗。

这些专家还一致认为，不论是住院治疗还是门诊治疗，在最初的康复阶段就进行行为和认知治疗是没什么意义的。像按摩、针灸和锻炼等配合镇静剂的使用，可以帮助病人度过戒毒时最糟糕的阶段。专家们表示毒品检测，以及对复发的严厉惩罚是至关重要的。行为和认知治疗应该逐步添加。添加时，应该加以监控，以便符合病人参与的能力。有些医生提倡精神疗法，但很多专家则不提倡这样做。"它很可能效果甚微。"UCLA 的林博士说，"谈话并不能看透那些背后的问题，理解事情并不能改变瘾君子的生活。"

研究表明刺激物是改变瘾君子的主要符号。它们不必像针头一样明显，它们可以是任何东西，从记忆中冰毒燃烧时散发出的味道，到可以与毒品联系起来的"人物、地点和事情"、发薪日、一个街角、一首歌曲或一个声音——除了瘾君子以外，任何人都听不到的微妙和隐蔽的声音。很多冰毒瘾君子把这种毒品与性联系起来，尽管大多数严重的吸食者最终无法进行性交，但刺激物——从色情片到包含性暗示的任何事情——都依然是有力的引爆器。"试图在那个阶段打断吸食毒品就如同试图挡在火车前面。"罗森博士介绍说。然而，UCLA的肖普托博士研究了一些特定的治疗法，帮助把冰毒与性联结在一起的男同性恋瘾君子，重构他们对刺激物的反应。在这个治疗过程中，吸食者的大脑可能会重生新的细胞，多巴胺水平也可能会逐渐恢复正常，远离毒品的循环可能会取代成瘾的循环。

　　最新的临床实验表明，斯金纳强化理论[1]的方法——干净（即无毒品含量）的尿样奖励一小笔现金，或从为瘾君子的孩子购买礼物到溜冰场的门票等——被应用到认知和行为治疗的项目时，对瘾君子在毒品方面产生的节制比单独的认知和行为治疗高两到三倍。

　　药物也可能有帮助。由于康复初期会产生非常明显的抑郁，有些研究者认为抗抑郁药会有帮助。然而，百忧解等抗抑郁症药剂的使用表明那些药品的效果甚微。即使药物在康复的其他阶段有帮助，研究者甘特·盖洛韦仍相信，它们并不会起到主要的作用，"永远不会有一种药品可以让你在打开门之前，就从猫眼里知道外面站着的是个毒贩子，而不要开门。"

1　斯金纳强化理论（Skinner's reinforcement theory)是美国心理学家和行为科学家斯金纳、赫西、布兰查德等人提出的一种理论，它是以学习的强化原则为基础的关于理解和修正人的行为的一种学说。所谓强化，从其最基本的形式来讲，指的是对一行为的肯定或否定的后果（报酬或惩罚），它至少在一定程度上会决定这种行为在今后是否会重复发生。

尼克不时向我报平安，他每天晚上跟一群黑泽尔登的病友去参加匿名戒酒会。他幽默地调侃他们出行时的情形，"我们走在任何地方都是一道风景，"他说，"一群心怀感激的社会边缘人。"

我又回到了之前的那些家庭互助会，它们虽然不能包治百病，却一次又一次地给人以安慰。在一次午餐时间的会议上，我作了简短的发言——我颤抖着开口说道："我儿子又进了康复之家。"会后，一个女人来找我，羞怯地递给我一本小册子，说道："它帮助了我。"

回家之后，我打开那本小册子，里面有一封《一个瘾君子的来信》，"别接受我的承诺，我会承诺一切以便能逃脱责任，但是我疾病的性质阻止我信守承诺，即使我当时是认真的……别相信我告诉你的一切，那可能都是谎言。否认事实是我疾病的一个症状。再者，我很可能对那些能够轻易欺骗的人失去尊重，别让我用任何方式利用你或剥削你。超出正义范围的爱不可能长存……"

尼克再度接受康复治疗之后，我和凯伦从图书馆借来关于毒瘾问题的儿童书籍，念给加斯帕和黛西听。我们尽力鼓励孩子们谈论他们的感受——使他们从烦恼中摆脱出来。我们也跟他们的老师见面，讨论他们的情况。到目前为止，他们似乎还不错。

十二月，黑泽尔登的纽约住院项目停止了，据说是经济的原因。但他们在曼哈顿的门诊项目继续运营。在咨询顾问以后，尼克决定搬往洛杉矶，住在维基附近。

赫伯特屋——在斑鸠城[1]的一个清醒生活之家，装修得简洁明快——有点儿像瘾君子们的梅尔罗斯之地[2]。

尼克安顿下来并且喜欢上了那里，他与其他病人成了好朋友，尤其与该项目的主任关系亲近——这位名叫杰斯的项目主任是一个

1　斑鸠城（Culver City），位于美国加利福尼亚州。

2　梅尔罗斯之地（Melrose Place），出自 1992 年 7 月 8 日首播的同名美国电视系列剧。

有同情心的男人，一生致力于帮助瘾君子和酒鬼。赫伯特屋有着严格的规定，要求病人也做杂务，并且必须参加每晚的会议。尼克还参加了附近的另一门诊项目，去看一个新的精神科医生，并与另一个匿名戒酒会担保人兰迪一起工作。尼克经常和他一起骑自行车沿着太平洋海岸公路长途旅行。兰迪有一双热情的蓝眼睛，他已经清醒十五年多了。尼克说兰迪激励他，"让我看到生活可以有那么多的美好"。

在电话里，他听起来又像是原来的那个尼克了，神志正常的尼克。

尼克在匿名戒酒会的朋友的帮助下，在"普罗米西斯"项目找到一份工作，这是另一个著名的毒品和酒精康复项目，地点在马里布[1]。他负责开车送病人去参加会议和赴医生的约见、分发药物、协助顾问们工作——这份工作让他充实，他在帮助别人的同时，工作也帮助了他。

七月份，尼克满二十一岁了。为了庆祝他的生日，我去洛杉矶看他。那是一个夏日的午后，当我到赫伯特屋门前接他时，尼克跳进车里，我们紧紧拥抱在一起，他看上去又完整了，不再支离破碎。二十一岁在每个人的生活中都是一个里程碑，孩子长到二十一岁对于父母也是一个里程碑——对于我，感觉则像是另一个奇迹。

过了一段时间，凯伦才说她已经做好见尼克的准备了。另外，我们还没有允许他见黛西和加斯帕，我们不想让他们再次受伤。我们仍然被恐惧和爱之间的战争撕扯着，我们想保护黛西和加斯帕，尽管我们知道他们爱他，他也爱着他们。我们再一次纳闷：如何知道什么时候才能够信任他？

终于，将近夏末的时候，我因为工作驱车南下去洛杉矶时，凯

---

1 马里布 (Malibu)，位于美国加利福尼亚州的一个城市。

伦和孩子们同我一起去了。全家人在海滩上团聚，尼克、加斯帕和黛西堆沙堡，在海浪里玩耍。从那以后，我们接连在几个周末都去看他。我们去他上班的地方看他。他把我们介绍给同事们，同事们显然都很喜欢他，他也喜欢他们。尼克把我们带到另一个海滩，马里布附近的一个隐秘的地方，要徒步走下一条陡峭的小径才能到达。还有一次，我们与维基以及他继父的狗帕森和安德鲁徒步穿过一个峡谷（尼克一路上都在帮他们照料狗）。我们走上一条小径，直到到达一个瞭望点，在那里，能够从好莱坞一路看到海洋。我们租了游艇，他骑车追上我们，我们一起骑下威尼斯海滩步道，停下来看涂鸦艺术家和在这里练肌肉的健美运动员。和往常一样，我们去参观了博物馆和画廊。

我们通常都去同样几家餐厅吃饭，一家韩国烧烤店或一家小寿司酒吧。大多数时候，我们会选择在海滩上度过，但也会一起去看电影。尼克已经看过《疯狂约会美丽都》，但为了带加斯帕和黛西去看，他又看了一遍。看完电影后，加斯帕和尼克一起唱歌，带着印第安口音，跟电影前的广告一模一样。

尼克经常打电话，我们保持着紧密的电话联系。有时我们只是漫无目的地闲扯，有时是关于他的康复治疗。但我们一定会聊到电影和书籍，尤其是电影。每次我们其中一人看了我们喜欢的导演最新的作品后，就会迫不及待地跟对方讨论。

有时，他会汇报他的成功事迹，这些事对别人来说算不上什么，但对于他来说却是非常困难的。都是一些小事情：他有了一个银行账户、申请到了一张信用卡、开始存钱了、花了四百美元买了一辆五手的马自达、买了一辆新的自行车……尼克搬进了一套公寓，从兰迪的担保人特德手上租了一个房间。特德是一个银发银须、非常慈祥，需要挂拐杖行走的男人。他已经康复三十年了，并且帮助过许多年轻的瘾君子。

但是，有些日子对于尼克是极为难熬的。我从他的声音中听得出来，他很孤独。虽然有兰迪和其他的好朋友，但他希望能有一个特别的人在他的生活中。他深陷于对未来的担忧中，情绪波动，渴望毒品。有时，他带着禁欲主义的决心向我讲述这些心情起伏时，会强忍泪水。"有时，我所能够想到的只有吸毒。"他说，"当我感觉快控制不住自己时，我会打电话给兰迪，按他说的去做，那真的有用。"

九月，尼克庆祝他清醒一周年。对于父母来说孩子的生日是重要的，但对于我而言，康复一周年的意义更为重要。

尼克断断续续地告诉我们他与一个叫做 Z 的女孩的新恋情。但是有一天，他打来电话，泣不成声，因为她中断了这段关系。如果是以前，尼克会打电话给毒贩子或者某个吸毒的朋友，或者偷食一支大麻叶烟卷或把自己灌醉。但现在，他打电话给兰迪。

"来我这儿吧，尼克。"兰迪说，"我们骑车旅行去。"

他们骑了三个小时——去了特密斯科峡谷[1]。之后他们又去了一次。随后，尼克打电话给我，听上去振作了不少，"我会没事的！"

但一个月后，尼克不再回我的电话——他又出事了。

在我们最后一次谈话中，他承认自己仍然因为那个令人心碎的分手而痛苦，他说："我还是忍不住老想着她。"

我怎么知道出事了？不光是因为他没回我电话，这是做父母的直觉吗？有警告的信号慢慢渗入我的意识吗？是我潜意识里察觉到他的话里隐藏的什么线索吗？或者是因为他言语间那短暂的停顿？

他在哪儿？我不愿接受那个最有可能的答案——他又复发了。

1　特密斯科峡谷（Temescal Canyon），位于美国加利福尼亚州洛杉矶市。

他一直做得很不错。虽然并不完美，但他有着一小圈儿支持他的朋友和一份好工作。他骑车和写作，参加匿名戒酒会，包括一些在赫伯特屋的会议。在那里，他和杰斯以及朋友们，还有兰迪——可能是他有生以来最亲密的朋友在一起，全心全意地作着自我评价……总的来说，他好像对生活充满热情。我知道他有时感到孤独，但谁不是如此呢？有时他情绪低落，但谁不是如此呢？有时他感觉不知所措，但谁不是如此呢？

然而他一定是复发了，还有什么原因可以解释他的消失呢？是我患了妄想症吗？我有理由高度警觉，警惕可能出事的任何迹象，但我必须允许他继续下去，让他拥有自己的生活。也许，他有了新女友，也许他只是情绪低落，需要一些自己的时间，以前我也曾从我父母身边逃离。

我打电话给维基，她安慰我说她一两天前才见过尼克，他很好。

不过，我还是叫她去尼克的公寓看一下。

一个小时后，维基打来电话，她说他的室友好几天没看到尼克了，他的床也没睡过的痕迹。我们打电话给"普罗米西斯"，他的同事说他已经两天没露面了。我们给他的朋友打电话，他们也没他的音讯。他的一个朋友本来约好跟尼克一起吃午饭和骑车旅行的，但他根本没赴约。我打电话给警察局，看是否发生了什么意外。我再一次打电话给医院急诊室。维基开车去了警察局；我草拟了一份寻人启事。

紧急寻人——

男性。

白人。

二十一岁。

他小时候的金发已经完全变成了铜棕色。他有着泪珠状的绿褐色眼睛、被太阳晒成古铜色的皮肤和开朗的笑容。他身高刚过六英尺，身材纤瘦，但他拥有游泳运动员肌肉发达的上臂和胸部，以及自行车运动员强壮的大腿和腿肚子。他不穿自行车专用短裤和上衣时，通常全套旅行装备：T恤衫、牛仔裤和匡威鞋。他右肩上有一块草莓状的胎记。

我试图保持头脑清醒的样子——让一切看上去没事——在加斯帕和黛西面前。在知道更多情况之前，我和凯伦不想告诉他们有关尼克的事情。我们不想再让他们担心，他们只有七岁和九岁。我们能怎么说？"你们的哥哥又一次失踪了，他可能又一次复发了——我们也不知道。"

但是很快我们就将不得不说点儿什么，我们不可能长久地隐瞒这个再次占据我们家的痛苦。我需要作出巨大的努力才能维持日常生活中的一切，带着我紧缩的胃、狂跳的心和在我脑海里不停播放着的《犯罪现场调查》的高清晰画面：那些夜里发生在街头孩子身上最糟糕的事情以及最可怕、最悲惨的场景。

我继续试着拨打尼克的手机，但每次听到的都是他不带感情色彩的留言："嗨，我是尼克，请留言。"我不断地向维基询问有没有消息，但什么消息都没有。我一时心血来潮，拨打了我们共同的通讯运营商的客服电话，问尼克的手机最近是否有任何打进或打出的记录，但客服说她无权查看这个信息。然而，她又解释说，她能够告诉我他的手机眼下是否连在网络上。"这是违反规定的，"她说，"但我是一个十几岁孩子的母亲。"在键盘上敲击了几下后，她告诉我，"他手机开着，信号显示在萨克拉门托[1]。"

"萨克拉门托？"

我打电话给他的母亲和朋友，但谁也不知道他为什么会在萨克拉门托，谁也不知道尼克在那里有什么朋友。

两个小时后，那个客服又打回来说："我又查了一次，手机还开

1　萨克拉门托（Sacremento），位于美国加利福尼亚州中北部的一个城市。

着，信号现在在里诺[1]。

里诺？

一个警探告诉过我，里诺是冰毒的首都，这或许可以解释这一切了，不过似乎又太牵强了些，因为他没必要跑到里诺去买这种毒品。

不，尼克不可能复发。他只是庆祝自己远离冰毒十七个月了。不仅如此，他还在康复中心工作，帮助瘾君子们。

我试图工作，但做不到。一整天都没有任何消息。加斯帕和黛西放学后，我跟凯伦分别送他们去两个不同的游泳池参加游泳训练。训练结束后是一顿大杂烩晚餐，然后是洗澡、睡前故事，两个孩子终于睡下。

我再次打电话给那个客服——她给了我她的私人手机号码。她说早上上班时会给我打电话，所以我等待了又一个似乎漫无止境的夜晚。终于，她打电话告诉我，尼克的电话仍然开着机，但现在它在蒙大拿的比灵斯。

我绞尽脑汁地寻找一个表面上讲得通的解释——他被绑架了？他死在某个变态狂的汽车后备厢里，凶手正横跨美国，逃往东部？我打电话给比灵斯的警察和联邦调查局。

19

外面下着雨，孩子们仍然在学校，我和凯伦与月亮狗一起坐在厨房的水泥地板上。兽医来了，也坐在地板上。狗的头枕在凯伦的膝上，她抚摸着它毛茸茸的耳朵。

---

1 里诺 (Reno)，位于美国内华达州西部的一个城镇。二十世纪二十至五十年代，它有着"世界上最大的小城"之称，亦被称为"世界离婚之都"。

月亮狗的癌症病情恶化——它几乎站不起来了，因为疼痛而战栗、低鸣。该让它摆脱苦难了，但我们深受打击，凯伦不停颤抖地哭泣着。当兽医给月亮狗注射了一点使它进入睡眠的东西时，我也落泪了。它呼吸困难。第二次注射后，它就不再呼吸了。兽医和我们坐了一会儿，然后就离开了。我和凯伦费力地把月亮狗沉重的身体裹在毯子里搬到花园里，在花园里的红杉树下挖了个洞，把它埋葬了。

黛西和加斯帕放学回家后，和凯伦一起在雨中为月亮狗做了一个祭坛。我们为月亮狗哭泣，为我们家的所有伤心事哭泣。睡觉的时候，我们给他们念一本名叫《狗的天堂》的图画书："有时候，天使会带着狗回到地球做短暂的旅行，悄悄地来，人们看不见的，狗会在它以前的院子里嗅来嗅去，会调查隔壁的猫，会跟着孩子去学校……"

尼克在哪儿？这是他失踪以来第四天的上午。我继续试着打他的手机。终于有人接听了，一个男人的声音，不是尼克。

"喂？"

"尼克？是尼克吗？"

"尼克不在这儿。"

"你是谁？"

"你是谁？"

"尼克的爸爸。尼克在哪儿？"

"他把电话给我了。"

"他把电话给你了？尼克在哪儿？"

"我他妈的怎么知道？"

"他给你电话的时候在哪儿？"

"我根本不认识他，他在洛杉矶巴士站，市中心。他把电话给了

194

我，打那以后，我就再也没见到过他。"

"他把电话给了你？他为什么会把电话给你？"

他挂了。

我打电话给通讯公司的那位客服，请她切断那个电话，告诉她电话显然是被偷了，并感谢她的帮助和同情。

我和维基又一次疯了。我们打电话，希望得到一些——哪怕是任何一点儿消息都好。终于，维基联络到了Z，她说尼克给她打了电话——从旧金山。他给她打电话的时候显然吸醉了。

我想要这一切都立刻停止，我无法忍受了，希望能把尼克从我的大脑里抹去。我渴求一种程序，像电影里那样。一位医生为遭受创伤引起痛苦的人提供一种服务，他可以完全擦去那个人记忆中的每一丝痕迹。我幻想我也能接受这样的服务，将尼克从我的大脑中抹去。尼克在哪儿？我再也无法忍受——然而每次认为自己再也无法忍受时，最终我却忍受了。

彻底的绝望之后是一定要做点儿什么的疯狂冲动。我知道不应该这样，但我只想找到他！听到我的计划，凯伦摇了摇头。"如果他不想被找到，找到他也没用。"她说。她看着我——眼中满是绝望与忧伤，"你只会失望而已。"

"我知道。"我当然明白如果他不想被找到，找到他也没用，但他可能会死去，到那时做什么都太晚了——等待是恐怖的。凯伦感觉到我的痛苦，终于让步了。"去吧，"她说，"去找他吧，反正也不会有坏处。"我看得出她在竭力不评价我或尼克，然而这种没完没了的折磨使她越来越愤怒和苦恼，她痛恨这事对加斯帕和黛西的影响，对我们的影响，对我的影响，她痛恨担忧已把我从她身边夺走。"去吧，"她说，"也许试一下，你会感觉好点儿。"

于是，我又来到市里，沿着米逊街行驶，窥视着商店、餐厅和酒吧敞开的门口。我查看着每一张脸，不停地看到尼克，每一个人看上去都像他。接下来，我把车泊在阿什伯里，慢慢地沿着黑特街走下去，在街上前后左右地穿来穿去，查看着麻醉毒品配备专卖店、书店、比萨店、咖啡屋和阿米巴唱片店。我回到金门公园，走到见过那个来自俄亥俄州的毒瘾女孩的那块空地，那里已经空无一人，只有两名妇女，她们蹒跚学步的孩子们正在一张毯子上玩耍。

回到家里，我打电话给兰迪，他耐心地倾听我的诉说，他一定听出了我声音里的痛苦，他让我放心："尼克不会在外面待很久的，他不会的。"我希望他是对的，但我还是担心他可能吸食过量或者引起无可挽回的灾难。

尼克走了一周，接着又一周，无止境的白天和黑夜，我想办法保持忙碌，我试图工作，我们和朋友做计划——就是尼克被捕时正准备与凯伦和孩子们去海滩的那些朋友。在一个晴朗的周六早上，我们在熊谷[1]的停车场与他们会合。两家人共有八辆自行车，从别致的十四速赛车到小女孩咔嗒咔嗒响的小单车。

熊谷的空气无比清新，天空仿佛是蓝白相间的一顶华盖。我们计划沿着一条泥土小径骑到一块草坪，从那里骑下一条岩石小径，前往半圆形岩石——要到达那里，我们得把自行车留下，徒步走完最后那一英里。

林中小径顺着一条小溪蜿蜒起伏，小路两边是枞树、松树、栗树以及众多弯曲的橡树。在小径的尽头，我们攀上一处陡峭的悬崖，上面是一个令人惊叹的观海点，在一块像冰川一样浮出水面的巉岩附近，海豹们在探头探脑。

我们又踏上另一条小径，小径两边是黏腻的长春花和蝴蝶花，铁锈色的苔藓生长在花岗岩巨石上，加斯帕说像是在《指环王》里

1　熊谷（Bear Valley），位于旧金山郊区美国国家海岸线保护区。

寻找弗罗多。

小径引大家回到起点，我和加斯帕第一个到达，我们跨上自行车继续前行，计划是在草坪上再次会合。

到达草坪后，我们把自行车斜靠在树上，在橡树下一根倒伏的圆木上休息。加斯帕指着草坪中间——"瞧!"令人惊讶的是草坪上有一片令人惊叹的粉红色花朵，一个长期废弃的花园里残留下来的外来品种：粉红女士，粉嘟嘟的像棉花糖。

我们静静地坐在那儿，倾听着鸟儿的歌唱和树叶间的风声。突然，似曾相识的情景淹没了我，十几年前我曾来过这儿，坐在这同一根圆木上，但是那时是和尼克一起。我的心上下抽动，眼睛湿润了。小小的尼克爬上这棵树，他一边爬一边冲我喊道："爸爸，看我! 我在这上面呢!"

他继续往上爬，并向一根伸展到草坪上方的粗大枝干爬去，"看我，爸爸! 看我啊!"

"我看着你呢。"

"我在天上呢。"

"棒极了。"

"我比云还高呢。"

他顺着那节枝干往外滑。"拔杂草啊，"他唱道，"捡石头啊，我们是梦想和骨头做的。"一阵风袭来，树叶颤抖，树枝摇晃。"我想下来。"尼克突然说。

"没事的，尼克。你没问题。慢慢下来就行。"

"我不行，"他叫道，"我被卡住了。"

"你行的，"我说，"你能做到。"

"我下不来了。"他哭了起来。

"别急，"我说，"每次找到一个落脚点，慢慢来。"

"我做不到。"

"你能做到。"

他瘦长的腿和手臂把树干抱得更紧了。

"我会掉下来。"

"你不会的。"

"我会。"

我站在他的正下方，冲着上面的他喊道："你没问题的，别急。"我心里有数：如果他掉下来，我会接住他的。

与加斯帕坐在这儿，回忆起过去，几滴泪珠从我眼里滑落。加斯帕立即注意到了。"你在想尼克。"他说。

我点了点头，"对不起，我刚才突然想起了他，我想起他在你这么小的时候，我们曾经到过这儿。"

加斯帕点点头，"我也经常想他。"我们一起默默地坐在那棵古老的树下，什么话也没说，直到凯伦、黛西和朋友们过来跟我们招呼。

接下来那一周的一个早上，凯伦注意到我们家里有些东西不对劲，有几样东西不在原位：一把梳子在地板上，一些书籍和杂志散乱地摆在沙发上，一件运动衫不见了。

我正在办公室里工作，被她叫到了客厅，我问道："怎么了?"并且立即是一副防卫的态度，因为我本能地觉得是凯伦反应过度，太神经质——总是想把事情都怪到尼克头上。

"没什么。有人——"她停下来，"你来看。"

我跟着她，我的心咔嗒一声从防卫转向了接受——尼克来过了，他是破门而入的。我们一起检查了整个房子，在我们的卧室里发现了一根断裂的门拴，门上的红木半圆饰碎裂得无法修理了，直到这时，我才注意到我的书桌抽屉已被洗劫一空。

每次我和凯伦发现一个违规行为，就会被既悲又怒的情绪击倒，一次又一次。他怎么能做这种事呢? 他在支票上伪造我们的签名时，我们注销了银行账户；他偷走我们的信用卡时，我们取消了信用卡；现在，我们又不得不这样做——打电话给锁匠和防盗警报公司。

我也打电话给警官，报告了这次破门而入事件。如果在遭遇毒瘾之前，有人警告我，有一天，我可能会打电话给警官告发我的儿子，我一定会认为那个人是吸食毒品的人。我不想要尼克被捕，想象他在监狱里就让我一阵难受，让他坐牢会有什么好处吗？突然，我与一些嗜酒者家庭互助会上见到过的父母们产生了同感，他们的孩子在监狱里，他们说："至少我知道她在哪儿。"还有"那更安全"。可悲的事实是，尽管监狱是那么的暴力、凄凉和无望，但对尼克来说，它很可能比街道更安全。

上门的锁匠是一个穿着牛仔裤和工作衫的壮汉，我领他看想让他换锁的门和窗。这实在是一个相当羞耻的经历，因为他问道："只是预防呢，还是你们遇到了什么问题？"我如实作了回答。

我回答时声音哽塞，"我儿子……"

第二天，我们住在印威内斯的朋友们说，以前的狩猎屋现在已经是一个有名的餐厅，有人在那儿看到了尼克。我去了那幢房子，尼克在那儿过夜留下的东西没怎么动，地板上有棉球、银色的锡箔纸包以及其他吸食和注射冰毒的装备。

尼克还可能闯进哪里呢？要猜透瘾君子的动机，绝不是容易的事，但令我惊讶的是尼克一次次被吸引回到他被爱的地方——我们家、我们朋友的家、他祖父母的家。难道说，当他不知道还有什么别的地方可去时，这很可能仅仅是方便而已？然而是否也有可能是因为尼克潜意识里存在一种想回到安全的地方的渴望呢？不管是什么原因，他以他的疯狂使我们蒙受痛苦，使得他变得更加难以令人同情——我们开始变得害怕他。

那天早上，凯伦在屋外，突然，她看见尼克开着他的马自达经过，黑烟从车尾的排气管里翻滚而出。他也看见了她，然而他一踩油门，加大马力，爬上山坡，驶过我们的房子，消失了。

凯伦完全无法相信自己所看到的一切是真的，可是，是的，那是尼克。她冲着我喊了起来。

我跳进汽车去追他。我该怎么做？我想我只是想告诉他我们是多么的伤心，并警告他我们已经报了警，他最好别再破门而入，寻求帮助，给兰迪打电话。

我驶过房子前方那些蜿蜒曲折的山坡街道。十年前，这里曾发生过一场野火，四十五个家庭和一万两千公顷土地被烧毁，那些慢慢长回来的橡树和花旗松现在只有小圣诞树那么大。我驶过像蛇一样蜿蜒的峡谷和山脊边的街道，却没能找到他。

我掉头下山，驶进我们的车道，突然发现我们的另一辆汽车不见了，我跑进屋里，加斯帕和黛西告诉我，凯伦看见尼克从山坡上驶下来——不知怎么，我竟然错过了他——她跳进了我们的另一辆车。她开着我们老掉牙的车，那辆破烂不堪、锈迹斑斑的沃尔沃小旅行车，每小时几乎跑不到四十英里，去追尼克那辆老掉牙的车。

我试着拨打凯伦的手机，但它在离我几英尺远的卧室里震动并响起。孩子们看上去很担心，我只好劝他们放心。他们已经知道尼克复发了，但他们怎么能够理解妈妈跳进汽车，把他们单独留在家里，开车去追哥哥——这一切究竟是什么意思呢？

凯伦差不多一个小时都没有回家，而我已经急得发疯，但为了让孩子们放宽心，我只能假装一切正常，我们在客厅里等候着。当凯伦开进车道时，我们一下子冲到外面。她说，她跟着尼克下了一号公路，上了崎岖多山的斯廷森海涛路。最终，她意识到自己这样是荒唐可笑的——如果追上他，她会怎么办呢？于是，她停了下来。

"如果追上他，你会怎么办呢？"加斯帕问。

"我拿不准。"她看上去无比烦恼，她显然哭过了。

后来，当我们独处的时候，她向我坦白，"我想叫他去寻求帮助，但我觉得自己是在驱逐他——把他赶离我们家——让他远离加斯帕和黛西。"

并不是因为我们需要一个提醒，但那个荒诞无稽的早上告诉我们，我们的生活已经是多么的失控，试图去追赶他是愚蠢的，但我们已经在不知不觉中屈服于毒瘾对我们生活的影响。

三天后，一个星期天的上午，电话响了，但电话那头没有人。接着电话又响了一次，来电显示上的号码我不认识。

使用了 anywho.com 上的倒查功能，我查到那个电话登记在一个熟悉的名字下，我花了好一阵儿才想起来，那是尼克高中时认识的一个女孩的父母。我打电话过去，但接通的是自动应答机，我在上面留了一条信息："我在想办法找我儿子，他的名字叫尼克·谢夫，他用这个电话打过电话。"

那个女孩的继母回了我的电话，我对我听到的话大吃一惊。"你是尼克的父亲？能跟你聊天实在太高兴了。"她说，"你有一个很棒的儿子！有他在这儿真是太好了，我们一直都很担心埃普丽尔，但他对她却有着积极的影响！"

"积极的影响？"

我叹了口气，告诉她有关尼克的复发和消失。她惊呆了，解释说，她的继女因为毒瘾一直在康复之家里进进出出，尼克好像一直都很支持她戒毒。

下午，尼克打来电话。他告诉了我一切——他复发了，在吸食冰毒和海洛因。我将自己准备好的回答颤抖着告诉他，我什么都做不了，只能靠他自己。我说警察正在找他，他妈妈已经在警察局登记他为失踪人口了，而马林的警官正在他曾破门而入过的地方附近巡视——我们家和我们朋友的家。我说："你想最终住进监狱吗？

你正朝那儿奔呢。"

"上帝，"尼克说，"请帮帮我吧，我该怎么办？"

"我所能够告诉你的一切，你都已经知道。在康复医院里，他们告诉过你什么？打电话给你的担保人，打电话给兰迪，我不知道还有什么可说……"

他在哭，我什么也没说，这不是我想要给他的回答，我想开车到市里去接他，但我重复道："打电话给兰迪吧。"我告诉他，我爱他，并且希望他振作起来。我可能听起来决心已定或无可奈何，但事实上，这两者都不是。

我挂了电话，太阳穴突突直跳，我想打回去，想告诉他我要去接他——但最终，我没有这样做。

大约半个小时后，兰迪打电话给我，说他接到了尼克的电话，他鼓励尼克回洛杉矶。"我告诉他，我想念他，"兰迪说，"我确实想念他。我叫他滚回来——我在等他，他听上去准备回来。"

我深呼吸了一口。当我感谢兰迪时，他说："不需要感谢我，我也是这样活下来的。"他补充道，"而且，我真的很想念那个傻瓜。"

我跟维基通电话。听到尼克同意回洛杉矶，回到兰迪身边，回到康复项目里，我们俩都松了一口气。然而，我们俩都被吓昏了头，不能或不愿接受一切可能再次好起来，一切都太不靠谱。

晚上维基打来电话。因为还留有足够的钱坐出租车去机场及买机票，尼克成功地回到了洛杉矶。她在机场接到了他，并把他送回了他的公寓，在那里，室友拍了拍尼克的背，欢迎他回家。

尼克立即撤到他的房间里，睡起觉来。我打电话过去的时候，特德告诉我，尼克在用睡眠克服毒瘾。"戒毒可不是容易的事儿，但他必须挺过去。"他说，"你什么也做不了，只能祈祷。"

翌日清晨，尼克打电话给我，声音沙哑。当我问他感觉如何时，他粗暴地回答，"你觉得会怎么样？"他细述了离开旧金山的经过，

“我按照兰迪的话去做的，”他说，“我祈祷，不停地说：‘请帮帮我。’我不停地重复这句话。正准备走时，埃普丽尔见到了我，她正处于极度颓废中。她抓住我的腿，又哭又叫，不让我走。我告诉她，如果我留下来，我们俩都会死。然而，那根本没用。”他哭了起来。“我搞砸了……”

在接下来的几天里，我努力乐观起来，但我仍处在一片困惑和狂乱之中。在黛西和加斯帕身边，我会表现得好像没事人一样，但当只有我和凯伦在一起的时候，我会彻底崩溃。

我去教堂参加一个嗜酒者家庭互助会。我颤抖着，无法控制自己，当轮到我说话时，我失口说出过去两三周里发生的一切。我一边在如泉涌出的泪水和恐慌中讲述着，一边想这是别人在说话，这不是我的生活——终于，发泄完毕，我说：“我不知道这个房间里的人是怎么熬过来的……”我哭了起来，哭得很凶，很多人也都哭了。

会后，我在帮着折叠和摆好那些金属椅子时，一个之前没见过的女人走过来拥抱我，我在她怀里再次哭起来，连我自己都吓坏了。“你应该经常来。”她说。

有时候，让我吃惊的是生活仍在继续，但它的确在继续，不可抗拒的。加斯帕走进我的办公室，他穿着短法兰绒睡袍和毛拖鞋。黛西顶着一头刚睡醒的乱蓬蓬的头发，穿着一件 T 恤衫和彩虹条状的裤子，拿着她的独角兽绒毛玩具。接着，凯伦、孩子们和我一起做烘饼。吃完后，加斯帕和黛西玩起了捉迷藏。加斯帕捉黛西，黛西迅速跑到走廊另一头，他叫道：“躲好了吗?”然后去找她，他发现了她，像一只猫一样蜷缩在她总是躲藏的那只篮子里。加斯帕将篮子翻过来，把她倒在水泥地板上，然后被她伸着的手脚绊倒，倒在她身上。他们像鬣狗一样哈哈大笑。

接下来，他们穿好衣服，去外面来来回回地扔接曲棍球。几分钟后，像往常一样，球不见了。这个花园似乎有一种吸引球的神秘力量：曲棍球、网球、足球、棒球——不仅是球，还有纸滑翔机、模型火箭和飞盘。他们在灌木丛和篱笆下面找了一会儿，但那个球似乎已进了花园的"黑洞"。孩子们放弃了，坐在沙砾上。我们听着他们的对话。加斯帕说："你觉得尼克长得像鲍勃·迪伦[1]吗?"我们之前一起看过一部录像，里面有迪伦二十岁左右时在格林尼治村的演出。

黛西没有直接回答，却反问道："你知道那个家伙为什么吸毒吗?"

加斯帕说："他觉得这使他感觉更好。"

"它们没有，它们只会让他更加难受。"

加斯帕回答："我觉得他并不想吸它们，但他控制不住。这就像是卡通片里那样，一个人一边肩上站着一个魔鬼，另一边肩上站着一个天使，魔鬼对着尼克的耳朵讲话，有时他讲话的声音太大了，所以尼克不得不听他的。"加斯帕继续说，"天使也在那里，但他说话声没那么大，所以尼克听不到他的声音。"

晚上，尼克打电话汇报说，兰迪几乎不得不把他从床上拽到自行车上，"我感觉我快死了，"他说，"但是兰迪根本不管，他说会来接我，所以我只能做好准备。兰迪来了，我骑上车，感觉自己糟透了，我认为自己根本不可能骑过那个街区，更不用说骑到海岸了。但随后，我感觉到了风，身体的记忆占了上风，我们骑了一会儿。"尼克的声音里似乎有了一些活力，它给我留下一个充满希望的画面：尼克骑着车在南加利福尼亚的阳光里沿着海滩飞驰……

1　鲍勃·迪伦（Bob Dylan，1941—　），美国著名民谣歌手、诗人，2016年诺贝尔文学奖获得者。

周末，尼克再次打电话给我的时候，他显得急于交谈，他表达了对自己复发的震惊，"我清醒了十八个月，"他说，"我骄傲了，忽视了毒瘾的诡计多端。我以为我的生活不是无法控制的，我做得不错。但是，我不再谦虚，我以为自己足够聪明可以对付它。"他承认自己为这次复发感到羞愧、悔恨，并声称他在加倍努力。"我现在一天去参加两个会议，"他说，"我必须重新开始这些步骤。"当然我松了口气（又一次）并且充满希望（又一次）。我总是在问自己：这次有什么不同？会不同吗？确实，他在进步。兰迪帮他找到了一份新工作；他们又一起开始运动；每天上班前或下班后，他们会一起骑行很久。

在印威内斯的家里，我和凯伦在进行一个类似的康复项目。通过嗜酒者家庭互助会以及我和凯伦在必要时会去见的一位治疗师的协助，我们明白了我们的生活已经开始变得无法控制——我们的幸福已经取决于尼克的幸福。他吸食毒品时，我们就陷入混乱；他不吸时，我们就会好一些。治疗师说，吸毒孩子的父母通常会得一种创伤后压力综合征，并因毒瘾反复发作的性质而随之变得更加严重。对于从战场上归来的士兵，狙击的枪声和炸弹的巨响会随时出现在他们的脑袋里。但对于瘾君子的父母，一个新的、不间断的猛击可能会随时到来。我们想办法去防范它，假装一切正常，但事实上，我们与一颗不定时炸弹生活在一起，它使我们的生活要取决于另一个人的情绪、决定和行动。每当我听到"相互依靠"这个词时，就不由得心生反感，因为我觉得它不过是一种自助书籍的陈词滥调。我与尼克已经相互依靠了——我的幸福依靠在他的身心健康上。父母的幸福怎么能不取决于孩子的健康或不健康呢？但是，必须有一个替代物，因为这不是生活的方式。我逐渐明白了我对尼克的担忧对他并没什么帮助，并且还会伤害到加斯帕、黛西、凯伦和我自己。

一个月过去了，两个月过去了。六月份，我去洛杉矶采访，我问尼克想不想和我一起吃个饭。

我在他公寓门前见到他，我们彼此拥抱。我后退一步看着他，试图看出他身上的变化。现在我已经知道，到某个程度之后，瘾君子——尤其是冰毒瘾君子要经过很长很长的时间才能够康复，有些则永远也康复不了。毒品对身体、大脑和心理的伤害可能是永久性的。但是我眼前的尼克，褐色的眼睛闪闪发亮，身体好像又强壮了。他还年轻，还有康复的机会，至少现在看起来如此。他的笑容轻松且真诚——然而，我也提醒自己，我以前也看到过在他身上发生的这种变化。

我们一起散步闲聊——即将来临的选举以及类似的话题。"我想道歉。"他说，但声音梗塞，尼克沉默了，也许要道歉的事太多了。第二天晚上，我们又见面。我陪他去一个匿名戒酒会。我们一边喝着纸杯里温热的咖啡，一边自我介绍。"我是尼克，一个瘾君子和酒鬼。"他说。轮到我时，我说："我是大卫，一个瘾君子和酒鬼的父亲，来这儿支持我的儿子。"

会议的主持人说他已经康复一年了。台下掌声响起。主持人开始讲述这件事对他生活的影响。他说，上周，他跟一个朋友的女友单独在一起，而他已经喜欢她很多年了。对方开始对他主动示好。如果换成过去的任何时候，他都会欣喜若狂并不假思索地跟她上床，但他开始吻她，接着就克制住了自己。他说："我不能这样做。"然后就离开了。他走到她的公寓外，忍不住哭了起来。他说："我突然想到，我重新找回了我的道德感。"我和尼克相互对视了一眼，带着已经很久没有的温柔。

我知道，保持清醒对尼克来说，难度远比我想象的要大。我为他的努力感到骄傲。当我为过去的事情生气时——那些谎言、破门而入和背叛——我控制自己不去抱怨，因为那没什么好处。我想起一句令人难忘的歌词，"别拿我的失败来质问我。我没有忘记它们。"我不得不提醒自己，如果尼克的复发吓坏了我的话，那他只会比我感觉更糟。我痛苦、维基痛苦、凯伦痛苦、加斯帕和黛西痛苦——爱尼克的所有人痛苦——但他比我们都更痛苦！"别拿我的失败来质问我。我没有忘记它们。"

尽管凯伦、加斯帕和黛西在电话上与尼克通过话，但自从他这次复发后都没有再见过他。我们不停地向加斯帕和黛西解释，"他生病了"。但这个说法安慰不了他们。从他们的视角来看，疾病的症状是类似咳嗽、发烧或嗓子发炎这样的事。他们最接近事实的理解是加斯帕关于魔鬼和天使争夺尼克灵魂的描述。不管怎么说，黛西和加斯帕想念他。我和凯伦不想让尼克来印威内斯看我们，我们需要再多一些的时间。尼克似乎能理解，我们还没做好让他再次回家的准备——在经历支票被偷、汽车追赶、破门盗窃和想象他躺在驶往东部的一辆汽车后备厢里横跨全国所带来的创伤之后，我们需要时间来抚平伤口。但是，夏末，我们去夏威夷度假，凯伦提议邀请尼克一起去。终于，她准备见他了！我们俩都觉得，在中立的地方见面比较安全，并且假期是团圆的好时机。

尼克到达的那一天，我们四个人开车去机场接他。像以往那样，团圆令人既激动又紧张。

"黛西，亲爱的裤子小姐。"尼克把黛西抱起来转了一圈，"见到你真开心。"

"还有你，先生。"他蹲下来看着加斯帕的眼睛，"我想念你多过太阳想念夜晚的月亮。"他也紧紧地抱了加斯帕。

在开往营地的漫长路途中，大家多少有一些尴尬，但接着，加斯帕要求讲一个 PJ 的故事，把我们带回了安全地带。

尼克开始讲道："PJ·笨蛋结巴，伦敦最伟大的侦探，醒来了。"他模仿着英国口音和卡通片里旁白的声音，"众所周知，PJ·笨蛋结巴是全伦敦最伟大的侦探。但如果你们中有人一辈子都生活在洞穴里或被雪覆盖着的小屋里，那我就这么说吧，不管你看见任何不对劲的事——一只长尾小鹦鹉不见了、卧室里的盗窃案，或吃松饼的时候没有糖浆——你只需要打电话给一个人。那个人，你大概已经猜到，就是独一无二的 PJ·笨蛋结巴侦探。孩子们想成为他，男人们都嫉妒他，而女人们一听到他的名字就会激动得晕倒。"

这些关于 PJ 和佩内洛普女士的分期连载故事，尼克已经讲了好多年了，孩子们都很爱听。"这个人又高又瘦，"尼克继续讲，"精瘦得像一个有腿的棒棒糖，还有精心修剪过的八字胡。他的鹰勾鼻很大，追踪气味的能力跟警犬一样好。他的耳朵超级灵敏，而且不是普通的大。他的手大大的，手指像打结的绳索；喉结圆圆的，而且惊人地突出。他的头发开始发白、秃顶，眼睛也需要圆圆的金属眼镜来帮忙。勇敢的他久负盛名，正渐渐变老。"

PJ 的故事占去了前往营地的大部分行程，故事结束后——PJ 逮捕了那个邪恶的"屎鞋子"朱利安教授——孩子们告诉尼克有关学校和朋友的最新情况。

"塔莎变得小气了，而且总爱模仿我。"黛西说，"她不理围着她转的理查德，害得他都哭了。"

"那个势利的小讨厌鬼。"尼克回答，仍然带着 PJ 的英国口音。

我们继续行驶，欣赏着车窗外的风景。过了一会儿，加斯帕悄悄地问："尼克，你还会吸毒吗？"

"不会，"尼克说，"我知道你很担心，但我会没事的。"

他们安静下来。我们凝望着红土，瞥见了第一波拍岸的海浪。

在海滩边的营地里，我们五个人骑着租来的自行车，在沙滩里玩耍，一起游泳。凯伦在棕榈树的树荫下大声朗读《金银岛》。

令我惊奇的是我们的两个现实竟然再一次模糊了。现在，我不再记起那些令人不知所措的灾难，而是完全沉浸在全家团聚的美好里和大自然美景中。我感觉我们仿佛都被海洋和温暖的热带微风涤荡得干干净净。我对尼克的未来充满希望，我把他黑暗的毒瘾放在一边——不是忘记，而是放到一边——同时欣赏身边的美好。夕阳西下的时候，那清澈的海水，那车里的 CD 机上流出的音乐——此时此刻，邪恶被暂时遏制。

夜晚充斥着蟋蟀的叫声和老鼠轻轻掠过木地板的声音。从那有着三张单人床的帐篷里，我们听到尼克给加斯帕和黛西念书的声音——他从两年多前停下的地方，重新念起了《女巫》。

在机场道别后，我们登上了不同的飞机，尼克去洛杉矶，我们去旧金山。

一周后，我和加斯帕在雷耶斯岬站取邮件。有一叠账单、他们学校寄来的新学年课程表和一封写给加斯帕的信——尼克寄来的。加斯帕小心翼翼地拆开信封，打开信，捧在手里，大声读了出来。尼克用他工整的笔迹写道："我在寻找一种更好方式跟你说'对不起'，我希望自己的道歉能远远超出这毫无意义的三个字。我也知道这些钱永远都无法代替我从你那里偷走的一切——如果考虑到我给你年幼的生活所带来的恐惧、担忧和疯狂的话。事实是，我不知道怎么说对不起。我爱你，这一点从来没有改变过；我关心你，我为你自豪。我猜想我能给你的只有这个：在你成长的过程中，无论你何时需要我——交谈或无论其他什么——我都可以在你身边支持你，这是我以前从来不可能承诺你的事情。我会活着，开始新的生活，成为你能够依靠的人。我希望那会比这张愚蠢的纸条和这八美元都更有意义。"

第五部　永远未知

乔尔：今晚具体怎么进行？

（随着米尔兹维克的走动，房间的色彩开始褪去。米尔兹维克的音调也受到影响，变得干涩且单调。）

米尔兹维克：我们将从你最近的记忆开始，往回追溯——我们的每一段记忆都有一个情感核心——当我们连根拔除这个核心时，记忆就会开始瓦解——等你早上醒来，我们所处理的这些记忆都将枯萎、消失，就像睡着时做的梦一样。

乔尔：这会对大脑造成伤害吗？

米尔兹维克：唔，技术上来讲，这个过程本身就是对大脑的损伤，但跟大醉一夜差不多。你什么也不会少。

——查理·考夫曼（电影《暖暖内含光》）

20

2005 年 2 月, 我的文章《我的毒瘾儿子》出现在《纽约时报杂志》上。不久之后, 我和尼克都收到了朋友和陌生人的充满热情与鼓励的来信。我们都备受鼓舞, 因为我们家的故事似乎感动了很多人——并且, 据有些人说, 我们的故事还帮助了他们, 特别是那些经历过或现在正在经历类似事情的人。

当有人邀请尼克写回忆录时, 他满怀热情地接受了。文章得到的反应激励我想就这个主题写得更多、更深。很快, 有出版社给了我一本书的邀约, 虽然即使没有邀约, 我也会继续写下去。写作时, 我搜索记忆中这些故事发生时我所感受到的情感, 一次又一次重新体会身处地狱的感觉, 但也重温了那些充满希望、奇迹和爱的时刻。

二月底, 我们计划周末去太浩湖滑雪。尼克有几天假, 所以可以跟我们一起去。孩子们一起滑雪。晚上, 尼克则在火炉旁给他们讲 PJ 的故事。

尼克似乎一直强调自己会保持清醒, 我则学会了面对这个问题时不让自己太乐观。但是, 听到尼克介绍他正在洛杉矶重建的新生活时, 我还是很开心的。除了写书以外, 他还在为一家网络杂志写短篇小说和影评。写影评似乎非常适合他, 因为电影在尼克的生活中占据了很大部分。在洛杉矶时, 尼克每天都会骑自行车、游泳或跑步, 有时他甚至三者都做。尼克和兰迪会沿着高低起伏的圣莫妮卡海岸骑车, 穿过峡谷、山坡、市区和海滩。

尼克告诉我，他爱他的生活。他说和兰迪一起骑车给了他活力和毅力，"那种兴奋感比任何毒品带来的都要好太多了，"他说，"那是一种生命充实的兴奋感。骑车时，我可以感觉到一切！"

可是，这些就可以使我彻底地、永远地停止担忧了吗？没有。

那是 6 月 2 日，黛西和加斯帕学年升级仪式的前几天——黛西要升入四年级，加斯帕升入六年级。我和凯伦正待在印威内斯的家里。突然，我感觉脑袋好像要爆炸了。

人们习惯用这个来形容一种状态。可是这次不是，我真的感觉脑袋好像要爆炸了。

"凯伦，打 911……"

她盯着我看了一分钟，不明白我在说什么，"你……"

她打了电话。

过了十或十五分钟，三个男人扛着一些箱子、机器和一副担架来了，在我的身边架好了仪器。他们一边询问情况，进行初步检查，一边给我绑上血压和心脏检测仪，问我希望去哪家医院。

我躺在救护车里，两个男人在我上方看着我。他们跟我说话，但我无法理解。我犯恶心，不停地朝一个塑料容器里呕吐，不时地道歉。

救护车到达医院时，凯伦和唐正在急诊室里等着。一个负责入院检查的医生或护士谈论着有哪些可选择的方案。突然，我听见唐平静地说了些什么。

"你们有没有考虑过原发性蛛网膜下腔出血？也许你们应该给他做一个 CT 扫描。"

那个医生或护士有些不确定地打量着他，但却说道："是的，我们马上做一个 CT。"

我被推过一条走廊，推进一部电梯。我并不惊恐或害怕自己会死去，我只感到一种奇异的平静。我从担架上被移到一张长长的塑料板上，从那里再移到另一副担架上，那副担架像传送带一样移动着，直到我的头进入一个小小的隧道。我被告知不要动，白光，一阵沉闷的金属噪声，然后是一道蓝光。

我被推回到急诊室。我听见脑出血这个字眼儿。我以前曾听说过它，可以大致地理解它的意思，"大脑""流血"。

夜深了，凯伦去了她父母家，黛西和加斯帕睡在那里。第二天一大早，电话铃响了。没睡多少的凯伦接了电话。一位护士——我的护士——打来的电话。"我必须先警告你，他不能说话了。"

在医院里，一位神经外科医生把凯伦叫到一边，告诉她，他想在我的头盖上钻一个洞，插入一根引流管。"这样可以减轻他脑内的压力。"她同意了。

凯伦的妹妹是加利福尼亚大学医学中心的护士，那里的一位神经肿瘤医生是她的好友。那位医生来病房看我，与我的外科医生商量后，安排我转到加利福尼亚大学医院中心洛杉矶分院的神经科重症监护室。我又一次被推上了救护车。

我辗转反侧，浑身难受——太热了，连安静地躺着都做不到，只能靠服用药物来抵抗药物的副作用——呕吐、眩晕、凝血、疼痛。血压因为焦虑而升高，服用更多药物后，又引起了更多的焦虑。我身上到处是胶带、束带和针头，管子插在我的手臂、阴茎和头顶上——像《黑客帝国》里的尼奥。我暴露在刺眼的光线下，并且听着那些来自监测仪发出的没完没了的刺耳声响。

尼克。

尼克在哪儿？尼克在哪儿？尼克在哪儿？我必须打电话给尼克。

我想不起他的电话号码。

310。

后面呢？

床头柜上的方形时钟上，闪烁着数字，凌晨三点。

310——这是他的区号。

假如我能平息那无止尽的声呐般的脉冲信号该有多好！假如我能熄灭那嗡嗡作响的冰冷的白光该有多好！假如我能想起尼克的电话号码该有多好！

护士责怪我乱动从头顶伸出来的那根引流管。

我忘了，对不起。

她离开后，我把头转向右边，只转了一点点，这样就可以看见那根管子像一根移动管道一样运送着一条带着淡淡血色的清液。那慢慢滴进袋中的液体是我被抽出的脊髓液和脑部积液，那抹红色是脑出血的血液。一位护士再次解释：我大脑深处的蛛网膜下腔区域在出血，这种情况多半是由动脉瘤导致的。我猜这种出血通常是致命的，它也可能导致暂时性或永久的大脑损伤。

一个新护士在按监测仪上的按钮。"请帮我打电话给我儿子好吗？我不记得他的电话号码了，但我必须给他打电话……"

"你妻子早上就过来了，"她说，"她会有号码的。"

我现在就需要那个号码。

"睡一会儿吧，反正现在打电话给他也太晚了。"

310，洛杉矶最靠近海滩的区号。

海滩。

白沙。

尼克在奔跑。他绑着发带，穿着大大的运动鞋、运动短裤和紧紧裹住他发达肌肉的 T 恤。他穿过峡谷上方的灌木，靠近可以俯瞰马里布的小海湾。他茶色的眼睛，清澈而明亮。

我需要他在电话里的声音来平息令我备受折磨的焦虑，尽管我知道他的声音擅长欺骗，但我愿意选择被安抚，只要我能听到他的声音。

216

嗨，爸爸，是我。发生了什么事？你还好吗？

我想要确定他没事，我从来不确定他没事。

310，然后是……

有时，当尼克有事的时候，事情坏到我想把他的每一丝痕迹都从我的大脑里抹去，这样的话，我就不必再为他担心、失望和受伤，不必责怪自己和他，不必再有那挥之不去、无法甩脱的挣扎和痛苦……

我深陷悲惨的痛苦中，渴望解脱。

我盼望着有人把尼克留下的每一丝痕迹都从我的大脑中刮出去，刮去那些灼烧我心底的疼痛，就像我刮去一个熟过头的西瓜的籽一样。

除了脑白质切除术 [1] 以外，似乎没有其他方法可以减轻那无休止的疼痛。

我在神经科重症监护室，正经历着脑出血，虽然不是脑白质切除术，但已够接近了。我被护士问道，我记不记得自己的名字（我不记得了），还有今年是哪一年（2015？）。

尽管如此，那种只有吸毒孩子的父母才有的焦虑依然困扰着我——我估计任何处在死亡危险中的孩子的父母对此都能够理解。我想把尼克从大脑里移除，但他依然在那儿，即使在这次脑出血之后。我们与自己的孩子血脉相连，不论发生什么事。他们与我们最原始的本能交织在一起，渗入我们的意识，住进我们身体的每一个空隙，甚至深过我们的身份，深过我们自己。

我的儿子，除非我死，没有其他任何东西能够把他抹去，甚至即使是我死了也一样。

1　脑白质切除术（lobotomy），早期神经外科手术的一种，它能让病人减少冲动攻击行为，变得温顺，但患者从此就成了另一个人，不但记忆力与智力下降，而且出现人格缺陷。

"睡一会儿吧。"一位护士安慰我。

"尼克?"

"冷静下来,没事的,你的血压上升了。"

一杯水,一把更多的药丸,冲下我的喉咙。

"尼克——"

"睡一下吧,那比什么都好。"

"你可以帮我拨——"

"睡一下吧。"

早上,凯伦来了,一位医生走进来,"你可以告诉我你的名字吗?"

再一次,我难过地摇了摇头。

"你知道自己在哪儿吗?"

我思考了很长一段时间,然后问:"这是一个哲学问题吗?"

凯伦哭了。

"现在的美国总统是谁?"医生又问。

我茫然地看着他。

我说:"告诉我的编辑那个行李箱的事好吗? 它坏了,告诉他,锁坏了。

"行李箱?"

"是的,锁坏了,那只行李箱锁不上了。"

"好的,我会告诉他。"

那个坏掉的行李箱——我的大脑,装满了我的一切。我不记得自己的名字,不知道自己在哪里,也想不起来尼克的电话号码,那些数字从行李箱里撒了出去,伴随着一桶乐高玩具翻倒的声音,或是尼克收藏的小贝壳,那些小贝壳是尼克四岁时从海滩上捡来的,是四岁吗? 它们撒了出来,因为锁坏了。

我儿子有危险，即使此刻，即使我的大脑浸泡在有毒的血液中，我也无法忘记这件事。

"你叫什么名字？"

又是那个护士。

"你可以打电话给我儿子吗？"

"他的电话号码是多少？"

"310。"

"还有呢？"

"我想不起来了。"

护士给我注射了安眠药和止痛药，然后一股温暖厚重的暖流充满了我的脚趾和大腿，灌入四肢，像滚烫的柏油那样冒着泡泡，充满我的肚子和胸腔，再往上穿过肩膀，淌下我的手臂，进入脖颈，爬上后背，漫入我受损的大脑，抚慰着它。死亡般的睡眠召唤着我，就像一个脚上绑着水泥块被扔进湖里的死人一样下沉，往下沉，往下沉，再往下沉。然而即使是这样，我还在继续折磨着我受损的大脑——310后面到底是什么？

我有着自己的房间，但没有私人空间。门是开着的，总有灯光。有一两次，我叫凯伦或护士打开一扇窗户透透气，但我就变得浑身冰冷。凯伦的妹妹在巡视其他病房的间隙时会来看看我。她在的时候，我就会感觉好一些。

当凯伦在的时候，我感觉更好一些。她躺在我的床上，和我躺在一起，念书给我听，直到我睡着。她一个人照顾孩子们，面对其他所有人、所有事以及我们的生活，但我想要她陪着我，我需要她陪着我。凯伦在的时候，所有其他的东西都溜走了——我不再担心和恐惧。

一连串的问题：你叫什么名字？今天的日期？你在哪儿？总统

是谁？他们指导我伸出手臂，手掌朝上。我举着几根手指？动一动你的脚趾头。用力按住我的手臂，现在动一动你的脚……

一个检测接着一个检测，我没有动脉瘤，只有 10% 患脑出血的人没有动脉瘤。

更多的检测。

今天，我能够回答医生的问题了。

大卫·谢夫。

2005 年 6 月 11 日。

旧金山医学中心。

我整个人完全不同了，从觉得自己极其不幸——我怎么到了这儿？——变成觉得自己是世界上最幸运的人，那是在他们告诉我可以开始下床活动一下的时候。我试着走路，在护士的帮助下，我摇摇晃晃地走出自己的房间，穿过那被死气沉沉的日光灯照亮的走廊，经过一个"你的平安是我们的目标"的标语。我透过其他病人敞开的门朝里看，一个男人在病床上昏迷不醒，剃光的头上有个像足球补丁一样的伤疤。另一个男人坐在床上自言自语，然后是另一个男人，又一个男人，他们都眼眶发黑，简直就像眼珠被挖出来了一样。

一路上，我看见那些生病的和伤残的人、惊恐的和虚弱的人，他们都在挣扎着活下去。重症监护室旁边有一扇可以俯瞰旧金山的窗户——你可以看到金门公园里那个形状弯曲、古铜外皮的美术馆，一排排维多利亚式的房子和方形结构的公寓。我看着它们，然后回头看着走廊里走过我身边的那一张张脸——一个中过风的萎缩战栗的黄发幽灵，苍白的爪子里紧握着一根金属拐杖，还有一个满脸憔悴的女人，两眼无神地躺在护士推着的一张轮椅上。

加斯帕和黛西来看我，他们的欢笑洒满了房间。我让他们放心，我就要好了。他们爬到我床上。我不能有太多的回应，而我担心这会吓到他们，但我什么事也干不了，只能说我爱他们。我以为让他

220

们看见我，看见我没事，会有好处，但这也许并不是我有史以来最好的判断。

尼克打来了电话。他平安无事。我进医院以来，尼克天天都和凯伦通电话，他笑话我头上的洞，说要来看望我。

两周后，凯伦开车接我回家。我躺在床上，透过房间的玻璃门看到花园。眼前的缤纷色彩令我感到无比震惊——每一片叶子、植物的茎、柏树针叶的绿色，绣球花柔和的白色，阳光的黄色，玫瑰、薰衣草、紫罗兰，一派生机盎然。一只紫色羽毛的小鸟正在枝头梳理羽毛，扇动着翅膀。

大部分时间我都在睡觉，加斯帕和黛西分别念书给我听，尼克会和我每天通电话。我和凯伦并排躺在床上，她看《时代》杂志，我则试着读杂志上的一个个句子，终于读完了《纽约客》的一篇短评。当读完一篇《城市话题》时，我感觉自己好像获得了博士学位。

我和凯伦一起在花园里散步。

"尼克打来电话了，他很快就要到了。你感觉怎么样?"

"我等不及了。"

尼克出现在大门口，迎接他的是布鲁图，紧跟着冲上前去的是黛西和加斯帕。我从房间里能够听到他们的说话声。

在孩子们和凯伦的簇拥下，尼克走进我的卧室。我想好好地迎接他，摇摇晃晃地站起来，拥抱他。

"嗨，爸爸。"

"嗨，尼克。"

"见到你真开心!"

"我也一样。"

每天，相当长的时间里，我仍在睡觉，但醒着的时候，尼克和我坐在一起，握着我的手。我睡着时，他就去骑车。他把自行车带来了，放在他刚从一个匿名戒酒会的朋友那儿买来的汽车后备厢里。他站在那里，穿着屁股上加了衬垫的赛车短裤，一件带有摩托罗拉标志的衬衫，到小腿肚子的袜子，还有可以扣在脚踏板上的骑车专用鞋。他从房子骑出去，骑过我们的车道，然后沿着托马尔斯海湾西行。我想象他骑着车沿着海湾疾驰，在那里，他曾划过独木舟、游过泳，与朋友们在海滩上吸过毒。沿着半岛骑出去，经过长长的海湾旁的牧场，以及我们冲过浪的爱斯特罗。

骑车回来后，他会来查看我的情况。往房间里探探头，然后坐在我身边。

他说："我以为会失去你。"

我仔细地打量着他，"确实有可能。"

我准备睡了，尼克走进孩子们的房间，陪加斯帕和黛西玩耍。然后，第二天，他得赶回去工作。我舍不得他走，但是没有办法。

我每天似乎都感觉好了一点儿，好的时间也长了一点儿。根据我找到的一个医学网站所说，"很多脑出血病人撑不到送达医院，而能撑到医院的病人中，又有大约50%死于治疗的第一个月内。"

有时，我恐惧未来，有时我对过去感到虚弱和痛苦。我在慢慢恢复的头脑里，回想着在医院的那段时间。我想起自己记不起尼克电话号码的时候，我再次震惊——即使是脑出血也不能消除我对他的担忧。当时我幻想可以把他从大脑里刮出去，只要我不再因他而苦恼。现在，我却深深感激自己拥有这一切——甚至包括担忧和痛苦。我不再想要切除脑叶，不再想把他抹去，为了这份即使在脑出血时都不曾消失的感情，我愿意承担这种担忧。

跟我一样从鬼门关闯过来的人们，认为一切对于他们来说都变得清晰了。他们对什么是重要的和什么是不重要的有了全新的理解。这些幸存者说，自己比以往更加珍惜所爱的人和朋友了，说他们学会了祛除生活中的无关枝节，活在当下。是的，我还是那么肯定我心爱的人和朋友比任何东西都重要，对于这一点，我从未怀疑过，从一开始我就珍惜他们。我跟过去一样确定我应该活在当下——珍惜我拥有的一切，并依然坚信我有幸拥有那么多东西，尤其是有幸活着。我也有幸瞥见伟大和奇迹的时刻，即使我感觉到时光的无情流逝。孩子们在长大，我为此忧伤也兴奋——我感觉到了这一切。

渐渐地，我出去得更多了。在那孤独神秘、寂静无声的树林里久久地散步，更真切地看到各种颜色——更多的、数不尽的绿色，还有树枝上无数含苞待放的花苞。我看见一只飞奔的兔子，还有头顶上飞过的红尾老鹰、大型蓝苍鹭。不论是否有上帝，这种几乎琢磨不透和无法理解的复杂、美丽的生物系统，已经深奥到足以让人感觉像是一个奇迹。而由我们爱的冲动所集结的感觉也像是一个奇迹。这些奇迹不会消灭邪恶，但为了参与到奇迹中去，我愿意接受邪恶。尼克，你现在感觉到属于你的"更高的力量"了吗？

尼克已经清醒一年半了。又一次，一年半。

21

整个六月和七月，我都忙于医院的治疗和在家中静养。我试图挤出夏天的每一滴时间，留住这个渐渐消退的季节，放慢它的离去，我希望自己能够完全回到生活中来。孩子们一周后就要返校了，我的头也如他们告诉我的那样修补好了，行李箱的锁也修好了。于是，我跨出了花园，跨出了印威内斯。凯伦、加斯帕、黛西和我安排了几天在大苏尔岸边的沙滩上远足和露营。坐在河边的野营地，坐在那些壮观的树下，黛西宣布这是"美丽的一天"。

野营回来，孩子们睡了。

我和凯伦爬上狭窄的楼梯，来到三楼拐角一间通风良好的卧室，可以俯瞰到那些像摇椅一样吱吱嘎嘎作响的树林。我查了一下答录机，听见了尼克的声音，脆弱而嘶哑。

他在哭。

"请给我打电话。"他说。

我查了查时间，他大约是三个小时前打来的。

电话响第二声时，他接听了。

尼克的声音模糊不清，像黏在了一起。

"我想告诉你发生了什么事，"他说，"我想跟你说实话。三天前，我们在一个聚会上，Z吸了，她要我和她一起吸，我也吸了……"

Z就是和尼克短暂相处后又离开他的那个女孩。现在，他们又在一起了。他已经从他的公寓里搬出来，住进了她的公寓。

"不，尼克。"

"从那以后，我们就一直在吸。现在，我吃了一颗安眠药，才能冷静下来。我知道我搞砸了，我打算停止。"

"你知道该给谁打电话寻求帮助吗？你和Z都需要帮助，在你们清醒和康复之前，你们不能在一起。"

他挂断了电话。

不。不。不。不。不。不。不。不。不。不。不。不！

他本来戒毒即将满两年了。有研究者曾告诉我，吸毒者的大脑完全恢复正常大概需要两年。然而从这一切开始以来，尼克从来没有做到过两年内不吸一次毒品。

跟过去一样的担忧爆发了——担心可能发生在他身上的所有事——但紧接着我被疲惫淹没了，我睡着了——我的担忧在我改造过的大脑里沉淀，成了一个新开辟的避难处。躺在重症监护室时，我渐渐领悟到一件事，那时我突然想到，尼克——不仅是尼克，还有加斯帕和黛西——都会在我死后继续活下去。并不是说他们不会受到影响，但他们会继续活下去。通过尼克的毒瘾，我明白了其实我与尼克的生存没什么必然联系。然而，我几乎濒临死亡才明白，他的命运——以及加斯帕和黛西的命运——是与我的命运分开的。我可以想办法保护我的孩子们，帮助并引导他们，爱他们，但我无法拯救他们。尼克、加斯帕和黛西会活下去，然后有一天，他们会死去——无论我在不在。

早上，我考虑着要不要告诉孩子们关于尼克的事。在黛西写给老师的信里说："我哥哥是个吸烟的伙计。"我估计那是她对毒品的总结。她还说，"现在一切都没事了。"我想，一切都为她保持没事——至少一小会儿。

我曾经多么想以尼克写给加斯帕的那封信来作为本书的结尾，那将是再完美不过的句点。我多么希望我们家的故事是一个幸福的结局。然而，我总是那么容易忘记毒瘾是治不好的，它是一个终身疾病，只有患上的人作出艰巨的努力才能控制它，但它是不可治愈的。

尼克最近这次的复发无可否认地证实了这种疾病的顽强性。他生活中的一切都进展顺利。他有女朋友，所以我们不能责怪他的孤单导致复发。我们不能责怪工作使他心生厌倦，因为他似乎很喜欢他的工作，喜欢着他的同事们，把他们看作是好朋友。他签了一本书约，还有机会在一家杂志担任助理编辑。他的影评引起了一些关注，并得到一些相应的约稿。更为重要的是，他还有一帮真正相互关心的亲密朋友。

但现在，这一切都无关紧要了。

尽管我知道毒瘾是毫无逻辑可言的，但我仍坚信，那些生活中的羁绊——女友、工作、金钱、坚固的友谊，等等——可以让一切好起来，但结果并没有。

上帝，求你治愈尼克吧！

当我在医院的时候，很多人告诉我，他们为我祈祷，我对此无比感激。我从来不曾祈祷，所以不知道该怎么祈祷，也无法想象有一个可以向他祈祷的上帝。但是正如约翰·列侬所说："上帝是我们用来衡量痛苦的一个概念。"如今，我面对再次吸毒的尼克，无法相信我们又一次回到了原地，并且下一个电话可能就是我在过去的六年里所害怕的那个电话——我开始祈祷了。

上帝，请你治愈尼克吧！上帝，请你治愈尼克吧！上帝，请你治愈尼克吧！

这是我对那个"更高力量"的请求，那个他们——在无休无止的康复之家里和没完没了的治疗会议上的他们——发誓存在的、随时都在倾听的那个力量。我在大脑里无数次重复着它，有时甚至是不自觉的——上帝，请你治愈尼克吧！

我祈祷，尽管报纸上的新闻使我的祈祷在一定程度上显得微不足道并且全然自私。毁灭性的龙卷风、洪水、自杀式轰炸机、车祸、海啸、恐怖主义、癌症和战争——无止尽的残酷战争——疾病、饥荒、地震……天堂里一定被祈祷者的声音挤满了。

但这儿还有一个。

上帝，请你治愈尼克吧！上帝，请你治愈尼克吧！

堕落是很快的。尼克复发以后没去上班，丢了工作。电话停了，因为没付账单。他抛弃了每一个真正的朋友。最令人伤心的是，他背弃了他最好的朋友和担保人兰迪。

在一条留言里，尼克说他和女友为了买吃的而卖掉了衣服。我不知道他们怎么付的房租，下个月的房租将怎么付。但过不了多久，除非有人资助或贩毒，他们就得流落街头。

226

终于，维基控制不住自己，从城西开车到尼克在好莱坞的公寓。她想亲眼看一看，看看他是不是还活着。

我假装没在电话旁等她的消息。

维基停好车，忧心忡忡地走进了公寓楼。她敲了敲门，没人答应。窗户的遮阳帘垂着。她又敲了敲，没人答应。她接着敲，门开了一条缝，然后开大了一点。那地方脏乱不堪，邋遢至极。地板上有一摊深褐色的水。到处都是垃圾。尼克用手挡着倾泻进来的阳光，摇摇晃晃地走到维基跟前。在他身后，他的女友也同样走过来。这对我来说是一个熟悉的场景，但对他母亲来说，是从未见过的。维基从来没见过尼克那副样子：憔悴、脸色苍白、四肢颤抖、空洞的眼睛深陷在黑色的眼眶里。

Z 的腿在流血，当她注意到自己的腿裸露着，维基正盯着看时，结结巴巴地说："一个灯泡掉在地板上碎了，我们正在清理。"

尼克说着他熟悉的谎言："我们必须经过这阶段。现在已经好了，我们正在清醒。"

尼克让他妈妈离开，并且不要再回来。

维基打电话告诉我这一切。她听起来就像我过去很多次所感觉的那样——愤怒、悲伤、恐惧，情绪复杂得令人不知所措，以至于她都无法哭出来。

一个星期过去了。

星期天，我开车送黛西和她的朋友去参加一个生日聚会。女孩子们系着安全带坐在后排座位上，玩一个游戏，游戏的灵感来自一本图画书——《幸运》。书中写道：

幸运的是内德被邀请去参加一个惊喜晚会，

不幸的是晚会在一千英里外。

幸运的是一个朋友借给内德一架飞机，

不幸的是发动机爆炸了。

幸运的是飞机上有一个降落伞，

不幸的是降落伞上有一个洞。

"幸运的是她有一个非常可口的三明治。"黛西的朋友先开口说。

轮到黛西了，"不幸的是她把它掉在了脏兮兮的街上，一条流着口水的狗跑了过来，一口把它给吃了。"

"幸运的是，狗吐出了那个三明治，它还像新的一样好。"

两个孩子开心地笑成一团。

与此同时，我自己的版本在我的脑海里播放着。

幸运的是我有一个儿子，我的漂亮男孩，

不幸的是他是一个瘾君子。

幸运的是他在康复之中，

不幸的是他复发了。

幸运的是他又在康复之中，

不幸的是他又复发了。

幸运的是他再次在康复之中，

不幸的是他再次复发了。

幸运的是他还没有死。

......

22

又过了一个星期。

每天和我通电话的维基说她麻木了，我也是。并不是我不担心尼克——我整天整天地想着他——只是，此时此刻的我无能为力。

父母最终就会变成这样吗？

我走上街头，走过那些流浪汉，默默地想着：他们的父母在哪里？我是不是已经变得跟他们的父母一样——是已经接受失败的父亲？我的痛苦对尼克没有丝毫帮助。

我并不是在假装一切没有发生，我在做着我能够做的一切。

我等待着。

兰迪继续打电话给尼克，在他那关机了的手机上留言。兰迪是尼克的救命索。

尼克用还能用的 Z 的电话打过来，留下留言，"我只是想要你知道，我们安然无恙，我正在清醒。"

尼克声称这次复发只是为期三天的偶发错误，他没事了。但是他说得越多，就越容易从他的声音里听出来他吸食了毒品。

我等待着。

这就像透过焦距不准的双筒望远镜远远地看着火车失事前的时刻。我们所有爱着尼克的人互相安慰，我和凯伦，维基和我，兰迪。我们全都知道，然而却什么也做不了。我打电话跟尼克说："尼克，别忘了你现在的处境是多么危险，别忘了你对我的承诺。"

在康复治疗时，尼克曾经向我解释过吸毒会产生多么可怕的影响："一个吸食中的瘾君子不能相信自己的大脑——它会撒谎，它会说：'你可以喝一杯、抽一口，就一点儿。'"它告诉尼克：'我已经比我的担保人厉害了；我不需要像刚恢复时那样严格遵守戒条了；我比过去任何时候都更幸福和完整了。我是独立的，而且充满活力。'"所以尼克说，他不能相信自己的大脑，而必须依赖兰迪、治疗和祈祷——是的，祈祷——才能继续向前走。

尼克，你已经走了这么远了。让我引述你的话："我拥有的一切都会失去，如果我不坚持治疗的话。"

两天后，星期三，尼克打来电话，含含糊糊地向我借房租钱。我的回答是"没有"。他说他知道我会拒绝，所以把这件事留到最后才说，在这之前他说："我多么爱你。我很安全。我们真的搞砸了，但现在就要没事了。我只是吸一点点东西，来帮助我从冰毒、可卡因和海洛因里脱离出来。"

维基也拒绝了他。

星期五、星期六、星期天，尼克始终没什么消息，直到星期一才发来一封电子邮件。

"嗨，爸，我们在沙漠里。Z 在拍一个广告，就在约书亚树国家公园附近……我的手机在这里接收不到信号，我只能从同行的一个伙计手里借用他的电脑……对不起……这事来得确实突然……不管怎么说，等我找到一个有信号的地方时，我会给你打电话的……这里天气很热，又热又无聊……Z 负责服装，我在这里的树荫下写信……不要担心……我可能会有一些激动人心的消息……爱你……尼克。"

约书亚树？

一个喘息的机会，一个绿洲。也许尼克会自己停止，也许他会没事的。

又有两天没任何消息，但尼克在沙漠里，在树荫下写作。沙漠里也有毒品。

没有消息。

我过去经历这些危机时有过的恐慌似乎已经减轻了。我也担心，但已经没有担心到寝食难安了。我进步了，开始学会放手。就像空袭时躲在战壕里的士兵，我关闭了每一个非必要的情绪——担心、恐惧——将我大脑里的每一个神经元都专注于眼下，以便活下去。

我在一场无声的战争中抗击一个像魔鬼一样恐怖和无所不在的

230

敌人。魔鬼？我不相信魔鬼就像我不相信上帝一样。但与此同时，我又知道：只有撒旦才能够创造出一个以自我欺骗为症状的疾病，以至于受害者会否认自己患了病，不肯寻求治疗，并辱骂那些目睹了所发生一切的人。

晚饭后，加斯帕让我给他测验数学和本周的单词。然后我们一起看了本漫画杂志。上床后，我从床头柜上那一堆摇摇欲坠的书中抓过一本小说。一页，两页，我睡着了。

电话响了，我没理它。在半梦半醒中，我以为这是水电工打来的，说修理费用的事。我想等到明天再处理吧。

电话又响了。我明天会听留言的。

但凯伦建议我最好现在就去听。

第一个电话是尼克的教父打来的。尼克刚给他打了电话，留了言。"他在奥克兰。"我朋友的声音显然处于惊慌之中，"他说他遇到麻烦了，需要帮助，我不知道该怎么办。"

我的心怦怦直跳。

下一个留言是维基的，尼克也给她打了电话，留了一条同样的信息，"约书亚树是我撒的谎，因为我不想你们为我们在奥克兰担心。我很清醒。求求你，我们遇到麻烦了，需要钱买机票回洛杉矶。"他讲了一个迂回复杂的故事，关于他们怎么去了那里，但他和 Z 正在一个可卡因瘾君子的家里，那个人疯了，他们必须得赶快离开。

尼克在奥克兰。

布鲁图僵硬地跟着我上楼，疲惫的爪子在水泥地上拖拽着。

我回了维基的电话，她拿不定主意——关于是否该帮他付钱买机票。我说，我理解，但不要付。如果是我的话，我不会帮忙，除非他愿意进康复之家。

我挂了电话。

我打电话给我的朋友，他比留言时平静了一些。他在电话上放了答录机上的留言。我们都听出他有些口齿不清，"我需要帮助。我不能给我爸打电话，我不知道该怎么办，请给我回个电话。"他留下了 Z 的手机号码。

"我很难过。"我的朋友说，"我身体的一部分想开车去奥克兰把他接回来，一部分却想拧断他的脖子。"

尼克吸毒了，又一次。不知道为什么，我异常平静地想着：如果他在这儿，他可能会干什么？他会来我们家吗？如果他来了，我该怎么做？他会不会去凯伦的父母家，就像南希发现他在楼下的卧室里那次一样？他会再次破门而入吗？

凯伦从卧室里出来，问道："你认为他可能会去南希和唐的家吗？"

她在担心同样的事情。他大概不会去那里，但他真的不会吗？我们讨论着是否该给他们打电话，可那会使他们担心，然而不警告他们，万一尼克突然出现了，结果只会更糟。我们给他们打了电话。

他还可能去哪儿呢？

第二天，尼克又留言给他的教父和母亲。这次他说，跟他们待在一起的那个可卡因瘾君子的女友来了，给了他们钱买机票回家。

我在科尔特·马德拉图书馆里忙着，身旁一堆书。因为是在图书馆，我把手机调成了震动状态。它突然像中了邪一样疯狂地颤抖起来。我把它从桌上拿起来，以免打扰到别人。屏幕上，恶心的绿色字母显示着尼克女友的电话号码。

我不想再听到更多的谎言，我把电话关了。

之后，我开车去学校接孩子们回家的时候，听了手机里的留言。尼克一字一顿地说："嗨，爸，我们正从约书亚树回来，终于再次进入可以收到手机信号的范围……"

让我震惊的不仅仅是这个谎言，还有它的错综复杂性，他本可以说："我回到洛杉矶了。"他本可以打个电话进来说声你好就行。但他想着最初的那个谎言,在它的基础上继续编造,用细节粉饰它,这样我就永远不会对它质疑。我不会质疑的——假如我不是已经知道他在说谎的话。我已经听说过瘾君子的谎言网,"吸毒者会对一切事情撒谎,而且这些谎言往往都十分可怕。"斯蒂芬·金曾经这样写道,"这是撒谎者的疾病。"尼克曾经引用一个匿名戒酒会的陈词滥调,"一个酒鬼会偷走你的钱包并且撒谎,一个毒品瘾君子会偷走你的钱包,然后帮你去找。"

我把那条留言听了几遍,我想记住它。

难道尼克忘了他曾给母亲和教父打过电话,并告诉他们自己在奥克兰陷入极度危险之中了吗?在这一切以后,尼克难道想不到我亲爱的朋友会打电话给我吗?他难道到现在还不知道跟我一起乘上这趟地狱般过山车的他的母亲是一定会打电话给我的吗?

那个留言继续着,他没有口齿不清,听起来不错。他说他想念我,爱我。

23

"嗨,爸爸,是我,尼克。我刚发现,你已经知道发生什么事了。"

我查看我的留言,尼克又打来了电话,又开始口齿不清了。他和维基通过电话了,了解到我已经知道他曾经在奥克兰,而不是在沙漠,他试图解释自己的谎言。"我只是不想让你担心,"他说,"我没想到那个家伙竟然会是那样一个变态佬,Z 也没想到。我们以最快的速度离开了那里……现在我安全了……不管怎么说,我很抱歉向你撒谎了。"

我坐在客厅的沙发上,一些东西吸引了我的眼睛:地板上的一

233

堆报纸。最上面是《旧金山周报》。我更仔细一瞧，一张《湾区卫报》和一张阿米巴唱片店——尼克最喜欢的商店——的传单。我盯着它们，——不。

我问凯伦那些是不是她的。不是，它们不是你的吗？

尼克又来过了。我肯定。凯伦也很肯定。我们都确定。

不！

我们的心再一次狂跳不止，开始在房子里到处查看。

凯伦停下来，问这些报纸会不会是上周末从纽约过来的一个朋友留下的？有可能是他的？我打电话给他。这些报纸确实是他留下来的。

我们猜疑得几乎发疯——不只是瘾君子们会产生妄想。

我没回尼克的电话，因为我现在完全无法直接与他谈话，除非等他清醒了，戒掉所有毒品以后。我爱他，并且会永远爱他。但是我无法面对一个欺骗我的人。我知道，没有吸毒的、头脑清醒、神志正常和进行康复治疗之中的尼克是不会对我撒谎的。相当长的一段时间里，我处于某种地狱般的试炼之中，不知道什么是真的，什么是假的，不知道他是否在吸毒。但现在，我知道了。

在我书桌上方的架子上，有几张照片斜靠在书上。有一张凯伦的近照和另一张她小时候的照片，一个一脸沉思、皮肤黝黑的女孩，留着短发，穿着水手衬衫，站在某地的一个海滩上。也有黛西的照片，她穿着平底鞋和蓝色衬衣，正在细看月亮狗的脸。还有一张加斯帕婴儿时被抱在凯伦怀里的照片。他穿着红色法兰绒上衣和紫色的丝绸裤子，戴着一顶带金色流苏的毛茸茸的绿色编织帽。另外还有黛西和加斯帕戴着游泳镜，跟游泳队合照的照片。也有尼克的照片，在其中一张里，他大约十岁，穿着牛仔裤、蓝色的拉链运动衫和蓝色运动鞋，手插在口袋里，带着温和的微笑看着镜头。还有一张尼克最近拍的照片，笑得很灿烂，穿着宽大的运动裤，光着上身，那是他在夏威夷与我们会合时照的——那是我康复中的儿子和朋友尼克，那时他一切都好。

我无法忍受那张照片中的他低头盯着我，我把它放进了桌子的一个抽屉里。

加斯帕已经精通一种音乐录音和混音的电脑程序，他创作了一首美丽且令人难忘的歌。

"这是一首悲伤的歌。"我走进正在播放它的那个房间时说。

"是的"他平静地回答。

"你很悲伤吗?"

"是的。"

"为什么?"

"今天我们在学校跑步时，我满脑子想的都是尼克。"

我告诉加斯帕，我们可以去一个地方。有些孩子因为兄弟姐妹或父母有吸毒或酗酒问题就会去那里。

"他们在那里干些什么?"

"你不用做任何事情。你可以只是听别的小朋友说话，那会有帮助的。如果你愿意的话，你也可以说点什么。"

"噢。"

"你想试一试吗?"

"我想。"

他拥抱了我，比以前任何时候都更紧、更久。

第二天早上，阳光透过灰黑色天空的一个洞照射进来，像一盏强烈的弧光灯照在花园上。白杨树几乎光秃秃的了，只剩下几片树叶，树上那裸露的白色树枝指向天空，插入那闪烁的灰色光线中。

一车木柴运来过冬。这天上午，我的目标就是和孩子们一起把它们堆放起来。我一边工作，一边想的还是尼克。我想，尼克可能会死去。我不由得停了一会儿。我会想念他好笑的电话留言、他的幽默、他的故事、我们的谈话、与他一起看电影、一起吃饭还有我们之间那种超越一切的感情——爱。

我会想念有关尼克的一切。

尼克不在了，只有他的躯壳留下了。我一直害怕、恐惧，担心失去尼克，但我已经失去了他。

我一直被他会死去的恐惧惊吓着，如果尼克死了，那将在我的心里留下一道永久的裂缝，我永远不会完全恢复。然而，我也知道，如果他因为毒瘾而死去的话，我会活下去——带着那道裂缝。我会伤心，会伤心一辈子。

"疯狂是对意义的坚持。"是的，但我终于悟出来的意义是，吸毒的尼克不是尼克，只是一个幻影。吸毒的尼克是一个鬼魂、一个幽灵。当他吸毒的时候，我可爱的儿子睡着了，被推到一边，藏了起来，掩埋在他意识深处某个无法进入的角落里。我的尼克——他的精髓，他的本身——是完整、安全并受到保护的。身体强壮、头脑清醒和充满爱心的尼克，可能永远不会再出现了。毒品可能会打赢争夺他身体的这场战争。但是我能够忍受，因为我知道尼克在哪里，在他所在的某个地方，在那里，毒品是无法接触到他的。

无论发生什么事情，我都会爱着尼克。他一定清楚地知道这一点——我知道。

我望着那一堆没堆好的木柴，我们几乎没完成多少。孩子们在发牢骚，不想干活，看上去既沮丧又消沉。加斯帕的头朝后一仰，两眼紧闭，大声呼气，没好气地把一根木头扔到那松松垮垮的柴堆上。我的头嗡嗡作响，听到一辆卡车爬上山坡。

到目前为止，还没有为像加斯帕和黛西这么小的孩子组织的嗜酒者家庭互助会（嗜酒者家庭青少年互助会是为更大的孩子办的）。于是，我到处打电话请人推荐其他可以寻求帮助的地方。我想让他们知道，自己并不孤独，这事不是他们的错，尽管毒品把尼克从他们身边偷走了，他们仍然可以爱着他们的哥哥。我想要加斯帕尽力理解尼克写给他的纸条里表达的所有意思都是真心的，但尼克的疾病击垮了他最好的愿望——写那张纸条的尼克走了，至少现在走了。我们需要想出一个办法来帮助两个孩子为他们失去的大哥哀悼。

　　他们学校里热心的图书管理员向全国的兄弟学校图书馆的同行发出了询问，结果反应非常热烈。我收到了一张关于如何帮助孩子面对我们家这种局面的书单——包括孩子可能会有的罪恶感和责任感，以及连大人都难以理解，更何况是对孩子而言的诸多问题。他们学校的顾问还找到了一位治疗师，他经常做家庭方面的心理治疗，并且专攻毒瘾。我和凯伦会先与他见面，如果感觉可能有用的话，就带黛西和加斯帕一起去见他。

　　那天，我开车从学校接黛西和加斯帕回家，正在编织围巾的黛西突然抬起头说："这就像尼克是我认识的哥哥，而另一个家伙我不认识。"

　　她把编织的东西放到一边，接着说起昨天她和同学在跑步时讨论了毒品，和她一起跑步的是一群五六年级的女孩子，她们一边跑步，一边谈论着个人和社会问题——从体形到营养，无所不包。女孩子们分组讨论为什么孩子们开始喝酒、抽烟和吸毒。

　　"为什么呢？"我问。

　　"因为他们讨厌自己，"黛西说，"莫妮卡说是来自同龄人的压力。我觉得是因为你不想当你自己。我们谈到对付压力、悲伤或类似事情的办法，说更聪明的是想办法让自己喜欢自己。做使你感觉快乐的事情，比如跑步，而不是吸毒。"

加斯帕一直没说话，若有所思。他说："我在野外旅行途中谈论了毒品。"他们年级刚从冰冷和大雾弥漫的天使岛上过了一夜回来。他说他跟一个朋友在黑漆漆的夜里哆哆嗦嗦地聊天。"他问我尼克现在怎么样了，"加斯帕说，"我说他又在吸毒了。"

他的朋友，读过尼克那篇发表在《时代》杂志上的文章，"可是你哥哥好像那么聪明，并且似乎是一个那么好的孩子啊！"

加斯帕说："我告诉他'我知道，他是的。'"他告诉了对方那个关于站在尼克肩膀上的天使和魔鬼的故事，还说他打算和某个人——一个帮助家里有瘾君子的人学会怎样对付这种事的人——谈论这件事。

过去，加斯帕用我的手机与尼克互发过信息——一句话的问候信息。现在，加斯帕想到他哥哥，问他能不能再发一条。

他写道："尼克，聪明点儿。爱你，加斯帕。"

他发了出去，尽管尼克的手机关机了。"也许他会把它打开的。"加斯帕说。

这种疾病带来的最多的莫过于痛苦。我们的痛苦被希望打断，希望又被痛苦打断。从床边的莎士比亚作品中，我读到：

> 痛苦充斥着我不在的孩子的房间，
> 躺在他床上，与我形影相随，
> 露出他漂亮的模样，重复他的话语，
> 让我想起他所有的美好，
> 用他的身形塞满他空荡荡的衣服，
> 然后我终于有理由爱上痛苦。

我回想起多年前一个护士给我的关于冰毒瘾君子戒毒成功率的凄凉数字——个位数的成功率。我明白，认为很多瘾君子在尝试戒毒的一两年后或不管多少年后就永远保持清醒是不现实的，但是也许更有意义的数据是一个康复之家的一位讲座人所陈述的："进康复之家的人有超过一半出院十年后仍旧保持清醒，但这并不意味着他们没有时好时坏。"

这是一个伤心的时刻，但我感激尼克还活着，并且还有机会，也许将会有一个更大的奇迹来拯救他。给他取名字的时候，我们请教了我父亲，尼克的全名是尼古拉斯·埃利奥特·谢夫，首字母拼出来的是希伯来语的"奇迹"。我祈祷一个更大的奇迹降临，但同时感激我们已有的那一个奇迹——尼克还活着。一位作家曾经描述了当父母们遇到像孩子吸毒成瘾这样令人不知所措的事情时，得出的完全意想不到的结论："我可能甚至会感激这个可怕的疾病——狡猾、难解、强大——它教会我更加真实地哭泣与欢笑。感激在所有我儿子可能患上的致命疾病中，他得的是这样一种——只要他投降他就会活下来。"

昨晚尼克打电话留言给我，说他和女友"把事情弄得太过头了"，现在他们打算戒毒。他还说，他和一个医生谈了这件事，医生开了一些有帮助的药给他们。

我当然不相信这些话。毒瘾带来的另一个悲哀的事实是，他这时说的话都是毫无意义的，连他在清醒时候说的话，也变得令人难以相信。

我等待，等待尼克触到某种底部。在我们经历过的一切和我读到过、听说过的一切以后，这一点深入心里——瘾君子最终在触到底部后，才能真正康复。他们变得绝望、无望和恐惧，必须是那么绝望、无望和恐惧，只有这样，他们才会愿意做任何事情来拯救自己的人生。但是，为什么尼克在纽约吸食过量还没有触到底部呢？当时他被紧急送往急诊室——失去知觉，差一点儿死掉。为什么他随后那些噩梦似的复发也没让他触到底部呢？我不知道。我只知道尼克又回到了一种吸毒后的幻觉中，紧抓着那些让他否认情况严重的幻觉，这就是瘾君子一贯的所作所为。我害怕知道尼克会一直处于这种自欺欺人的状态，直到下一次重大事件发生为止。会是什么事件？我们只能等待它的到来，同时知道，它也可能永远不会到来。很多瘾君子在触底之前，就已经死了。有些人则在一次中风或类似的某个事情后，最终半死、瘫痪或脑损伤。大多数毒品都足以将大脑变成一团烂泥。

父母都希望孩子得到好的东西。然而，在与毒瘾的殊死战斗中，一位父亲希望某种灾难降临到他儿子身上——我希望有一个灾难，但那必须是一个可以挽回的灾难——它必须严酷到足以使尼克跪地求饶，但又必须温和到足以使他能够通过不懈的努力和他内心深处我所知道的美好来达到康复——除此以外，任何东西都不足以使他拯救自己。

24

尼克吸完毒再一次打电话要钱之后，维基对我说："我们必须试一试。"

我考虑要不要干预，但想到我们所做过的一切，就觉得这么做太可笑，根本不可能有用。

"你控制不了它。"

但是，我无法对尼克放手。

不是你引起的，你控制不了它，你治愈不了它。

我知道。可是，我无法放弃尼克。

我重温了在团体治疗、匿名戒酒会和嗜酒者家庭互助会上见过的人们的无数故事，还有做过无数尝试的朋友的朋友的故事。他们中有些人触到了底部——想象不到的可怕底部——他们真的就是把自己从毒窟、贫民窟、毒贩子的巢穴以及他们他们自己的血泊中拽出来，拖进康复之家、戒毒所、匿名戒酒会或者父母门前。有些人进了康复之家，是因为妻子下了最后通牒，或者受到法院的强制命令、父母逼迫，或者朋友和家人联合起来干预。一位女士听说了我们的处境后，打电话来说："我只是想说，别放弃。如果我当初放弃了的话，我儿子一定已经死了。那时候我决定再试最后一次，那是在七次康复出院以及两次企图自杀以后。现在他二十七岁，已经清醒了三年，状态比他一生中的任何时候都要好。人们叫我放弃他，但我没有。一个母亲怎么可以放弃她的儿子？如果我放弃了，他现在就不可能还在。那是肯定的，他一定早就死了。我打电话只是想告诉你这个故事，不要放弃希望，不要放弃他。"

如果法律允许，我会雇某个人去绑架尼克，并且强行把他带到医院去戒毒，希望他清醒后——至少在那个因吸毒而疯狂的心灵上开一扇窗——会愿意试一试。但我不知道它是否会行得通——尼克会逃跑，如果他没做好治疗准备的话，他一定会逃跑的。可是要等他触底翻身，实在太遥遥无期了。

我和凯伦决定帮尼克支付康复之家的费用，如果能够说服他去的话。维基说她也将这样做。我们决定再支付一次。是的，我们知道那可能只是浪费钱，但却达成一致意见——这是最后一次。在这以后，如果尼克复发并且需要帮助的话，他将不得不自己去想办法，依靠瘾君子能得到的那非常有限的公共资源。可是，他会卑躬屈膝地走进一个公共基金项目乞求帮助吗？美国的很多城市都有这样的公益性康复项目，但它们都挤爆了，尼克很可能要花上两到四个月才能进入一个项目。

我们可能没有那么久的时间可以等待。

我咨询了更多的专家。经历过这么多以后，我已经不会再天真地相信任何专家会知道该如何解决我们家的问题，也不会狂妄地认为我知道这个问题的答案。我不会盲目听从任何人的建议，但我会收集信息，加以衡量，并决定应该做什么。我比事情刚刚开始的时候知道得更多，我知道没有人知道对于尼克或任何其他瘾君子来说什么是正确的做法，也没有人知道什么会起作用，没有人知道会有多少次反复。

在过去的几年里，我越来越了解、尊敬和信任几个专家多过其他专家，UCLA 的理查德·罗森博士就是其中之一。作为一个研究者，他只对事实和真相感兴趣。他热衷其工作的原因只有一个——帮助瘾君子。

我给罗森博士发了一封电子邮件，问他是否认为在我们经历过这一切之后，尝试干预是疯狂、徒劳的做法。我充分期待重新听到那个"传统的智慧"——尼克必须触到底部，期待他告诉我最好应该放手。

他的回信说出了为我作出决定的话——忘记理论、忘记数据、忘记功效研究。他告诉我，假如尼克是他的儿子他会怎么做。

"假如我有孩子染上冰毒，我会做我能想到的一切来为他们寻求帮助，当他们仍然继续吸食冰毒（或海洛因、可卡因和酒精）那种危害生命的行为，我会认真考虑雇佣一个干预师。我认为这个想法与假设我孩子有其他形式的复发性慢性疾病一样，我会不遗余力地、不断地将他们推向治疗。为了让他接受治疗，我会给予所有必要的支持。"

再次尝试似乎是发疯——你怎么帮助某个不想要帮助的人？但

这没关系，我们将再试一次，尼克的母亲、继父、我和凯伦将再试一次。

一天上午，尼克打电话告知我他有一个新计划——瘾君子总是有新计划，他们一次又一次重构世界来适应事情仍然在他们掌控之中的幻觉。尼克告诉我，他和女友吸完他们那堆冰毒就不吸了，告一段落。他不打算屈服我的操控回到康复之家去，他发誓这次不一样——"她不会让我吸食的，我也不会让她吸食，我们发了誓，如果犯了的话，我们就向警方互相举报对方，如果我犯了的话，她将离开我"——他以前曾无数次说过类似的话，他发誓这次会不一样。

他挂断了电话。

我打电话给罗森博士推荐的一些干预师和黑泽尔登的一个顾问。然后我收到另一个电话，这次是来自一个提出反驳论点的朋友。他已经从毒品和酒精中康复将近二十五年，他说干预和尝试康复之家都是错误的。"康复业就像汽车修理业，"他说，"他们想要你回去，而人们总是会回去。这是一个兴旺的产业，因为没有人会好起来，他们会叫你'继续回来'，"他阴沉地笑了笑说，"他们就是想要你回去。我当时不得不触底，当时我没有一个人陪伴在身边，也没有一样东西，我失去了一切。这才是真正有用的。你必须孤独、破产、凄凉和绝望……"

是的，或许这才真有用。是的，干预和再一次尝试康复之家可能都是行不通的，但它们也有可能有效，不是吗？

我们不能不理他，让他自食其行为的后果，我们要尝试一切来拯救他。

我联络上的第一个干预师声称他有 90% 的成功率，我礼貌地为耽误他的时间向他致谢。他可能讲的是实话，但我深表怀疑。另一个谦虚一些，"我无法保证，但值得一试。"他提出一个方案，尼克的母亲、我、凯伦、尼克的朋友和女友（如果她愿意）一起面对尼克，给他一个机会去康复之家。他会事先安排好床位。尼克会受到鼓励，钻进汽车并立即动身。

"我想象不出他会去。"我说。

"这常常是有效的，"他解释道，"干预的心理学逻辑是在家人和朋友面前，瘾君子往往会感觉脆弱。他可能因为罪恶感或愧疚感而同意去，因为他能够瞥见情况的实质——爱他的人们不会撒谎，他们的动机只有一个——拯救他。"

停顿了一下，干预师问了那个常见的问题，"他选择的毒品是什么？"

"他吸食街上几乎每一种毒品，但最后总是被自然地吸引回冰毒上。"

电话那头发出一声深深的叹息。

"我跟各种瘾君子打交道，但我讨厌听到冰毒，它是那么具有毁灭性又难以预料。"

我告诉他，我会和尼克的母亲商量以后再打给他。

有位作家曾这样写道，"这一切都太不容易，瘾君子的家人走在一条不幸福的小径上，路上布满了危险和虚假的陷阱。错误是不可避免的，痛苦是不可避免的，但成长、智慧和安详也会不可避免地随之而来。家人们应该在了解毒品的时候敞开心灵、愿意学习，并且接受康复过程像毒瘾一样，是一个漫长和复杂的过程；家人们应该永远不放弃康复的希望——因为康复的例子每天都可能发生，也确实在发生。但家人在等待康复的奇迹出现时，也不应该停止过自己的生活。"

奇迹什么时候会出现？它会出现吗？

一星期后，尼克又留了一条信息，"现在有十一天了，我清醒着，十一天了。"

这是真的吗？它会延续到第十二天吗？

多少次我对自己发誓永远不再这样做，永远不再生活在一种恐慌的状态中，等待尼克出现或不出现。反反复复地做着同样的事情并且期待不同的结果就是疯狂的定义——我不会再这样做。

可是，我还是这样做了。

七上八下，扭曲和压抑，发狂。接着，又恢复了正常。

我把那个干预师的电话号码随时带在身边。

某个星期六的晚上，我正在床上看书，突然电话响了。

尼克。

他说他很好，一切都很好，但我能听出他吸毒了。

我这样说了。

他坚持说他在吃能戒除冰毒、可卡因和海洛因的药物。

他只是在吃麻醉性止痛药、择思达[1]和赞安诺[2]。

他坚持说它们是一个医生开出的。如果这是真的，我无法理解这个医生和其他毒贩子有什么区别。

"只是?"

尼克说："我是清醒的。"

第二天上午，我查看了一下我的电子邮件。

尼克的女友发来了一封急信。

"今天上午，他把我留在了市场去看他妈妈，说是十五分钟后回来。他开走我的车，我的钱包和气管扩张器都在车上。他一直没回来，我等了四个小时，直到我的朋友叫了一辆出租车来接我。请打我的

1　择思达（Strattera），又称盐酸托莫西汀胶囊，是一种高度选择性去甲肾上腺素再摄取抑制剂，使全面稳定控制多动障碍 (ADHD) 成为可能，是唯一获得美国 FDA 批准用于治疗注意缺陷多动障碍的非中枢神经兴奋剂。

2　赞安诺（Xanax），一种抗焦虑（并非抗忧郁）的药物，一般常用来治疗恐慌症。常见的副作用为嗜睡、协调能力降低，严重的副作用为暴躁、冲动、健忘、有暴力行为等。

电话。急!"

25

已经是十一月了,但上午还是很温暖。凯伦把黛西带到城里去了,我正开车去接加斯帕,我们定好在金门公园旁的足球场接他。

当我的车爬上山顶时,我拨了 Z 的号码。她气喘吁吁,非常激动——又气愤又担心。在这种状态下,她透露的事情比电子邮件里的多。她解释说早上 5∶45 分,尼克让她在一个市场下车,开着她的车去了维基家。他打算破门而入,偷走维基的电脑。她说得就好像他过去借点糖一样。尼克答应十五分钟内回来,但他四个小时都没回来,估计是被捕了。她打电话给警察局,但他们没有他的记录。

她泣不成声。

"从市场到他妈妈家的五个街区里能发生什么事情呢?"

我把自己从与尼克的相处中所得到的经验告诉了她。每次他失踪,我就会想着每种可能发生的事情——他遇到了致命的意外、被绑架了……但是,事实上,他只是复发了。

我问:"他是否可能开去旧金山了?"

"他没有钱。"

"那他很可能是去了洛杉矶的一个毒贩子那儿。"

"所以就把我丢在街上?"

"为了毒品,他可能会做出任何事。"

我告诉 Z,我跟尼克的妈妈核实一下再打给她。

电话吵醒了维基。听了我的解释,她说尼克没露面,"根本没有他的影子。"

半个小时后,她打电话回来。

"他在这儿，在车库里。他破门而入，在洗劫我们，把东西塞进购物袋里。但是他糊涂了，结果不知怎么把自己锁在了车库里。他惊恐万分，疯疯癫癫，大喊大叫。"

"是神经质抽搐。"我解释道。

等我打电话给Z时，她已经收到了尼克的消息，他用车库里的电话打给了她。她被激怒了，在打包他的衣服。"我已经受够了，"她说，"如果你和他联络，告诉他，他的衣服放在门外的走廊上。"

维基与丈夫讨论了一下后，告诉尼克他有一个选择，他们报警，让警察来逮捕他，或者他重回康复之家去。

在阳光明媚的上午，我再一次觉得天旋地转。

他闯进维基的房子。他疯了！又是冰毒，神经质抽搐！自从尼克复发以来，我就知道会发生这样的事，但现在堤坝爆开了，我被复杂的情绪淹没了。

上帝，请治愈尼克吧！

一切都太迟了吗？

复发是康复的一部分。

上帝，请治愈尼克吧！

加斯帕和朋友们在足球场上。一看见我，他就招了招手，然后跑向汽车，把他那包衣服和运动器具扔进后座爬了进来。

他累坏了，几分钟内就睡着了。

加斯帕睡着之后，我打了更多电话——以决定把尼克送去哪里，如果他同意去的话。我打电话给赫伯特屋的杰斯，他认识尼克，关心尼克。杰斯帮助过很多瘾君子，他了解康复之家，他说不管我们做什么，都应该把尼克弄出洛杉矶，并且加入一个至少三至四个月的住院项目，最好时间更长。他说："黑泽尔登是昂贵的，但一分价钱一分货。"黑泽尔登有四个月的项目，一个入院顾问告诉我在明尼苏达那里没有床位，但俄勒冈有一个，我被转接到那里的一个顾问。

他必须和尼克通话，但似乎有可能尼克能够去那里——如果他愿意的话。

凯伦画展的开幕式在城里举办，杰克·汉利画廊挤满了人。戴着羊毛编织帽的黛西和不顾寒风穿着短裤的加斯帕与别的孩子在外面疯玩，直到与我弟弟及其家人一起提前离开。

我去外面呼吸新鲜空气，绕着街区走了一圈。当凯伦最初搬来和我们生活的时候，我和尼克住在离这儿几个街区远的地方。我们走过这里和附近的街道，在墨西哥市场买玉米面饼和芒果。周末，我们常去印威内斯。

我记起那年十月的一个学校假日——1989年——下午，我们和一个朋友会合在莱门都尔海滩上散步，我们在蔚蓝色的天空下远足。突然，尼克指着把头探出滔滔波浪的一只海豹的鼻子，接着是另一只，接着又来了一只。不久，十几只海豹用黑黑的眼睛窥视着我们，长长的脖子伸出海水。接下来，就好像有人抓起海滩，像抖一张旧地毯一样把它抖了抖。沙子在滚动，像海浪一样波涛起伏，忽上忽下，最后落下。

我们稳住自己，试图弄明白发生了什么事——一次地震。

我们回到度假的小屋，在那里用手机（固定线路不通了）给朋友和家人打电话，确保每个人都没事，也让他们放心我们没事。小屋有一个发电机，可以供应几盏灯泡和一台黑白电视机发电。在电视上，我们看着旧金山惨重的灾情，包括那些压平了的公寓楼和被连接着海湾大桥的一个倒下的坡道压碎了的汽车。

学校停课，所以我们在印威内斯多待了几天。复课后，我们终于回到家里。老师们给孩子们谈起地震和其他吓人的东西，并要求孩子们写出他们的经历。"我当时在海滩上，"尼克写道，"正在往一个沙坑里面望。我听说有一个人从游泳池里被掀了出来。地震使我感到头晕。"课间休息的时候，一个男孩站在操场上，摇来晃去。校长问他怎么了，男孩认真地说："我在和地球一起运动，这样如果又有地震的话，我就感觉不到了。"

街上挤满了周六晚上出门的人，我走过街区时，想起了那个小男孩，感觉自己和他一样。我像他一样度过每一天，时刻提防着，提防着下一次地震。我尽最大的努力保护自己，跟地球一起动，以防有另一个地震袭来。就像现在，我鼓起勇气，拿出手机，打电话给 Z，准备迎接任何可能发生的事情。

Z 把电话递给尼克。

"是这样，俄勒冈的黑泽尔登好像有一个床位。明天上午，你得打电话和那儿的一个顾问通一下电话。"

"我一直在考虑这件事，我不必去，我自己能够做到。"

"你试过了，没有效。"

"但是现在，我知道了。"

我叹了口气，"尼克……"

我能够听见 Z 在旁边劝他，"尼克，你必须去。"

"我知道，我知道。好吧！是的，我必须去。我知道！"

在最初的虚张声势后，尼克似乎放弃了，他好像也莫名其妙。"我原以为自己可以保持清醒，因为我想要这样做。"他说，"我原以为像这样相爱可以使我保持清醒，但事实不是，它使我行为反常。"停顿了一会儿后，他说："我猜这或许就是上瘾的意思。"

我走在街灯下，头顶是朴实无华的天空。汽车一辆接一辆地驶过。我走回到画廊。

星期一，尼克和黑泽尔登的顾问通了电话，随后告诉我他打算去俄勒冈。

我订了机票，明知他可能不会露面。

接下来，我听尼克说他已经整理好行李，准备出发。

Z 开车送尼克到机场。我打电话给黑泽尔登以确保他到达时有人会去接他，但接电话的男人说没有尼克即将要来的记录。当我抗议时，我被转接到一个管理顾问，那个顾问解释说尼克没有获得入院许可。

"你说他没有获得入院许可是什么意思？他已经上路了。"

"他为什么上路？他没有获得许可。"

"没有人告诉我们。"

"我不能肯定为什么，但我们的决定是如此。"

"但是你们不能……他已经在去机场的路上了。我们必须趁他愿意去的时候让他进一个康复项目。"

"很抱歉，但是——"

"你们能不能今晚先接收他，我们则再尽快想办法看他下一步去哪里？"

"很抱歉。"

"那我该怎么办？"

"如果他飞来这里，没有人会去接他。"

"我该怎么办？"

"我们有一些其他治疗项目可以推荐。"她给了我那些名字。

我挂了电话，打电话给杰斯。他说他会打几个电话。杰斯回电说，圣弗尔南多山谷[1]的一家医院可以接收尼克，他能够在那里戒毒。

我打电话给那家医院的医生，安排准予尼克入院。接着我又打 Z 的手机，解释了刚刚发生的事情。我说尼克不必去机场了，而是应该去一家医院。我提供了地址，至少他将安全地待在一家医院——如果他肯露面的话。

---

1 圣弗尔南多山谷（San Fernando Valley），位于洛杉矶以北。

约翰·列侬唱道："没有人告诉我会有这样的日子。"人们是怎么活下来的？

午夜过后，Z把尼克留在了医院，医院给尼克开了一些药物来开始戒毒。正如那个护士解释的，头几天的大部分时间他都在睡眠中度过。

我定期询问病房里的护士，她们让我放心，尼克做得不错。有一个护士说："考虑到他身体里的毒品数量和品种，他能够开始戒毒简直是一个奇迹。我原以为他甚至不可能再活过一个月。"

维基和我考虑下一步该让尼克去哪里。我再一次请教罗森博士，他请教了一些朋友和同事。我查了一下黑泽尔登管理顾问推荐的项目，同时，我们征求给尼克戒毒的医生的意见。在这些天里，维基和我两人都打了无数的电话，和入院代表通话、查网站、继续得到互相矛盾的忠告。有些项目每个月要收取四万美元，而且专家们一致认为这次尼克需要治疗很多个月，可是我们负担不起每月四万美元，尽管和我们交谈的有些人像旧车销售员一样有干劲。黑泽尔登推荐的一个地方听起来还比较合适，并且比很多项目要便宜一些。然而有人告诉我那是一个严格的康复治疗项目，对违反规定的惩罚包括用剪刀除草。这对有些人来说可能是有用的治疗法，但尼克肯定会发疯的。我们到底该怎么办？

至少这个周末尼克是安全的。

我与照顾尼克的另一个护士通话，尼克的血压相当低，尽管已经多少好了些。自从到了医院之后，他没吃多少东西。

她问尼克是不是愿意起床接听电话，他走到护士站，拿起了电话。

"嗨，爸。"

他的声音小到几乎听不见，听起来极其抑郁。

"感觉怎么样？"

"糟糕透顶。"

"我知道。"

"但我很高兴来这里,谢谢。我猜想这就是他们说的无条件的爱。"

"只要撑过这个最糟糕的阶段,一切都会好一些的。"

"下一步我该怎么办?"

"等你感觉好一点儿后我们再谈。你妈妈和我正在为此努力。"

事实上,我和维基都在为想办法找到一个将给尼克最好机会的地方而绞尽脑汁。罗森博士继续为我们打电话、发电子邮件给在全国各地的同事们。他告诉我,"这个给你提建议的经历使我更加坚信,在精神健康和药物滥用服务体系里,要挑选正确的治疗项目就像看杯底的茶叶算命一样。"

尼克在戒毒的第三天上午,打电话叫我打回医院大厅里的付款电话。

"更糟糕了。"他说,听起来那么虚弱和可怜。我想象他站在医院的走廊上——灯光明亮的白色走廊——精神萎靡地靠墙支撑着。

"我累了,所有的恐惧都涌回来了,我不明白,为什么?为什么这些事老是发生在我身上?"

他哭了。

"我出什么问题了?感觉我的生命好像被偷走了。"

他哭着。

"我做不到。"

"你能够做到。"我说。

我们打了更多的电话,维基和我与全国各地的康复之家的入院人员进行电话会议,包括佛罗里达、密西西比、亚利桑那、新墨西哥、俄勒冈和马萨诸塞州。

我们终于选了在圣达菲[1]的一个项目,我们作出了能够作出的最

1　圣达菲 (Santa Fe),位于美国新墨西哥州。

佳选择，但我依然没把握。这是正确的选择吗？我们怎么能够知道？

尼克又打来电话，说他应该留在洛杉矶。

我反对，"我认为你应该知道你需要去某个地方并且待在那里，直到你作出艰苦的努力琢磨出问题是什么以及你能够做到什么。"

"你为什么还在乎？"

"因为我在乎。"

"我为什么不能自己做这件事？我为什么需要进另一个项目？"

"这样你就能够有一个未来。上个星期，当我知道你随时可能死去时，我无法忍受。我每天都想到你可能头发昏、吸食过量、得精神病、做一些不能挽回的事或死去——那可能发生在任何时候。"

他回答，"我也是。"

我们一起哭泣着。在过去的几个月里，我一直抑制住了我的泪水，但现在它们夺眶而出。尼克在医院的走廊上，斜靠着一面墙壁哭着，我则坐在厨房的地板上，痛哭着。

挂电话之前，尼克说："我无法相信这是我的生活。"接着他吸了口气，"无论要我做什么，我都愿意。"

星期二一早，维基就在山谷里的医院接了尼克，开车把他直接送到机场。在机场，她说服一个安检人员允许她通过安检口，这样就能够护送他到登机口，尼克将乘坐飞往新墨西哥的航班。

维基从休息室打电话给我。尼克已经登机，飞机从跑道上飞了起来，我仿佛看见她手机贴在耳朵上站在那里，看着窗外；我仿佛看见尼克在飞机上，看见他那副样子——虚弱、苍白、病恹恹——我心爱的儿子，我的漂亮男孩。

"珍重。"我对他说。

"珍重。"

幸运的是有一个漂亮男孩，

不幸的是他有可怕的疾病；

幸运的是有爱和欢乐，

不幸的是有痛苦和悲伤；

幸运的是故事没有结束。

飞机飞向蓝天。

我挂了电话。

我看见一个小小的淡紫色盒子，盒面和盒边都画着郁金香，一个音乐盒，黛西的。我打开音乐盒，一个芭蕾舞演员弹起来跳着舞，她轻盈地跳着。我查看盒子内部，里面有着很多小隔间，全是空的。

盒子里还有掩藏的夹层。我小心翼翼地抽出最上面的一层毛毡托盘，摆放在黑色毛毡上的是一个塑料注射器。我把它拿起来，在手里翻来转去，仔细察看，然后把它放到一边。我抽出下一个毛毡层，看见其中一个小隔间里有很多小石子大小的包。我拿起一个，慢慢打开包裹着的纸巾，检查了一下，是尼克的牙齿，根部有血。我拿起另一个小包，打开它，里面是另一颗牙齿。

我猛地醒了。

原来是一场梦。

放学后，凯伦、加斯帕、黛西和我走进家庭治疗师的办公室，我们感觉极为恐怖。孩子们躬着背坐在皮沙发上，他们在座位上蠕动着，几乎钻进他们的厚运动衫里，像海龟缩进龟壳里一样。

治疗师是一个修着整齐胡子的黑眼睛年轻人，说话声音柔和，让人放心，"你们的爸爸妈妈和我见过面。"他对孩子们说，"他们告诉了我一些关于你们家里发生的事情，告诉我关于你们的哥哥尼克，以及他的毒瘾。听起来，你们似乎曾经一度日子过得很艰难。"

加斯帕和黛西盯着他，专注地倾听着。

"有一个哥哥吸毒是非常吓人的事情，"治疗师继续说，"有很多原因，其中一个是因为你们不知道会发生什么事，我知道你们非常为他担心，你们知道他现在在哪里吗？"

"他在康复之家。"加斯帕说。

"你们知道那意味着什么吗？"

治疗师解释了，接着告诉孩子们，像他们一样处于这种情形的别的孩子的情况，"如果你有一个你爱着的并且也可能害怕的哥哥，感到困惑是很正常的。"

孩子们眼光直直地打量着他。

医生身体向前倾，把手肘落在膝盖上。他认真地看着加斯帕和黛西，"我要告诉你们一个以前可能从来没有听说过的单词，"他说，"那个单词就是矛盾心理。它意味着同时感觉两件事情是可能的，它意味着……它意味着你可以同时爱一个人并恨一个人——或者也许恨他们对家庭所做的事情，以及对他们他们自己所做的事情，它意味着你可以非常想见到他们，同时又非常害怕他们。"

孩子们看上去不太舒服，但比刚开始时的情况好一些。然后加斯帕说话了，"每个人都在为尼克担心。"他转头望着我。

"你在看你爸爸，"治疗师说，"他为尼克担心吗？"

加斯帕点点头。

"你为爸爸担心吗？尤其在他住院以后？他们把那件事也告诉我了。"

加斯帕低下头，几乎难以察觉地点了点头。

在这个冬夜，在医生的办公室里，我们谈得越多，孩子们在沙发上就坐得越直。我们谈及那些不可否认但却从来没有被好好正视的一些事。

治疗师说，尽管尼克此刻在康复之家是安全的，但是想到未来，感觉还是会让人害怕。再说，即使他现在安全了，并不意味着一切都会好起来。

"自从尼克偷窃以后，每当丢失某件东西，我就会进入一种恐慌状态，认为尼克又回来了。"凯伦说。

"恐慌这个词用得好，"治疗师回答，"你回到了当你感觉受到攻击时的状态。"

我们描述了朋友留在壁炉边的那堆报纸，我和凯伦都以为是尼克带进屋里的报纸。在互相讨论前，我们都进入高度警觉的状态。我不想让她担心，她不想让我不安，但是我们俩都在心里想：尼克来过这儿了。他还会破门而入吗？结果后来发现没事，但这件事确实造成了影响。

医生解释了像报纸这样的引发事件是如何使我们退回到恐慌状态中的，接着他问起还有没有其他的引发事件，我突然想起——

"我想它发生在电话响起的时候。"我说。

"电话？"

孩子们盯着我。

"电话，每当它响起的时候，总会带给我同样的恐慌。我总是担心有新的危险消息来自尼克，我不知道他是清醒的还是吸醉的，我的身体会紧张起来。当我们吃饭的时候，或是晚上无所事事的时候，我们会让电话响下去，直到进入自动应答状态，因为我不想面对可能降临的任何事情。我想每一个人都感到紧张，加斯帕总是问我为什么不接电话，我想那同样使得他感到紧张。"

加斯帕在点头。

医生说："由此可见，并不只是进入你们房子的某件罕见或随便的东西，譬如那堆报纸或者电话响起，你们一定处在连续不断的担心和无比紧张的状态中，那感觉一定非常不好。"他转向孩子们，"这听起来准确吗？"

他们俩都拼命地点头。

这似乎是一个深刻的领悟。医生对我说："也许你可以在一段时间内关掉电话铃声，你总是可以打回去的。"接着他又说，"现在，尼克在康复之家，也许你们和尼克约定一个时间在电话上通话会有用处——任何时间，一周一次或更多。然后你们就会知道，设立类似这样的界限对你们双方都有帮助，你们都会从他应该打了或没打电话给你的那种持续焦虑的状态中慢慢解脱出来。这样可能对你们所有人都有帮助，你的家人会知道何时该是你们和尼克通话的时候，然后你们就能够确信他没事，而不会感觉像一个持续不断的威胁。"

我回答："这是个好主意，"但接着我承认，"我的心在怦怦直跳，一想到切断联系就令人恐惧。"

"你不是切断它，你是在让每一个人都感觉更安全。"

我们离开医生的办公室，走下那幢楼房的水泥楼梯，孩子们好像被松绑了似的，脸颊红红的，眼睛放光。

"你们觉得怎么样?"凯伦问他们。

黛西说："太——"

加斯帕继续道："奇妙了!"

"是的。"黛西说。

我开始管理并调整我的电话使用，在晚上和周末时，我会关掉铃声，我计划每周和尼克通一次电话——让一切逐步恢复正常。

尼克回到康复之家后已经三周了。他听起来并不好，正如他解释的那样，最初的那几周治疗致力于使他稳定下来，山谷里那一周长的戒毒治疗不足以清除他体内的所有毒素。即使三周后的现在，他仍然处于精神和身体上的剧痛中，不间断地神经质抽搐。有一次，他被人紧急送往当地一家医院，他身体扭动，孤独凄凉，睡不着觉。痛苦在继续——仿佛我还需要更多这样的证据，证明毒品已如何致命地控制了他的身体。

尼克星期天打电话过来，听上去冷酷且愤怒，为他所处的地方而谴责我,并要求我给他一张回家的机票。"这是个错误,"他说,"是一个灾难。浪费时间!"

"你得慢慢来。"

"你送还是不送机票?"

"我不会送的。"

他挂断了电话。

第二天,他打回来说感觉好了一点儿,昨晚睡得很好,这是尼克从洛杉矶到达医院以来第一次这样说。他为昨天的事道歉,"我仍然无法相信自己复发了,"他说,"我无法相信自己做了所有的那些事。"他告诉我,他感觉说不出的愧疚。

"我不知道还会发生什么事情,我不想对你、凯伦和孩子们滔滔不绝地说个不停,然后又再次让你们失望。"

尼克跟我讲了一下这个治疗项目的方法与其他康复之家的不同之处。"在我的第一次团体治疗上,一个顾问问我为什么在这儿,他问:'你的问题是什么?'我说:'我是一个毒品瘾君子和酒鬼。'他摇了摇头,说:'不,那是你一直看待自己问题的方式,你的问题是什么?你为什么会在这儿?'"

又一个星期,然后再一个星期。圣诞节,元旦。

又一个星期,一个月,尼克安全地待在康复之家。

我登上一架满载的西南航空公司航班,去看望尼克。

我从六月离开重症监护室以后,就没有再见过尼克了。我几乎想不起他的来访,只记得那随后的不断猛击。那含糊的声音、来电、谎言、恐惧、他妈妈对其公寓的光顾和电子邮件……

我为什么在这儿?一个周末不能使这么多年来地狱般的生活恢复原状,一个周末不能扭转尼克的生活,我所做过的一切没有一件起过什么作用——我为什么在这儿?

尼克康复项目里的治疗师建议尼克请我和他妈妈过来。既然我们要做最后一次尝试，最后一次尝试给他另一个机会，那他们要我做什么我就将做什么。我知道可能什么方法都不会有用，但我将尽我的本分。坦率并且完全诚实地说——别告诉任何人，别告诉他——我来这儿是为了见他。我一直害怕，但我身体里一个小心翼翼且把守得很好的地方则想他想得发疯——我想念我的儿子。

按照治疗中心寄来的邮件里的指引，我驶过镇子，转下一条泥路，路两边很像老西部片里的场景。这地方看起来似乎曾经是一个牧场，有简易工棚、食堂、看上去摇摇欲坠的主屋和木头建的畜栏。这里是乡村的、质朴的、简陋的，不像奥尔霍夫伯爵的维多利亚宅第，或葡萄酒乡那严肃现代的医院，或曼哈顿那富丽堂皇的赤褐色沙石建筑。

我在一间小办公室里填好表格，然后就在外面等尼克。天气寒冷，我穿了一件厚厚的大衣。

尼可出现了。

深呼吸。

一间破旧小屋的低矮门廊上，松垂的雨棚下，站着尼克。

尼克穿着一件陆军夹克，一件褪色的 T 恤衫，带着小小皮革补丁的灯心绒裤子和黑色的运动鞋。

他那金色和棕色的头发又卷又长，他把它从眼前拨开。

尼克走下那摇摇晃晃的阶梯向我走来，他的脸：瘦骨嶙峋、棱角分明，眼睛对我闪着——

"嗨，爸爸。"

如果承认见到他是多么高兴的话，我可能会被指责忘记了我多年来的愤怒与恐惧，但是见到他我确实高兴，即使我满怀恐惧。

他走了过来，伸出双臂。我闻到他身上烟草的味道，拥抱了他。

我们一边等维基，一边闲聊。然后，尼克羞涩地抬眼看着我说：

"谢谢你过来,我原本不知道你会来。"

我和他走到一个户外吸烟区,吸烟区在一个木屋顶下,有几张破旧的椅子和一个火坑。

我害怕,不希望自己想见他,不希望自己因为见到他而高兴。

我们遇见了他的一些朋友,有一个留着一寸长染色头发的、穿了耳洞的女孩,一个没有头发的男孩和一个一头黑色鬈发的男孩。一个好像在太阳底下过了一辈子的男人走过来,握住我的手。他的皮肤粗糙,像棕色的皱巴巴的皮革。他握了握我的手,告诉我,"你有一个很棒的儿子。"

尼克抽烟。我们坐在火坑旁边,他说事情正在发生改变。

"我知道你以前听我说过这些话,但这次不一样。"

"问题是后面这句话我以前也听说过。"

"我知道。"

我们走进室内去见他的主治疗师,并在那里等他妈妈。她很快就与我们会合了。维基穿着一件米色外套,头发又长又直。我瞄了她一眼。即使是这么多年后,我还是很难直视她的眼睛,我感到愧疚。我们在一起的时候,我还是个孩子——才二十二岁,比现在的尼克还小一岁。我能够想办法原谅我自己,不管她原不原谅我,因为我当时是个孩子,但有些事情你得一辈子背负着,因为你不能回头。见尼克我一直紧张,但对于见维基,我同样感到紧张。在过去的几年里,我们可能亲密了一些,但尽管我们在电话上通话、互相安慰、互相支持、就干预进行争辩、为缺乏好保险而担心(她现在正在研究把尼克纳回到她的保险单上),但自从二十年前离婚后,我们待在同一个房间里从没超过五分钟。

治疗师说在她看来,尼克做得不错。考虑到一切因素,他已经达到了他应该达到的程度,并要我们留意事情与他前几次在康复之家有什么不同。她要我们都想想希望从这个周末中收获些什么,她祝我们好运。

尼克、维基和我一起吃午饭。有一桌子的食品，玉米面包卷、辣味肉饼、色拉和水果。尼克吃了一碗麦片粥。

午饭后，他把我们领进另一幢楼房，进了一个房间。房间里有两面木板墙和两面白墙，上面贴满了病人们的艺术品。地砖是灰白色的，有些起伏不平。房间里散发着咖啡的味道。

一圈椅子等待着我们。

椅子坐满了。我环顾了一下那一圈人，病人和他们的父母以及一个人的兄弟。我们又开始了。

两个治疗师引领着我们，一个是黑发，一个是淡淡的金发，两人都系着围巾，都有一双慈祥和热情的眼睛。他们轮流说话，提出会场的规定和期望。

我心想，这不过是废话。我到过这种地方，做过这种事情，结果什么用处都没有。

首先有一个问卷表要填写，每个人都要填。我开始填，大约半个小时后，我们轮流念自己的答案。一个母亲在回答"你们家的问题是什么"时念道："以前，我认为我们没有任何问题，但我想，如果没有问题的话，我们就不会在这儿了。我原以为我们有着一个美好的家庭。"她哭了起来，她女儿把一只手放在妈妈的膝盖上，"我们曾经拥有一个美好的家庭。"我又一次回到一个坐满像我一样的人的房间里，被受到毒瘾伤害和茫然不知所措的人们包围着——困惑、愧疚、愤怒、恐惧……

接下来是艺术治疗。

艺术治疗？！

我经历的东西已经太多，怎么可能与尼克和前妻坐在地板上信笔涂鸦？我心里在冒火，我为什么要来？我为什么在这儿？

我们三个人被分到一张纸，尼克、维基和我成三角形围着那张纸坐在地板上。

我按照指示，开始画画。我选择了粉笔，把粉笔在纸上用力涂抹。暖气开得太大，有点儿透不过气来。

维基用水彩刷画了一幅漂亮的景色图，像海滩或什么地方。我仍然在生闷气。她在画一个落日，明亮的淡蓝色旋涡。她画着漂亮的图画，仿佛我们正在尼克的幼儿园，一起参加一个家庭艺术日。我看了一眼尼克，他用墨水画了一颗心，不是情人之间的那种爱心，而是一颗有肌肉、纤维和连接着一条主动脉的心室，一颗在身体内颤动着的心。他的身体。附在主动脉上的是一张脸，接着是更多角度不同的脸，脸上的表情有愤怒、绝望、恐惧和痛苦。我用粉笔从纸的底部往上画了某种粗粗的线条，像一条往上的河流，但是河流裂开，流进纸张上方的两角。我推得太用力，以至于粉笔碎裂成粉末。

这有什么用处，不过是浪费时间。这时，维基的水彩刷上沾了黑色的水彩，美丽的淡蓝色天空不见了，被黑色的水彩覆盖了。尼克开始用力地写字，第一个字"对"，第二个字"不"，第三个字"起"。然后，又写了一遍，又写了一遍，又写了一遍。他似乎无法停下来。他带着极度的绝望在努力着，我能够感觉到他正在饱受煎熬，痛苦绝望地想说些什么，想说出他难以说出的话。

不管对我们来说有多么艰难，对他来说则更艰难——这一点太容易被忘记。

我的画上出现了一点一点的水滴，是泪水。然后，我明白了，我画了我大脑上的开口以及那里面的一切——眼泪、痛苦、血液、愤怒和恐惧。那只带着圆圈的破裂的行李箱，它里面的东西——我，从前的我——一下子都撒了出来。

维基在画中央画了个小小的红点，然后从中流下水滴——那里也有血。

我们一个家庭接一个家庭轮流描述纸上是什么，以及在一起作画的感觉如何。维基的红点不是血，是一个她想抓住的红色气球，带她离开那黑色的风暴。尼克望着她说，有她在这儿是多么的奇妙。

尼克说他在这儿所做的工作不是为他的放荡或疯狂寻找借口，也不是要责怪任何人，只是为了疗伤。他的治疗师告诉他，不管是什么原因导致他伤害自己，把自己置于危险之中，背弃那些爱他的朋友，伤害爱他的父母和其他爱他的人，伤害他自己，而且大多是他自己，并试图毁灭自己，他都必须想办法化解这些原因。他是一个瘾君子，但为什么？除了那个基因遗传的推断以外，还有什么原因？他们希望他面对原因，这样他才能康复并向前迈进。

接着我们互相评论彼此的画。一个女孩，尼克的朋友，称赞我们家的画是多么的与众不同，每一幅画面都那么的强烈、有冲击力，但她说尼克的心脏通往动脉，而我的粉笔河流看起来像一根破裂的动脉。

不知怎么，我哭了。尼克的手轻轻地放在我的肩上。

黄昏时分，一弯月亮盘旋在山峰之上。我望着它，明白自己没有对这个新项目抱有希望，并不是因为我不希望它成功，也不是因为它不可能成功，而是因为我从心底感到害怕，以至于不敢再次抱有希望。

我去一家书店买了一本小说。今晚，我想逃离，想躲进别人的故事里。回到汽车旅馆的房间里，一打开书，首先看到的就是引自福斯特著的《天使不敢涉足的地方》的题辞，把它读了一遍又一遍，"每一件琐碎的小事，因为某种原因，的确显得无可估量的重要，当你说一件事情'根本无关紧要'时，那听起来像是亵渎。我们永远无法知道——我该怎么说呢？——无法知道我们做过哪些或没做哪些，会带来某些永久的影响。"我几乎在颤抖，我想，对于自己的错误我们是多么的无知，为之所付的责任是多么的巨大。

重要的是能够治愈，而不是相互责怪。我们有可能超出责怪的范围吗？维基说，她曾经对我怀有过如此多的愤怒，就像是背着一只装满砖块的背包，"不用再一直背着它们，真的是一种解脱。"她说。在我们接下来的团体治疗会议上，我告诉她："也许那里面还有几块砖。"她承认，"是的，也许还有。"但是现在，我们同心协力地做着一件最原始的人类行为，拯救我们的孩子。治疗师说这个周末的目的无关乎责怪，而是关乎摆脱残留的怨恨，往前迈进。正如一位父亲所说："怨恨就像自己吃下毒药，然后等着另一个人死去。"

第二天早上，我又开车去了治疗中心。尼克穿着一件纽约艺术学院的 T 恤、一条磨了裤脚的喇叭牛仔裤和一件彩色外套。他戴着一顶棒球帽，帽檐压得很低。我们一起喝咖啡。

医院组织所有家庭进行一场集体小组治疗课程，这是一个可怕的局面——有观众的小组治疗。但我承认，说出心里话真的是一种解脱。当尼克说话的时候，我百感交集——焦虑、恐惧、绝望、愤怒、伤心、悔恨，也突然间闪过一些记忆——那些我们所做过的事情，那些我们爱的记忆。我想敞开心扉，倾听尼克，相信他，但不愿意推倒我筑建起来保护自己脆弱的堤坝，我害怕自己会被淹没。

我是一个笨蛋，居然考虑对这种治疗敞开心扉，然而……突然，我记起我曾经为尼克祈祷。我从来不打算祈祷，我只是回想起来，意识到我一直在祈祷。我祈祷什么？我从来没祈祷说不要再吸毒，从来没说要远离冰毒。我说，请上帝治愈尼克。我祈祷，上帝，求你治愈尼克，求你治愈这个房间里的每一个受到摧残的人，这个地球上的所有的受到摧残的人们。我默默地看着他们，他们是勇敢的，他们在这里，不管是怎么来到这里的，他们现在在这里了。他们在这里，所以就有机会。

在最后一天的最后一节课上，我们按照指示思考未来。未来充满了危险。我们要把它真正地描绘出来。引导者给每个家庭一张大大的纸，左下角画着一个图形，代表一块土地——我们所在的地方，右上角的另一个图形则代表我们的目的地。两者中间有些小圆圈，代表踏脚石。

我们要在纸上标明今天所处的地方，想去哪里，并指出可以通过哪些步骤到达那里——具体的步骤。想想接下来的几个月就好，而不是余下的这一辈子。"提醒一下，"治疗师说，"纸上的其他地方都是沼泽。你们必须利用那些踏脚石，避开沼泽里的危险，才能到你们想去的地方。请你们标明隐藏的危险潜伏在哪里等待着你们。"

尼克用一支粗粗的红色马克笔，不费吹灰之力就确定了那些危险。有那么多——所有那些过去的错误、习惯和毒品的诱惑。他画了一个皮下注射用的针筒。纸上有那么多的红色，以至于几乎不可能找到足够的地方在那些小圆圈里——踏脚石上写字。相比之下，那些石头看上去是那么小，那么不稳。但是在它们上面，尼克写出了我们家的计划和他的计划。我们将怎样慢慢行进，小步向前。我们将怎样相互支持，而不是彼此妨碍。尼克的踏脚石包括匿名戒酒会和其他的自省工作，他希望这些工作能修补我们与他的关系。他提到凯伦并且抬头望着我说："我真的爱凯伦，我们是朋友——我很想念她。"关于加斯帕和黛西，他说："我知道那将需要很长时间。"要写的东西太多了。完成后的规划图很清晰地展示了，维基和我的任务并非微不足道——退到一旁，支持他，让尼克的康复成为他自己的康复，然后如尼克描述的那样，我们将致力于建立健康、热爱、支持但独立的关系。然而，最艰巨的工作大多落在尼克的肩头，因为那些危险在等着他，诱惑他掉下去。那些用猛烈的红色标记出的危险是致命的、无处不在的和狰狞的。那是一片险恶的沼泽，尼克需要奇迹才能安然渡过。想到这里，我望了一眼尼克的妈妈，望了一眼尼克。我们仨一起在这儿，我想，这是一个奇迹。期望有更多的奇迹，会是一种奢求吗？

我飞回了家。感觉仿佛有人锯开了我的胸膛，从锁骨到肩胛切了好几道口子，然后回到中间，从我的胸口和肚子中央往下切，直到腹股沟的上面，然后从骨盆的一边划到另一边。这个人手戴塑料手套，伸进张开的肉里，把它们推到一边，然后撕裂那些肌腱、肌肉和皮肤——让我的五脏六腑完全暴露出来。

这种痛苦的感觉没有减轻。我回到了家里，凯伦带着黛西去了牙齿校正医师那里，留下我独自和加斯帕在家里。他弹了会儿吉他，然后把鼓声和其他乐器的声音加以混音，接着录了他的声音，即兴唱着好笑的歌词。副歌部分，他重复唱着"甜甜圈"，仿佛它是一个歌剧脚本里的大结局。当这首吵吵闹闹的曲子谱完后，他把它刻到一张 CD 碟上。

该送他去练曲棍球了。我们一边开车，一边听他的音乐。到达球场，他跳出车子，飞快套上队服，奔向他的朋友们。

我站在球场边线上，看着男孩子们穿着他们的护具和装备，像龙一样呼出白气——因为寒冷。他们追逐着那只小小的白球，把它舀进球棍末端的网袋里。

我的手机在口袋里，但是关着，这是一种我以前难以想象的状态。正如家庭治疗师提醒的那样，电话把我和尼克联系在一起，每一个刺耳的铃声对我的心脏来说都是突然的一击，像用电流使我的心脏颤动一般。显然，它也猛击我们家每一个人的心。每一个保证尼克平安无事的电话和每一个确认他并不好的电话，都会让我的执念更深。但现在我正试着努力从对尼克的毒瘾上瘾中恢复过来，例如关掉我的手机。

训练结束后，我和加斯帕去了一家运动品商店，他的球鞋已经

266

穿不下了,需要买双新的。他决定用一张圣诞节留下的礼品卡来付钱。站在收银员旁,当他从钱包里抽出那张卡时,一张纸掉到地上。

"那是什么?"加斯帕弯腰去捡时,我问道。

"尼克写给我的那封信。"

他飞快地把它折好,放进钱包里。

夜深了,孩子们都睡了,我和凯伦在床上看书,布鲁图在睡梦里奔跑。我放下书躺在床上,试图理解此时此刻我感觉到的究竟是什么。瘾君子的父母学会压抑自己的希望,即使我们从来没有完全失去希望。然而,我们不敢乐观,害怕因此而受到惩罚。也许关闭起来更安全,但现在我又打开了,结果是,我感觉到了过去的痛苦和欢乐,为未来担心的同时又饱含希望。我知道我感觉到的是什么——所有的一切。

尾 声

噢，现在你将怎么办，我的蓝眼睛儿子？
噢，现在你将怎么办，我亲爱的小东西？

——鲍勃·迪伦（摘自《暴雨将至》）

一位作家曾这样写道："有些男女通过苦难而变得坚强，他们甚至寻求忧伤而不是幸福，正如凡·高所断言的那样，'忧伤好过欢乐。'巴尔扎克宣称，'苦难是一个人的老师。'但这些名言只适合不平凡的灵魂，适合那少数的精英。对于像我们这样的普通人，太多的苦难只能使我们更加吝啬、疯狂、卑劣，甚至可怜。"

我不是什么伟人，我确实感觉自己变得更加吝啬、疯狂、卑劣或可怜。有一阵儿，我的确感觉如此，但现在我感觉很好，至少大多时候感觉很好。尼克在圣达菲待满了三个月，他的顾问推荐他接下来去北亚利桑那的另一个康复项目，在那里，他可以继续完成他的康复任务，外加找一份工作并做志愿者。尼克告诉我："我知道这会使你担心，但我必须继续我的生活。"他试图让我放心，"会没事的。"

起先我说："不，你不能这样做。"但我接着就想起：这是尼克的生活。

尼克搭乘一辆东行的巴士，去看在项目里遇见的一个朋友。我们有一段时间没有通话，但接着又开始交谈，现在，我们经常互相

269

打电话确认对方的情况。他又遇见了一个新女友，是一个美术专业的学生，他们一起合租了一套房子，尼克在一家咖啡店里工作，并且又开始写作了。他继续写书，关于怎样保持清醒，他有更多的话想说。

我们谈论我们的写作，谈论我们的生活、新闻和读过的书，音乐和电影……我们无所不谈。

算算看，他离开洛杉矶已经有一年了，如我所知，他又清醒一年了。我相信他可以保持清醒了吗？我否认我们经历过的一切吗？我忽视它是多么艰难而且将继续艰难下去吗？从来没有，但我希望，我会一直相信他。

脑出血刚刚发生后，我抱怨自己错过了我想象可能是在接近死亡的经历中幸存下来的好处——我仍然活着。我经常听说或读到幸存者描述来自悲剧的领悟，他们的生活改变了，变得更加简单，有着更加清晰的重点。他们对生活有了新的理解。对于我，正好相反，脑出血使生活显得更加可怕，我了解到悲剧可能袭击我们任何一个人——我们的孩子——在任何时候，没有警告。

多年来，我一直忍受着对尼克的强烈且无休无止的担忧，我满怀感激——当尼克看上去好些的时候，至少当他没事的时候。同时，我尽最大的努力来享受正常人的普通生活——和凯伦、加斯帕、黛西，以及我其他的家人和朋友们一起。

我的脑出血最终使我意识到（不是害怕）那句陈词滥调的深奥真理：我们的时间是有限的。

我参加嗜酒者家庭互助会，进行每周两次的治疗，并且有生以来第一次在医生的沙发上躺了下来。那区别是深远的——就像拆卸一座有隐藏房间和阁楼的多层乐高建筑，一块砖一块砖地拆散它，一个一个地检查——那一丝不苟的过程令人害怕。

"不顾他们的眼泪、心痛和极好的愿望，大多数瘾君子家庭最终被打败。瘾君子坚决不改自我毁灭性的瘾君子行为，直到自身内部的某个东西——与其他任何人的努力完全脱离的某个东西——发生如此根本的变化以至于对麻醉的渴望被钝化，并最终被对更美好的生活的渴望所熄灭。"读这个是一回事，真正接受这一点的转化则完全是另一回事。我坚信自己已做了所能做的一切来帮助尼克，为了拯救他——我们的关系要转化成一种带有健康界限的独立、接受和同情的关系。

脑出血帮助我认识到有我或没我，我的孩子们都将生活下去。意识到这一点，对于父母来说是大吃一惊的——但我们不得不学会放手，让孩子们学会成长。

我希望自己更快意识到这一点，但我不能。假如做父母能更容易多好，但那永远不会发生。假如生活更简单多好，但那不是——也不再是我的目标。我曾经急切希望事情简单一些，然而我的世界被尼克的毒瘾和我待在重症监护室的过程中被打破。从中我吸取到另外一些教训：我能够接受一个充满矛盾的世界，在其中一切是灰色的，几乎没有什么东西是黑白的，有很多好的东西，然而要欣赏美和爱，一个人必须忍受痛苦。

自从我们家经历的这些事情传开以来，朋友、朋友的朋友、朋友的朋友的朋友，以及陌生人来到我们身边。显然，人们仍然在读我的文章，因为我收到更多的信件。每个人似乎都处在地狱般的毒瘾的某个形式中，他们自己或子女、配偶、兄弟姐妹、父母或朋友的。他们常常寻求建议，即使现在，我的建议仍是试探性的。

我全心全意地同意每一个理智的反毒品运动的主要建议：早早地并且经常地与你的孩子谈论毒品。对你自身的毒品经历你应该公开和坦诚吗？这是一个个人的决定，因为每一个父母或子女都是独一无二的。我会注意永远不美化毒品或喝酒，会考虑孩子的年龄，提供的信息决不会超出他们当时的理解能力，然而，最终，我不知道告诉他们一些你的有关毒品的经历是否有关系。其他的事情关系更大，对于我的家庭，我何时落到这个问题上？我相信孩子不需要（并且不应该）知道我们生活的每一个细节，但我将永远不会对我的孩子们撒谎，我将诚实地回答他们的问题。加斯帕和黛西迟早会读到这本书，它会使他们吃惊——因为他们经历了这一切。我们有不断的交谈不仅关于尼克，也关于毒品、同龄人的压力和他们生活中的其他问题。他们将知道父亲的毒品故事，它所付出的代价——他们已经知道哥哥的故事。

更为重要的是，父母想要知道在什么时间点一个孩子不再是试验，不再是一个典型的十几岁少年，不再经历一个阶段或演变的仪式。这些问题是很难回答的，所以我得出结论：我会尽量小心地较早而不是较晚地干涉——不等到一个孩子在放肆危害自己或其他人。回顾过去，我希望自己强迫了尼克——当他还年轻，当我能足以合法地强迫他的时候——进入一个长期的康复项目。送一个孩子或大人，在他准备好，并且能够理解康复的原则以及可能防止复发之前，但是从我所见到的情况来看，这种做法可能有帮助。此外，我认为，在少年发育时期的一段强制性的节制是有一定效果的。一个好项目里的强制治疗可以达到一个直接的目标：在治疗期间，它使一个孩子远离毒品。既然一个人吸得越少，要停下来就更容易，处于治疗的时间越长就越好。

应该把孩子送到哪里去呢？哪种项目？尽管它们可能帮助某些孩子，但我会提防那些使用严厉纪律的项目。这并不是因为我不理解把孩子送往新兵营的冲动。父母放弃了，说："你们把我的孩子'修理'好。"然而，没有令人信服的证据表明新兵营或类似的项目对孩子有帮助，它们可能会伤害孩子。美国司法学会曾经出资组织了一次对八个州的新兵营的评估，结论是："新兵营的普通组成成分，如军事化的纪律、体力训练、艰苦的劳动，并不减少犯罪的冲动。"堪萨斯州犯罪研究所的一个报告发现，"在新兵营里，对被禁闭的惧怕并没有阻止犯罪。"四分之三的孩子在离开营地后一年内，曾经受到某种形式的监禁。美国精神健康协会在其网站上报道，"使用恐吓和使人屈辱的策略对于大多数年轻人是起反作用的，新兵营的毕业者更可能再次被捕，或比其他罪犯再次被捕的速度更快。"并且详细讲到有关新兵营的更加严重的问题，有很多吸毒的"令人不安的事件"。1998 年，在乔治亚州，美国司法部的一项研究得出结论："准军事性的新兵营模式不仅无效，而且有害。"在一些死亡和吸毒的案件之外，"这种新兵营经常会造成危险的情境，使人的心理受到伤害。"迈克·里埃拉（一位著名的作家兼心理学家）曾介绍说："如果孩子问题后面的愤怒和困惑被强迫隐藏起来，他们很有可能会变得病态，表现为不能维持关系，或者表现为暴力、压抑，甚至会自杀。"

我想说，每个孩子都是独一无二的，即使是对于同样的问题，也没有单个或容易的答案，因为没有人知道到底应该如何帮助一个特定的个人。要获得专业的建议是很难的，但是我会尽力把它寻找出来，我会坚持与医生、治疗师和顾问们进行商议——确保他们有对付毒品和酒精瘾的经验；我会权衡他们的建议，同时时刻提醒自己，这不是一门精确的科学，而每一个孩子和每一个家庭都是独一无二的。

违背孩子的愿望把他们送进康复之家将是父母们所作出的最艰难的决定。尼克的一个小学朋友的妈妈告诉我，她曾经雇了一个人去诱拐她在吸毒并贩毒的十七岁儿子。受过训练的专家抓住了他，用手铐铐住他，把他护送到一个三个月长的荒野项目中去。她为此整整哭了三天，自从从那个项目毕业后，那个男孩子复发过一次，但是现在，他很感激母亲当年为他所做的一切，正是她的干预拯救了他的生命。

我在和尼克一起参加匿名戒酒会时听到过许多类似的故事，康复之家的瘾君子记得他们的父母选择干预或强迫他们进入康复治疗的事情。"当时，我恨他们，尽管他们拯救了我的生命。"与此同时，我也听说过许多失败的例子。"我试过，但我儿子死了。"对于瘾君子，没有什么做法是百分百有保障的，数据几乎是毫无意义的。你从来不知道你的孩子是否将是那 9%、17%、40% 或 50% 中的一个。在我看来，这些数据无非是在提醒我们：我们的对手是难以对付的，它们时刻提防我们并远离非理性的乐观。

有时，当尼克复发时，我挑他的顾问、治疗师、康复之家的毛病，当然，还有我自己的问题。回首往事，我逐渐明白，康复是一个不间断的过程，他可能复发了，但康复之家打断了吸食的循环；如果没有它们，尼克可能早就死了，幸运的是，因为康复之家，他有了生的机会。

是的，我会帮助我的孩子复发后重回康复之家。这将发生多少次，一次、两次、十次？我不知道。有些专家将与我持不同意见，他们会建议你根本不去帮助他们，他们感觉瘾君子必须依靠本人自愿来康复。对于有些孩子来说，这种做法也许是对的，不幸的是，没有人知道这是否百分百正确。

我认为，康复之家并不完美，但它是我们所能有的最好选择。药物可以帮助一些瘾君子，但不能指望他们取代康复之家和不间断的康复工作。我不会以任何方式帮助某个吸食毒品的人做除了回康复之家以外的任何事情，不会付他们的房租、不会帮他们还债、不会给他们钱、不会保释他们出狱——除非他们直接进入康复之家。

1986 年，发起"就是说不"反毒品运动的南希·里根有句名言："没有道义上的中间地带，冷漠不是一种选择……为了孩子，我恳请你们每一个人在对毒品的反抗中不屈不挠、坚定不移。"

我们必须理解，孩子们成长在一个如此错综复杂的世界里，作为父母我们应该尽最大的努力去帮助他们。

许多人对尼克说："不要吸就好了。"

可是，做起来却是那么不容易。

人们叫我放下担忧，"把它抛出你的脑海。"可是，我知道，我永远做不到，所以，我的建议是：不惜一切代价——治疗、嗜酒者家庭互助会、很多的嗜酒者家庭互助会——来控制它。耐心对待自己、容许自己犯错误、宽容、对配偶或伴侣要额外关爱、不保守秘密，正如他们在匿名戒酒会上经常重复到的：你的秘密有多深你的病就有多重。坦诚是一种释怀。我们共享的故事将帮助我们记起正在面对的一切。瘾君子需要不间断的提醒者和支持，他们的家人也同样需要。读病人的故事是有帮助的，写作是有帮助的，至少在我是这样。正如我所说的那样，我拼命地写作，在夜深人静的时候写作，一直写到清晨。如果我是像凯伦一样的画家，我会像她那样，画出我所经历的事情。

艺术家查克·克洛斯曾经说过，"我被整个事情弄得不知所措。"他学会把画面处理成一个个能够控制的小方块格子，每次画一个小方块，通过这种办法，他画出了墙壁大的令人震撼的油画。我也常常被整个事情弄得不知所措，但我学会了将我对尼克的担忧控制在一两个方块格子里，如果克洛斯要画我的生活的话，这些方块会出现在那里的。我不时查看一下它们，查看时，它们不再使我不知所措。

有时，我仍然为未来而成为颓废派，但比以前少了很多。我更擅长过一天算一天。这也许听起来过于简单化，然而，它和我所知道的任何概念一样深奥。我仍然可能担心五年或者十年内尼克身上将要发生的事情，加斯帕和黛西身上将要发生的事情……但是，无论怎样，我都要从今天开始。

今天。

275

六月，黛西就要满十岁了——十岁！

随之而来的，黛西将升入五年级，加斯帕升入七年级。

他们今年的毕业歌是"我信仰爱"。歌词是孩子们在老师的帮助下写成的，"四年级是门，"黛西和她的朋友们唱道，"知识是钥匙，假日棒极了，我们幸福地歌唱……四年级的时光已经过去，我们是行进中的五年级生，我信仰音乐，我信仰爱……"

晚上，我们在南希和唐的家中一起庆祝孩子们的毕业典礼、南希和黛西的生日以及我的脑出血突发一周年纪念。大家都兴致勃勃，非常开心。

南希用醋和冬葱酱做了焖羊肉。作为甜品，凯伦的妹妹做了一个漂亮的柠檬蛋糕。我们对黛西和南希唱生日歌，她们一起吹灭了蜡烛。随后，加斯帕坐在我身边的桌旁轻声地说："我几乎无法相信，这是夏天。"

沿着海岸向家驶去的路上，加斯帕选了一张他喜欢的 CD。像他哥哥小时候一样，加斯帕最喜欢的乐手是贝克，他把《午夜秃鹰》放进音响里。车上到处是沙子，我们身上都是沙子和盐分，海风从敞开的车窗进来，贝克在歌唱——加斯帕和我在和他一起唱着。黛西抱怨我们太吵了，她要我们把声音关小些。望着车窗外那蔚蓝色的海洋，我强烈地感觉到，尼克似乎就在我的身边……

回到家里，我在办公室里写作，突然，尼克的女友发来一封电子邮件，附了他们最近公路之旅的一些照片。尼克，头发长了一些，戴着大大的太阳镜，一顶报童帽，一件黑色的 T 恤衫、灯笼裤，站在黄石国家公园的一座间歇泉的前面，微笑着——那充满阳光的微笑。

第二天早上，花园笼罩在淡淡的雾中。凯伦早早起床，开车送黛西去参加游泳队训练，加斯帕在楼上即兴地演奏着吉他。我打电话给尼克，我聊了一会儿。他听起来像尼克——我的那个熟悉的、亲爱的儿子——回来了！

接下来会是什么？我们将拭目以待。

挂电话之前，他说道："请转达我对凯伦、加斯帕和黛西的爱。"

然后，他说他得走了。

图书在版编目（CIP）数据

漂亮男孩 /（美）大卫·谢夫著；陈俊群译 . -- 北
京 : 北京联合出版公司 , 2018.10
ISBN 978-7-5596-2557-1

Ⅰ . ①漂… Ⅱ . ①大… ②陈… Ⅲ . ①长篇小说—美
国—现代 Ⅳ . ① I712.45

中国版本图书馆 CIP 数据核字 (2018) 第 212027 号

Beautiful Boy
By David Sheff
Copyright © 2008 by David Sheff
Published by arrangement with ICM Partners
through Bardon-Chinese Media Agency
Simplified Chinese translation copyright © 2018
by Shanghai Elegance People Books Co., Ltd.
ALL RIGHTS RESERVED

漂亮男孩

作者：[美] 大卫·谢夫（David Sheff）
译　者：陈俊群
出版监制：方雨辰
选题策划：吴赛巍
责任编辑：李艳芬
封面设计：徐佩瑶
内文排版：方　为

北京联合出版公司出版
（北京市西城区德外大街83号楼9层　　100088 ）
北京联合天畅文化传播公司发行
山东鸿君杰文化发展有限公司印刷　新华书店经销
字数17千字　880毫米×1230毫米　1/32　9印张
2018年10月第1版　2018年10月第1次印刷
ISBN 978-7-5596-2557-1
定价：48.00元